Arsène Lupin 亞森・羅蘋冒險系列 06

Le bouchon de cristal

水晶瓶塞

莫里斯・盧布朗／著
高杰／譯

好讀出版

推薦序

棋逢敵手　將遇良才的激昂對陣

推理部落客　余小芳

雖然作者莫里斯・盧布朗已與世長辭許久，然而在法國境內誕生、扎根的亞森・羅蘋系列並沒有因爲時間的遠走顯得黯然失色，反而伴隨文學傳播的路程提升國際知名度，並經過不同世代不停地轉譯與流傳，使其形象和精神不斷地在世界各地的書頁上重現及活躍。

文學著作的海外傳播是一件相當耐人尋味的事情，此標誌著作品的重要性和價值性，同時展示經典再現的可能性；一部作品在國內自然有其評價，之後隨著語言、譯者和讀者的不同而逐日散播，又會有著煥然一新的風貌景況和詮釋方式。

或許我們會好奇，爲什麼旋風怪盜亞森・羅蘋具有風靡全球的魅力？又何以其姓名能彷彿口碑保證般，在街頭巷尾間傳遞不絕、於眾人口中傳頌不已？

系列作品吸引目光的第一步，即是氣象新穎、獨特殊異的人物形象塑造，而亞森・羅蘋的角色形塑具備水火不容、彼此抵觸的成分，一爲上流社會人士，一爲底層社會階層，其將「紳士」和「盜匪」兩種差別甚大的政經地位相互鎔鑄、拼湊，創造出道德層次的相互矛盾，同時展現了恰如其分的和諧感。他是個風度翩翩的君子，擁有使人心醉神迷的偶像條件，風流倜儻的性情中包藏溫柔自持的天性，單以「帥氣迷人」一詞描繪或許還不足以形容他的個人丰采。此外，盜賊的身分讓他在飄忽無蹤中籠罩著曖昧不明的神祕感，冷靜清晰的頭腦和膽大心細的行事作風，每每令人心生憧憬及羨慕之情。

有了鮮明耀眼的靈魂人物，再置入其他活潑有趣的配角、惹人憐愛的女子和冒險犯難的情節，或跟監或對峙或鬥狠，便能支撐出一幕幕充滿驚奇、刺激的動作場面。在《水晶瓶塞》之前的原著作品中，亞森・羅蘋不僅向代表公權力的警方挑釁，甚至和知名的英倫偵探福爾摩斯鬥智，但此回他帶領的子弟兵因意外被警察單位擒拿，他只得通過反覆思索、蒐證，並時時身歷險境，用以對抗與他旗鼓相當的厲害對手。

一向料事如神、來去無蹤、幽默機智、從容不迫的亞森・羅蘋，對於目標之物總是手到擒來且不費吹灰之力，並時常將警方當成傻子一般，將他們耍得團團轉；然而在《水晶瓶塞》裡卻被擺了好幾道，讓他在被愚弄、嘲諷的過程中慌亂不已、怒意橫生。其心理特徵和行事態度於日後產生質變，本書內容褪下了他高深莫測的色彩，讓他表露出較爲貼近凡人的性格特點，視爲其早期作品的紀念和里程碑，實屬正當。

以「水晶瓶塞」爲核心代表物件，書中隱埋在檯面下的事件跟隨瓶塞的現身而逐一透顯，其現象彷彿微風吹襲平靜無波的湖面般，蕩漾起一圈圈的漣漪，並閃現著粼粼波光。

一言以蔽之，「高手過招」理應能描述全書的精采之處。

推薦序

大冒險家與大陰謀家的對決
——談《水晶瓶塞》

推理作家　既晴

本書《水晶瓶塞》（Le bouchon de cristal），發表於一九一二年，羅蘋探案第四部長篇。

先談故事梗概。某日深夜，亞森・羅蘋帶領一組手下，潛入議員多布雷克的豪宅，大肆搜刮議員家中財物。除了高價家具及藝術品收藏以外，羅蘋更聽說屋中藏有一件特別的寶物「水晶瓶塞」。然而，就在準備打包離開之際，警方突然前來圍捕，原本被綑綁的家僕也遭到殺害。逼不得已，羅蘋只好暫時捨棄手下離去，等待東山再起的機會。

莫里斯．盧布朗之所以創作羅蘋探案，最初乃因英國的「夜賊萊佛士」系列（A. J. Raffles）普受讀者喜愛，於是效法。其實，夜賊萊佛士的作者E．W．洪納（Ernest William Hornung）也是以夏洛克．福爾摩斯爲對照，才設計出萊佛士的。因此，不可諱言，羅蘋探案的初期作品，當然跟著受到影響，讓羅蘋與名偵探、高中生偵探、警探周旋鬥智，看誰能最先揭開案件的眞相。

到了《水晶瓶塞》，卻出現非常明顯的改變。羅蘋不再搶當神探，而是在行竊計畫失敗後，爲了犯罪組織的旗下成員著想，必須在手下被處死刑前設法拯救，可說是回歸「本業」經營。這樣的情節，與以往的布局方式截然不同，正式踏入盜賊犯罪小說領域，擺脫英國古典解謎推理的「競爭關係」，獨樹一格，在羅蘋系列裡具備開創性的意義。

再者，若是對照福爾摩斯探案的貝克街小分隊（Baker street Irregulars）或明智小五郎探案的少年偵探團，我們說不定可以把羅蘋的犯罪集團，稱爲「夏多布里昂路幫派」（L'Union Rue Chateaubriand）了。

在《水晶瓶塞》中，羅蘋遭遇了生平最強的敵手。與曾經交手過的正派偵探們大相逕庭，議員多布雷克本身就是個大陰謀家，平日行事小心翼翼，絕不讓任何人有可乘之機，相反的，他想要的，則是冷血無情、不擇手段，千方百計非達到目的不可。這般老奸巨猾的人，當然非常了解犯罪者心態，因此，從竊盜計畫開始，羅蘋即落居極端劣勢，儘管他爲求生路不斷突破困境，卻仍屢遭其看破手腳，一直被逼到山窮水盡、退無可退之處；即使羅蘋試圖翻轉局勢，讓事態看來終於有所進展，也料想不到依然無法逃出多布雷克的手掌心。如此你來我往、以牙還牙、火花四濺的大鬥法，計謀、陷阱層出不窮，使故事從頭至尾扣人心弦、絕無冷場，轉折密度之高，可說是系列探案之最。

羅蘋探案並非本格推理小說，但在詭計與盲點的應用上，卻常有承襲本格推理傳統、甚至開拓先河的演出。《水晶瓶塞》全作情節主軸是「奪寶大作戰」，搶奪藏有國家機密、但不知位於何處的水晶瓶塞，盧布朗運用了艾德格・愛倫坡（Edgar Allan Poe）〈失竊的信〉（The Purloined Letter，1844）的核心概念「那封信其實就藏在大家的眼前，因爲人們通常不太注意那些太過明顯的線索」，使作品裡仍然保有推理小說的趣味。

爲了營救被判處死刑的手下吉爾貝爾，羅蘋必須在死刑執行之前解決案件，具備限時破案的特徵；而吉爾貝爾的母親克拉蕾絲・邁爾吉，則與多布雷克之間恩怨糾纏不清，爲了找到水晶瓶塞，羅蘋必須與她聯手出擊，又增加了復仇劇與羅曼史的元素。如此豐富的設計，容我引用日本翻譯家羽林泰論及本作的意見──「有推理、有懸疑、有動作、有幽默、有戀愛，如同豪華法國料理全餐般的第一級娛樂小說」，無疑是最適切的評述了。

contents 目錄

chapter 1

失風被捕

水面陰影中，兩隻小船繫在花園一側延伸出的碼頭上，漂啊漂蕩著。穿過厚厚的霧靄，你會發現河岸上錯落閃爍著幾盞燈光。時值初秋時節的九月下旬，河岸對面的安吉恩賭場依舊燈火輝煌。夜空中幾顆星子，時不時穿透雲層露出臉來，徐徐清風吹得河面泛起漣漪。

亞森・羅蘋抽完菸，步出涼亭，逕直走向碼頭，欠身小聲叫道：「格羅那？勒巴陸？你們在嗎？」

「在，老大。」只見兩隻小船各冒出一顆頭，其中一人回答。

「你們準備好，我聽見吉爾貝爾和沃什瑞的汽車回來了。」

說完，羅蘋穿過花園，先是繞著一幢立著鷹架的施工中屋子轉了一圈。屋子面朝桑圖爾街，他小心翼翼地讓大門透出一點小縫。是的，他並沒有聽錯。這時，只見轉角處閃出一道強光，一部汽車緩緩駛來，停在門前。緊接著，兩個身穿翻領大衣、頭戴大盤帽的男人從車裡跳了出來。

他們是吉爾貝爾和沃什瑞。吉爾貝爾是個二十來歲的年輕人，身材魁梧強壯、模樣機靈，一臉討人喜歡的表情。沃什瑞個子較矮，他的頭髮開始有點泛白，面色顯得蒼白虛弱。

「怎麼樣？」羅蘋問：「你們看到議員了嗎？」

「看到了，老大。」吉爾貝爾回答：「就像我們事先料想的那樣，七點四十分時，我們看見他坐上火車，去了巴黎。」

「這麼說，我們可以自由行動了？」

「絕對沒問題。瑪麗—特雷薩別墅今晚完全屬於我們了。」

此時，司機仍坐在駕駛座裡，羅蘋上前吩咐：「別把車停在這裡，這太引人耳目了。九點半準時回來，準備裝車……嗯，如果一切順利的話。」

「難道您認爲事情會不順利？」耳尖的吉爾貝爾問道。

汽車開走了，羅蘋在兩名夥伴的陪同下一邊朝河岸走去，一邊回答剛才的問題：「這難道不可能嗎？今晚的行動並不是我策劃的，如果不是我的安排，我通常只有一半信心。」

「哎呀，老大，我已經跟著您三年了，還是頭一次聽您說這種話！」

「是呀，夥計，要知道，行動這才剛開始呢。」羅蘋回答：「我可不喜歡蠢話。好了，上船吧……沃什瑞，你上另一條船……很好。現在，划吧，孩子們，聲音越小越好。」

格羅那和勒巴陸立刻使盡全力朝河的對岸划去。途中，他們先是在河面上遇到一隻小船，船上有對男女兀自擁抱著，任憑小船隨波蕩漾。後來，他們又碰到另一艘船，船上的人們悠閒地一邊泛舟，一邊扯嗓大聲唱歌。

「吉爾貝爾，你倒是說說，這點子是你想出來的，還是沃什瑞？」羅蘋湊到吉爾貝爾身旁，輕聲地問。

「天哪，這個，我不太確定……我們兩個一起討論這件事，大概有好幾星期了吧。」

「噢，我總覺得要好好提防沃什瑞，他是個齷齪卑鄙的傢伙……我曾想過，爲什麼不乾脆擺脫他算了。」

「噢，老大！」

「我是說眞的，他是個危險的傢伙……他這個人沒血沒淚的，要知道他可是曾幹過多少可怕的勾當。」

「這麼說，你確定看到多布雷克議員了？」羅蘋沉默片刻，又開口。

「我親眼看到的，老大。」

「所以你知道他在巴黎有約？」

「他要去劇院。」

「好吧，可是他的僕人還留在對岸安吉恩的別墅，不是嗎？」

「廚娘已經被議員解僱了，至於多布雷克的貼身男僕、也就是議員的親信雷奧納爾，他也提前去了巴黎，準備在那裡等候他的主人差遣，所以要到凌晨一點以後才可能回來，可是……」

「可是？」

「我們必須提防多布雷克臨時改變計畫，他很可能心情大變，突然提前回來，所以我們必須在一個小時內完成行動。」

「你什麼時候掌握這些資訊的？」

「今天早上。一得到消息，我和沃什瑞就立刻感覺時機到了。於是想到我們可以在剛剛那幢施工中的房子集合，那裡晚上沒人看守，再找兩個夥伴替我們划船，接著我就打電話給您。事情的來龍去脈就是這樣。」

「你有鑰匙嗎？」

「我有大門鑰匙。」

「我們要去的就是那幢被花園圍繞的別墅？」

「是的，那是瑪麗—特雷薩別墅，旁邊的兩幢別墅也一樣有花園環繞，而且已經一個星期沒住人了，所以我們有足夠時間搬走想要的東西。我向您保證，老大，這一票一定值得。」

「也太容易了吧，這次的冒險一點也不吸引人。」

他們在一處小湖灣靠了岸，岸邊豎著的棚頂十分破敗，陰影直沒入水中。仔細看，水面露出了幾級石階，隱約往岸上延伸。羅蘋心想，這麼一來等會兒搬運家具會容易些。下一秒他突然開口：

「別墅裡有人，你們看……有亮光。」

「是煤氣燈，老大，您看，燈光沒在跳動……」

格羅那留守在船隻附近把風，勒巴陸則繞到桑圖爾街另一端的柵欄外把守。羅蘋和他的兩名夥伴，則在棚頂陰影的掩護下，匍匐向上爬著，慢慢接近別墅的臺階。

吉爾貝爾打頭陣，他摸索片刻後，成功將鑰匙插進了鎖孔，又將另一把鑰匙插進保險栓，兩把鑰匙精確又好用。很快地，大門輕輕敞開一道縫，三人從中鑽了進去。

三人來到門廊，看到一盞燃著的煤氣燈。

「您瞧，老大。」吉爾貝爾說。

「是、是……」羅蘋低聲回答：「可是我總覺得，剛才的亮光好像不是從這裡發出來的。」

「那會是哪裡？」

「天哪，我不知道……這裡是客廳？」

「不是，」吉爾貝爾絲毫不擔心有人，提高嗓門說道：「為了安全起見，議員把客廳設在一樓①，就在他臥室和其他房間之間。」

「樓梯在哪兒？」

「在您的右手邊，窗簾後面。」

羅蘋逕直朝窗簾走去，才剛掀起布簾，突然，在他左側四步之遙一道門猛然打開了，緊接著露出一個男人的頭，此人臉色發白，兩眼驚恐。

「救命，抓強盜啊！」他一邊大叫，一邊立刻跑回屋內。

「是僕人雷奧納爾！」吉爾貝爾大喊。

「他要是再大呼小叫，我立刻除掉他。」沃什瑞嚷道。

「你安靜一點吧，沃什瑞，嗯？」羅蘋喝斥，然後立刻跑去追雷奧納爾。

羅蘋先是穿過餐廳，那裡有盞燈，旁邊擺著幾張餐盤和一個酒瓶。最後，羅蘋在書房找到了雷奧納爾，這傢伙正試圖打開一扇窗要逃。

「別動，你這不守規矩的傢伙，我可不是跟你開玩笑。啊，你這野蠻人……」

雷奧納爾正準備舉起雙手，羅蘋本能地趴倒在地，緊接著傳來「砰！砰！砰！」三聲槍響，僕人開槍後渾身踉蹌，差點倒在這燈光昏暗的書房裡，雙腿立刻被羅蘋緊緊抱住，然後他上前奪下這傢伙的槍，用力勒住雷奧納爾的脖子。

「眞是個野蠻的傢伙！」羅蘋怒道：「上，沃什瑞，再用力一點，他剛才差點殺了我。沃什瑞，把這傢伙給我捆緊一點。」

說完，羅蘋掏出手電筒，朝僕人的臉上照了照，冷笑一聲道：「長得還眞抱歉，我說這位先生爲何看來一臉老實模樣?雷奧納爾，你可是老狐狸議員多布雷克的奴才啊!好了沒，沃什瑞，我可沒耐性一直耗在這兒。」

「危機解除了，老大。」吉爾貝爾說。

「啊，是這樣嗎?剛剛那槍聲，你以爲沒人聽見?」

「不可能!」

「反正我們得速戰速決。沃什瑞，把燈拿好，我們到樓上去。」說著，羅蘋扯著吉爾貝爾的手臂，把人往一樓帶：「蠢蛋，你這樣叫作都打聽好了?你說我的擔心有沒有道理?」

「老大，誰料得到他會改變主意，決定回來用晚餐呢?」

「在有幸打劫別人的家之前，你得學會預知一切，傻瓜，這次眞讓我見識到了。沃什瑞，還有你，你們還眞有本事……」

羅蘋走上一樓，看到那些家具，擔憂之情頓時煙消雲散。此時羅蘋活像個蒐到天大珍寶的業餘骨董收藏家，得意地如數家珍起來——

「該死，收穫雖然不大，但件件都是好貨。沒想到這個爲民喉舌的議員，品味還眞不錯，四把奧布頌②出品的扶手椅；一張落了款的寫字檯，我敢說一定是佩爾歇和楓丹③的作品；兩盞來自古提埃爾④的壁燈；一幅福拉哥納爾⑤的眞品；一件納迪爾⑥的贗品，即使是假貨，美國的億萬富翁也會毫不猶豫收下它……總之，我們今天可走運了。隨那些沒本事又愛叨唸的傢伙抱怨去吧，什麼──『根本找不到這麼好的東西！』屁話，他們該學學我，用心點找！」

在羅蘋的指揮和指點下，吉爾貝爾和沃什瑞立刻動起手來，有條不紊地搬走所有大型家具。半小時後，第一隻小船已經裝滿了。羅蘋決定讓格羅那和勒巴陸先離開，要他們先下貨裝車。

羅蘋目送兩人划船離去後又回到別墅。經過門廊時，他似乎聽見書房傳來人聲。他決定過去一探究竟。可是書房裡只有手腳被捆住的雷奧納爾一人躺在地上。

「我們這位議員先生的忠實奴僕，這麼說來，剛才是你在哼哼唧唧？別激動，我們就快搬完了。要是你再嚷嚷，休怪我用刑……你喜歡梨子嗎⑦，要不要給你來一個？」

羅蘋走出書房，準備往一樓走，才剛登上樓梯，卻又聽見書房傳來談話聲。他豎耳仔細聆聽，清楚無疑，這嘶啞、近乎呻吟的聲音就是從書房傳出的。

「救命，抓強盜，救命！他們會殺了我的，快通知警察局！」

「這傢伙簡直瘋了。」羅蘋自言自語道：「該死，已經晚上九點鐘了還要打擾警察局，真不知好歹！」

羅蘋並未加以理睬，他又回到一樓的客廳，繼續翻箱倒櫃。這次行動花費的時間比他想像中還要久，一方面由於壁櫥裡擺的小玩意全都價值連城，令他很難放過，但另方面沃什瑞和吉爾貝爾似乎也搜找得過分仔細，這使羅蘋感到很不安。

最後，他終於不耐煩地說：「夠了！剩下的東西就算了，我們可別因小失大打亂了整個計畫，要知道，載滿寶貝的汽車在外面停留過久，實在太危險，我要上船了。」

於是，三人從別墅出來，準備朝河岸走去。羅蘋準備下臺階之際，吉爾貝爾卻拉住他的臂膀：

「老大，我們得再回去一趟，再五分鐘。」

「可是……該死，這是爲什麼？」

「是這樣的……我聽人說有一只年代久遠的古舊聖物盒，總之是很不賴的玩意兒。」

「那又怎樣？」

「我沒辦法得手，這盒子收在書房的壁櫥裡，壁櫥被一把很大的鎖鎖住了。您知道的，我跟沃什瑞沒這麼大本事……」

羅蘋聽完後無動於衷，轉身繼續往臺階走。

可是沃什瑞衝上來攔住他：「十分鐘，就十分鐘！」

羅蘋氣得喊了起來：「十分鐘一到，我就走。」

*　　　*　　　*

十分鐘過去了，羅蘋卻沒有進一步動作。

「九點十五分……這簡直是在幹蠢事。」羅蘋看了看手錶，對自己說。

忽然間，他意識到在整個行動過程中，吉爾貝爾和沃什瑞兩人看起來怪怪的，他們似乎誰也不願離開彼此的視線範圍，一直在觀察對方的舉動。

到底是怎麼回事？

不知不覺中，羅蘋回到了別墅前。這時的他感到一股莫名焦慮，他隱約聽到安吉恩那一頭嘈嘈雜雜的，而且聲音似乎越來越近……

「也許是出來散步的行人吧……」羅蘋心想。

他發出一聲響亮的口哨後，立刻朝主柵欄方向走去。他在那裡四下張望，卻沒有人影。正當他準備拉開柵門進入時，突然傳來一聲巨響，緊接著一陣痛苦的喊叫。羅蘋立刻跑出花園，繞著別墅轉了一圈，什麼也沒發現。於是，他返回別墅，登上臺階，走進餐廳。

「天殺的！你們這兩個傢伙到底在搞什麼？」

只見吉爾貝爾和沃什瑞雙雙滾到木頭地板上，像在打肉搏戰。兩人痛得拚命叫喊著，衣服也沾滿了血。羅蘋立刻衝過去。可是下一秒，吉爾貝爾已制伏他的對手，並好像從沃什瑞手中搶走一個什麼東西，急忙放進自己的口袋。他的動作太快，羅蘋並未看清那是什麼。這時，沃什瑞也因肩傷失血過多而昏過去。

「是誰弄傷他的？是你嗎，吉爾貝爾？」羅蘋怒氣沖沖地問道。

「不是……是雷奧納爾。」

「雷奧納爾！他可是被捆住……」

「他替自己鬆綁了，然後四下一摸摸到那把左輪手槍。」

「這卑鄙的傢伙，他在哪兒？」

羅蘋抓起手電筒，轉身來到書房。

只見議員的僕人倒在地上，面色慘白，雙臂交叉，有把匕首插在他的喉嚨上，一灘鮮血從嘴角流出。

「啊！」羅蘋吃了一驚。等他上前一看，人已經斷氣了！

「您認爲他……他……」吉爾貝爾顫抖地說。

「他死了，我告訴你。」

「是沃……沃什瑞……幹的……」

羅蘋氣得臉色發白，一把抓起吉爾貝爾怒道：「是沃什瑞……還有你，因爲當時你就在現場，可是你卻任憑他這麼做，見死不救。流血，又是流血，你們很清楚，我不喜歡見血，你們兩個卻毫不放在心上。算你們兩個傢伙倒楣，如果出了什麼事，你們得負責任，而且代價慘重……小心上斷頭臺！」

羅蘋看到死人的屍體，不禁渾身顫抖起來。他突然搖晃起吉爾貝爾的身子：「爲什麼？爲什麼沃什瑞要殺死他？」

「他本來想搜僕人的身，找出壁櫥的鑰匙。可是等他湊過去時，發現這傢伙已經解開捆住手臂的繩子，他一慌張就……就捅了上去。」

「那槍聲呢？」

「是雷奧納爾……當時手槍就在他的手裡。臨死前，他掙扎著朝沃什瑞開了一槍……」

「壁櫥的鑰匙找到了？」

「沃什瑞拿到了。」

「打開了？」

「是的。」

「你呢？你從他手裡搶來的玩意兒，就是那只聖物盒子？應該不是吧，看起來很小……怎麼，說話呀？」

吉爾貝爾仍默不作聲，羅蘋從吉爾貝爾臉上的表情看得出來，這傢伙不打算說。於是，他使出一個威脅動作，狠狠地說：「你會說的，我的夥計。我羅蘋保證，一定要讓你吐出實話。可是現在我們得趕快離開，來，幫我一把，我們得把沃什瑞弄到船上去……」

兩人回到餐廳，吉爾貝爾正準備彎腰抱沃什瑞，只見羅蘋攔了上來：「你聽！」

他倆紛紛露出不安的眼神——書房裡有人說話，而且聲音相當低沉，聽起來很奇怪，好像是從遠處發出似的。他們走近書房一探究竟，卻發現裡面根本沒有（活）人，地上只有雷奧納爾的屍體，從門口遠遠望去，還能望見他那陰暗的輪廓。

可是說話聲音卻再次響起，時而尖銳，時而低悶，時而顫抖，高低起伏、尖銳刺耳，讓人聽了毛骨悚然。聲音一直不曾間斷，就這麼唸著含糊不清的字眼和斷斷續續的音節……

羅蘋頓覺一頭冷汗，這斷斷續續神祕人聲活像從墳墓發出的，到底是怎麼一回事。他湊到屍體面前，聲音立刻戛然而止，可是過了一會兒又響了起來。

「讓我們好好觀察一下。」羅蘋對吉爾貝爾說。

可是羅蘋卻無法控制自己的恐懼，身體不由自主地微微顫抖，他只好讓吉爾貝爾取下燈罩看個仔細。毋庸置疑，聲音是從屍體身上發出的，然而死者的軀體卻紋絲不動，沾滿血跡的嘴唇也未見顫抖。

「老大，我……好怕。」吉爾貝爾嚇得結巴了。

那聲音還是依舊，鼻音濃重，竊竊私語。

突然，羅蘋大笑起來。只見他迅速抓住屍體，稍往旁邊挪開。

「很好！」他一邊說，一邊敲打這終於現身的金屬發光物……「很好，被我們找到了，還眞費了一番工夫。」

原來是一具話筒，電話線連接至掛在牆上的話機。羅蘋撿起話筒放在耳邊仔細聽。很快地，話筒那端傳出嘈雜聲，有人呼喊，有人叫嚷，好幾個人的聲音摻雜在一起，像是在互相對話。

「您在嗎?他沒答話……眞糟糕……他們該不會殺了他……您在嗎?這究竟怎麼回事?請再堅持一下,已經派人過去救援了,警方就快到……」

「該死!」羅蘋嘴裡一邊詛咒,一邊丟掉話筒。

這時,羅蘋渾身一陣涼意,他總算懂了。一開始,就在他們忙著搬東西之際,雷奧納爾其實一直沒被綁緊,他成功起了身,搆到牆上的電話,大概是用嘴把話筒叼到地上,然後打電話到安吉恩警察局求救。

羅蘋剛裝完第一船的家具,返回時就聽見了他的呼救聲——「救命,抓強盜,救命!他們會殺了我的,快通知警察局!」

接線生替他轉接了警察局,而且警方已在路上。這時,羅蘋突然想起幾分鐘前,他聽見花園那邊傳來吵吵嚷嚷的動靜聲。

「警察來了,趕快撤!」立刻反應過來的羅蘋,一邊說一邊朝餐廳跑去。

「沃什瑞怎麼辦?」吉爾貝爾反駁道。

「算他倒楣。」

「老大,求您不要撇下我!」此時沃什瑞甦醒過來了,他攔住了兩人的去路哀求著。

羅蘋停下了,雖然現在情勢緊張,但他還是在吉爾貝爾的協助下,抱起受傷的沃什瑞。可是門外卻一片嘈雜……

「太遲了。」羅蘋說。

別墅的大門正被撞得震天價響。他跑過去察看——警方已將別墅團團包圍，氣勢驚人地要往裡面衝。如果剛才立刻就走，他和吉爾貝爾兩人還有可能趕到河岸。可是如今他們卻在警方的槍口底下，怎麼可能逃脫呢？

羅蘋趕緊把門關好，插上門栓。

「我們被包圍了……完了……」吉爾貝爾咕噥著。

「住嘴！」羅蘋罵道。

「可是他們看到我們了，瞧，他們現在就要進來了。」

「住嘴，」羅蘋重複道：「別說話……也別亂動。」

現在，羅蘋反倒表現得鎮定自若，相當冷靜。他正在認眞思考，好像時間還很充裕，能讓他從各方面評估當前情勢似的。他稱這個當下爲「生命中最崇高的時刻」，因爲此時正是他證明自己存在價値的絕佳時刻。

這種時候，無論局面再危急，他依然慢條斯理地數著：「一……二……三……四……五……六……直到心跳重新恢復正常節奏。」

是的，他在思考，他的思維是多麼敏捷，意識是多麼強大，直覺是那麼敏銳。問題的各種分析方式全都一一呈現眼前。他預料了一切，也做好了一切假設。最後，他自信滿滿，確定自己找出一個邏輯縝密的化解之道。

三、四十秒過後，當外面又是撞門、又是撬鎖之際，他對自己的同伴說：「跟我來。」

於是他們退回客廳。羅蘋朝著屋子側面的一扇窗戶走去，輕輕推開窗扇和百葉窗，向下瞭望。屋外，警察們正來來回回地奔忙，他們根本無法從這裡逃出去。羅蘋立刻使勁全力、聲嘶力竭地大喊：「在這裡，救命！我抓到他們了，在這裡！」

然後他掏出左輪手槍，朝窗外的樹開了兩槍。接著他走回沃什瑞身邊，欠身過去，摸了一把血，塗得自己滿手滿臉都是。最後羅蘋走到吉爾貝爾面前，抓住他的肩膀，麻利地將人撂倒在地。

「您想怎麼做，老大，這就是您的主意？」

「只管看我怎麼做。」羅蘋蠻橫地打斷吉爾貝爾：「這裡的一切由我負責，你們兩個也是，跟著我，見機行事……我會救你們出監獄的，不過，在這之前，得先讓我成功逃脫。」

樓下的人一聽見剛才的叫喊聲，立刻蠢蠢欲動，也喊了起來。

「我在這裡，」他喊道：「我抓住他們了，快來幫忙！」然後，羅蘋壓低聲音，平靜地對吉爾貝爾說：「好好想一想，你還有什麼話要對我說嗎？我們要怎麼聯繫，用什麼暗號之類的？」

只見吉爾貝爾還是努力反抗著，他很生氣，無法理解羅蘋爲何會想出這種鬼主意。

這時的沃什瑞倒顯得機敏許多，抑或因爲自己的傷勢不輕，不抱希望，他於是冷笑道：「要你怎麼做就怎麼做吧，蠢貨，只要老大能逃出去……現在也只能這樣了，不是嗎？」

這會兒羅蘋突然想到，吉爾貝爾剛才從沃什瑞那裡搶走一件東西塞到自己口袋。這回，換羅蘋搶過來。

「啊，這個，絕不！」吉爾貝爾一邊往後閃躲，一邊咬牙切齒地說。

他再次被羅蘋壓倒在地，就在此時，兩名警員沿著窗子爬了進來，吉爾貝爾立刻鬆手，把東西塞給羅蘋，羅蘋還來不及看清就先藏起。

吉爾貝爾則在他身旁輕聲地說：「您一定要拿好，老大。找機會，我會向您解釋清楚的……您肯定……」

吉爾貝爾話沒說完，警員們已從多個入口一窩蜂衝進來，準備搭救羅蘋。

「你們來得眞是時候，這傢伙費了我很大的勁，那個被我打傷了，可是這個……」

警察局局長一衝進來，便著急地問：「您看見這屋子的僕人了嗎？他們把他給殺了？」

「我不知道。」羅蘋回答。

「您不知道？」

「該死，我和你們一樣，一聽說這裡出了事，才從安吉恩趕過來的。差別只是你們從別墅左側包抄進來，而我走的是右側，那裡有一扇開著的窗戶，我就是從那裡爬進來的。當時，這兩個強盜正好要從那兒爬出去，我就朝這傢伙開了槍。」羅蘋把手指向沃什瑞，繼續說：「然後，我又抓到了他的同伴。」

警方怎麼可能會懷疑羅蘋呢？他渾身是血，是他向警方指出殺害僕人的凶手，此外現場的十個人也同時見證了他的這幕英雄之舉。

況且，當時亂作一團，誰也不會費力想太多，大家根本沒有時間懷疑。所有人一聽見屋裡情況不對，頓時也方寸大亂。他們從四面八方衝進別墅，有的上樓，有的下樓，有的直衝進了地窖。大家你一吼我一喊，互通聲息，根本不可能仔細斟酌羅蘋那些似是而非的說辭。

警察局局長一看到書房裡躺著的屍體，立刻感到自己責任重大。他下令控制別墅的柵欄圍牆，不讓任何人進出屋子。他自己則一分鐘也不耽擱，隨即開始勘察現場。

沃什瑞報上了姓名，吉爾貝爾卻拒絕回答，藉口說律師不在場，他一個字也不說。警方說凶手是他，他就舉發沃什瑞，而這個受了槍傷的傢伙爲了替自己辯護，也開始將矛頭指向吉爾貝爾。兩個人就這麼你一言我一語誰也不讓誰，他們當然是爲了混淆視聽、爭取時間，非把警察局局長弄得暈頭轉向不可。局長這下感到很棘手，打算轉身問問羅蘋到底怎麼回事，可是這個陌生人卻已消失無蹤。

「對剛才那位先生說，我要問他幾個問題。」

大家到處找尋這位先生的下落。後來有人說看見那位先生不久前在臺階上抽菸，還把自己的香菸分給警察們抽，然後就離開，朝河岸走去，甚至還留話，說若有必要可隨時叫他。

眾人叫喚著，可是沒有回應。

一名警員跑過去看，只見這位先生卻已登上一艘小船，正賣力地划動船槳。

警察局局長看了看吉爾貝爾，這才明白被耍了。「攔下他，」局長大叫：「快上，他們是一夥的……」局長親自衝了出去，後面跟著兩名警員，其他人則留在別墅看守嫌犯。等他趕到河岸邊，發現距他約一百公尺的水面陰影中，那位先生正高舉帽子向他致敬呢！

其中一名警員開了槍，但也無濟於事。岸邊似可聽見微風送來河面上的人聲，這位先生居然一邊划船一邊唱歌：「小小浮萍快點走，風兒助你一臂之力……」

警察局局長意外發現隔鄰別墅的碼頭停著一隻小船。他立刻交代手下守著河岸，那傢伙若上岸立即逮捕，他自己則帶著兩名警員躍過柵欄，來到隔壁的花園，登上船追了出去。

這趟任務相當輕鬆，藉著若隱若現的月光，局長很容易就能將逃犯鎖定在自己的視線之內，而且他猜出這傢伙打算沿著湖心，往右邊的聖格拉提恩村划去。

他們的船行速度越划越快，局長感到很欣慰，一方面固然是他們的船特別輕巧，另方面是他多了兩名得力助手的緣故，他們僅花了十分鐘就讓兩船的距離縮短一半。

「好極了，」局長說：「這下用不著弟兄們阻止他登岸了。我倒很想會會這傢伙，他還眞是膽大包天。」

奇怪的是，兩船之間的距離竟如此輕易地越縮越近，好像逃犯也知道不用再做困獸之鬥似的。警方三人見狀，繼續加快划槳速度，他們的船飛快地劃過水面，頂多再一百公尺，他們就能追上那傢伙。

「不許動！」局長大喝一聲。

只見逃犯跪在船裡，一動也不動，船槳橫擺在船的兩側。然而這靜止的場面卻令人感到不安——如此高竿的強盜不可能輕易束手就擒吧，他一定會和他們拚個你死我活，甚至在警方還來不及出手前，就開槍掃射徹底打垮他們。

「投降吧！」局長又喊道。

此時夜色凝暗，看不清敵人動靜，對方好像正沉默地示威，警方三人突然本能地倒臥在船尾。不一會兒，三人重新坐定，被激怒的他們使出全力划完這最後的一百公尺。

局長氣得低聲抱怨：「我們不能就這麼任他擺布，先朝他開槍吧，你們準備好了嗎？」接著他又喊了起來：「棄械投降吧，否則……」

沒人回答。

「舉起手來……放下武器……你不願意？那好吧！算你倒楣，我要數了，一……二……」兩名警員不等局長數完就開了槍。然後他們奮力划槳，船隻飛快向前，一下子就趕上了逃犯的小船。

局長手持槍托，十分警覺，此時任何微小的動作都會觸動他緊繃的神經。「你敢動一下，我就打爆你的腦袋。」

逃犯仍舊一動也不動，等到兩名手下鬆開手中的槳，打算跳到對方的船上抓人時，局長這才恍然大悟，原來船上根本沒有人。逃犯早就跳船游走了。船上的人形模樣，原來是他替幾件偷來的東西套上外套、戴上小圓禮帽的偽裝。天色很暗，恍惚間，看起來儼然像個眞人。

就著火柴的亮光，他們檢查了逃犯遺留的東西。帽子內側沒有姓名縮寫，衣服口袋既沒有紙條也沒有其他能夠查明身分的東西。不過他們找到了一樣東西，這東西使整件事自此惹出軒然大波，也使吉爾貝爾和沃什瑞的命運雪上加霜。那是一張名片，是他們在衣服右側口袋找到的，上面赫然印著——**亞森・羅蘋**。

而就在局長等人一邊牽著逃犯的小船往回划，一邊繼續進行無謂的搜索時；當岸上的警員個個摸不著腦地目瞪口呆，試圖釐清這場跌宕蹊蹺的水戰時；兩個小時之前，我們的羅蘋早已悄悄從河岸的彼端重新登了岸。

他與另外兩名同伴格羅那、勒巴陸在那兒會合，匆忙之中向他們解釋一番後，便跳進自己的汽車，坐在滿載多布雷克議員的寶貝家具之間，穿上了毛皮大衣，任由司機載著，駛過荒涼的道路，來到他位於納依區的倉庫。羅蘋要司機留在那裡卸貨，自己則坐上一部計程車回巴黎，他在聖菲力浦—杜—魯勒下了車。就在離這裡不遠的馬蒂紐路上，羅蘋擁有一處自己的夾層公寓，這地方除了吉爾貝爾，沒有人知道。

回到家，羅蘋很高興能換過衣服，洗澡，然後擦擦背。就算壯碩硬朗如他，這種天候泡在冰冷河水裡，仍舊凍壞了他的身子。之後羅蘋便一如往常，在睡前掏空所有衣服的口袋，把東西統統放到壁爐上。就在他的皮夾和鑰匙之間，羅蘋清楚看見吉爾貝爾在最後一刻偷偷塞給他的那件東西。

他感到很驚訝，這東西原來是個玻璃瓶塞，一只很小的水晶瓶塞，就像一般烈酒酒瓶上使用的那種，看起來沒什麼特別的，只是瓶塞打磨成好幾面，頂部鍍了金，而且一直鍍到塞子的頸部正中央。除了這一點，羅蘋沒發現任何值得特別注意的細節。

「吉爾貝爾和沃什瑞執意爭奪的就是這麼一塊碎玻璃？就爲了這個，他們殺了僕人，大打出手，浪費時間？就爲了這個，他們寧願冒著進監獄，受審判，上絞架的危險？該死，這也太可笑了吧！」羅蘋心想。

無論整件事是多麼讓人不得其解，現在，羅蘋已經太累了，他不想再拖著自己繼續苦思。於是，他把瓶塞重新放回壁爐上，跳上床倒頭睡去……

可是一閉上眼，噩夢就開始糾纏他。他夢見吉爾貝爾和沃什瑞跪在牢房的石頭地板上，神情恐怖地呻吟著，朝他伸出狂亂揮舞的雙手。——「救命！救救我！」吉爾貝爾哭喊著。

無論羅蘋怎麼努力，他始終動彈不得，自己彷彿被無形的繩索牢牢捆綁。恐怖的畫面一直纏著他，羅蘋打著哆嗦。噢，他看見死刑犯最後的體面梳妝，睡夢中他直擊了絞刑前的最後時刻。

「該死！」最後，羅蘋從一連串的夢魘驚醒，他罵道：「這就是預兆啊。吉爾貝爾這孩子沒有殺人，幸好軟弱無助地求救不算犯罪，否則他……」羅蘋繼續自語：「不過，還好我有護身符，瞧瞧這小小的水晶瓶塞，如果我被吉爾貝爾、沃什瑞牽扯進來，有了它，我羅蘋就能退散威脅，還能拿它得到更多好處。」

說著，他起身想去拿瓶塞，打算好好端詳，下一秒羅蘋卻發出一聲驚呼——水晶瓶塞不見了。

譯註：

①法國的「底層」，即台灣的「一樓」。以此往上類推，法國的「一樓」，即台灣的「二樓」。

②奧布頌（Aubusson），法國小鎮，近六個世紀以來相當知名的地毯、家具產地。

③分別指夏爾・佩爾歇（Charles Percier，一七六四～一八三八）和皮耶・弗朗索瓦・雷奧納爾・楓丹（Pierre François Léonard Fontaine，一七六二～一八五三）他們是法國宮廷設計師兼建築師搭檔，曾參與羅浮宮、香榭麗舍大道上凱旋門的設計興建，推崇奢華的新古典主義風格，是拿破崙的御用建築師。

④古提埃爾（Gouttières），法國小鎮，以陶器工藝聞名。

⑤福拉哥納爾（Jean-Honoré Fragonard，一七三二～一八〇六），法國風俗畫、風景畫、肖像畫、歷史畫、蝕刻銅版畫家，也從事設計裝潢。

⑥納迪爾（Jean-Marc Nattier，一六八五～一七六六），法國宮廷畫家。

⑦一種狀似梨子的刑具，這裡指羅蘋打算動用這套刑具。

chapter 2

九減八等於一

儘管羅蘋與我關係匪淺，儘管他總灌迷湯似的表達對我的信任，但有件事我一直沒法看透，那就是他的組織、他的幫派。

毫無疑問，這個幫派肯定存在。有些冒險，如果沒有那無限的忠誠，沒有他們不可抗爭的頑強精神，沒有強烈的意氣相投，是沒辦法解釋的。眾人的力量匯聚在一起，扭成一股繩，在一人意志的驅使下才得以讓他們完成一次又一次的歷險。可是這股意志到底是怎麼傳達的？是透過怎樣的中間人？是怎麼一層又一層地傳下去呢？這些，我尚不知曉。羅蘋把這個祕密留給他自己，因此我可以這麼說，只要羅蘋有意保守祕密，那麼我就永遠也不會識破。

唯一說得通的假設是，這個圈子在我看來是一組精銳陣容。而且，這些傢伙個個讓人毛骨悚然，他們或以獨立之身加入，或是臨時混跡其中。他們來自各個國家，來自各個角落，只服從於羅蘋一人，彼此之間甚至不認識。在他們與羅蘋之間來來往往的，是一時的同夥，熟悉內情的人，以及羅蘋忠實的心腹，總之，是所有受羅蘋直接領導的幫派主要成員。

吉爾貝爾和沃什瑞就是他們之中的兩位。這是警方第一次抓到羅蘋的同夥，這就是法院對他們如此不留情面的原因，他們是羅蘋供認不諱、不容置疑的同夥，而這次，他們竟然犯下了謀殺罪！只要有強而有力的證據證明這罪行是蓄謀已久的，一旦謀殺指控成立，嫌犯面臨的將只有絞刑的命運。而現在至少有一個明顯的證據對嫌犯不利，那就是雷奧納爾的電話紀錄。就在他死前的幾分鐘裡，「救命，抓住強盜，他們會殺了我……」——這次絕望的呼救，有兩個人聽得眞眞切切，一個是接線生，另一個是接線生的同事。而且兩人也均向法院表明了陳詞，證實此事。正是接到這通電話之後，警察局局長才親自趕往瑪麗—特雷薩別墅，然後命令他的手下和一整隊的警察包圍這幢房子。

從一開始，羅蘋就十分清楚自己在冒什麼危險。如今，他與整個社會展開的這場激烈較量即將進入一個新階段，一個更加可怕的階段。現在只能孤注一擲。因爲這次不再是什麼有趣的竊盜案，或修理哪位外國闊佬、不老實的金融家，以此娛樂大眾，贏得他們的贊同。這次可是出了連他自己都無法苟同的殺人命案。這一次的羅蘋不再能主動進攻，他只能被動防守，他必得保住自己和兩個同夥的腦袋。

我在他最常使用的記事本上，摘下這麼一段心路歷程，這些文字道出了當時他所陷入的兩難困境，以及他內心的眞實想法——

首先，吉爾貝爾和沃什瑞肯定是在利用我。那天的安吉恩行動表面上是去搬空瑪麗—特雷薩別墅，實則另有隱情。整個行動過程，這個隱密的念頭一直縈繞在他們的心上，家具底下，壁櫥最深處，他們掀來掀去不是爲別的，就是爲了找一樣東西——水晶瓶塞。所以，要想看穿這其中奧妙，我就得弄明白整樁事情的原委。雖然現在我還不知道原因，但是在他們眼中，這神祕的玻璃塞子肯定具有巨大的價值……而且，不是只有他們這麼想，否則，昨天晚上，也不會有人膽敢潛入我的住所偷走那東西，而且那人的身手是如此輕巧敏捷。

羅蘋對前一晚自己的寓所被盜，感到困惑不已。

有兩個難以解答的問題一直縈繞在他的腦海。首先，潛入他家的不速之客到底是誰？只有吉爾貝爾，這個羅蘋百分百信得過的特殊祕書，才知道馬蒂紐路上的這處住宅。可是吉爾貝爾現在關在監獄裡啊。會不會是這傢伙背叛了自己，讓警員去抓羅蘋呢？如果是這樣，他們爲什麼不直接逮捕他羅蘋，而僅僅取走了水晶瓶塞呢？

而更奇怪的是，家裡找不出任何跡象顯示，確實有人可突破他寓所的其他房門，這點羅蘋不得不承認對方很高竿。但是，這人到底如何成功潛入他的臥室呢？每天晚上，羅蘋都習慣性地反鎖臥室的房門，然後上門栓。這個細節，羅蘋從來沒有忘記過。但是，事實不容置疑，水晶瓶塞卻在門鎖和插銷完好無損的情況下就這麼不翼而飛。羅蘋對自己敏銳的聽力信心滿滿，可是昨晚睡覺時，他卻沒聽見一絲動靜。

他不打算再繼續想下去，他對這種難解之謎太瞭解了，他知道只有事情漸漸發展下去，層層迷霧最終才能被撥開。但是，羅蘋感到十分擔憂、張皇失措，他立刻關閉馬蒂紐路的這處夾層公寓，發誓絕不讓那傢伙再踏進這裡半步。

之後，他便馬上著手和吉爾貝爾、沃什瑞聯繫。可是在這件事上，羅蘋再次失望了。雖然法院方面沒有充足證據證明這兩個人就是羅蘋的同夥，但法官卻決定不在塞納—艾—瓦茲進行預審，而是在巴黎進行，而且是以羅蘋爲被告進行公開預審。其間，吉爾貝爾和沃什瑞被暫押在桑德監獄。桑德監獄和法院方面都明白，一定要阻止羅蘋和他的同夥聯繫。警察總署還下達一系列嚴密的預備措施，就連最小的地方分局和最不起眼的獄卒都得嚴格執行。監獄方面則選派了可靠的人員日夜看守吉爾貝爾和沃什瑞，時刻不離兩人左右。

當時，羅蘋還沒來到他事業的巓峰，也就是還沒晉升爲警察總局局長①，所以他無法利用預審法庭的各種措施來爲自己實施計畫。十五天嘗試聯絡未果，他敗下陣來。這讓他整個人抓狂不已，擔憂之情隨之高漲。

通常做一件事情，最困難的不是最後的完成階段，而是該如何開始──現在，我該從何開始，往什麼方向走下去呢？

於是，羅蘋決定將焦點再次放到水晶瓶塞的最初持有人身上，也就是多布雷克議員，這個人很有可能知道這玩意兒的重要性。可是，吉爾貝爾是怎麼知道多布雷克手上有這件寶貝呢？他又是怎麼知道議員的行蹤呢？他是用什麼方法暗中監視多布雷克？是誰告訴他那天晚上多布雷克會在其他地方度過？所有這些問題，羅蘋都得一一釐清。

瑪麗─特雷薩別墅遭劫之後，多布雷克先是在巴黎的冬日街區住了一陣，然後就搬到他位於拉馬丹廣場左側出口、正對雨果大道盡頭的私人公館。

羅蘋事先化好妝，裝作一個出來散步的退休老者。然後，他慢慢靠近多布雷克公館附近，時而待在拉馬丹廣場，時而坐在雨果大道的長凳上。

從第一天開始，羅蘋就有了發現。有兩個男人一直在監視公館裡的議員。這兩人雖是工人打扮，但行爲舉止足以說明他們的眞實身分。多布雷克一出門，他們立刻就跟在他的後面。而多布雷克回家時，兩人依然執著地跟監，直到夜晚看見議員家的燈火熄滅，他們才離開。

殊不知螳螂捕蟬，黃雀在後。這回，輪到羅蘋在後面死盯住這兩個人，結果證明他們是警察總局的探員。

「瞧呀，瞧，」羅蘋自言自語道：「世事難料啊！這麼說，警方也在調查多布雷克？」

到了第四天，天才剛黑，就有另外六個人和這兩個人在拉馬丹廣場的幽閉角落會合。羅蘋從他們的身材舉止判斷，吃驚地發現這六人之中有一個竟然是大名鼎鼎的普拉斯威爾。

此人曾經做過律師，運動員，探險家。但如今，他是愛麗榭宮②的紅人。另外，不知出於何種神祕原因，普拉斯威爾還坐上了警察總署祕書長的位置。

這時羅蘋忽然想起，兩年前，波旁王宮廣場上發生一場轟動一時的鬥毆事件，當事人雙方就是普拉斯威爾和多布雷克議員。至於這場鬥毆事件的原因，則無人知曉。那天，普拉斯威爾帶去了自己的見證人，可是多布雷克卻反悔了，他拒絕決鬥。這之後沒多久，普拉斯威爾就被任命爲警察總署祕書長。

「奇怪……眞是奇怪……」羅蘋一邊感到納悶，一邊不動聲色，打算將普拉斯威爾的伎倆看個清楚。

七點時，普拉斯威爾一行人離開了廣場，朝亨利—馬爾丹大道的方向走去。而多布雷克則從公館右側的小花園大門出來。兩名警探立刻暗中跟了上去，然後在泰布路跟著多布雷克上了電車。

多布雷克走後，普拉斯威爾立刻穿過廣場，按了他家的門鈴。公館的柵欄一直延伸到看門女僕的住處。看門人出來，和來人祕密攀談片刻後，普拉斯威爾一行便被女僕引進公館。

「非法祕密造訪他人家這種不怎麼光明正大的作法，應該叫我一起加入才對，所以，我得進去。」羅蘋心想。

於是，他毫不猶豫地朝公館走去。大門這時還沒關上，他便直接走到正在四處觀望的看門女僕面前，一副裡面的人正在等他似的急忙問道：「先生們都到了？」

「是的，在書房。」

他的計畫很簡單——如果被裡面的人碰見了，就說自己是商人。沒必要說太多託辭。就這樣，他成功穿過空無一人的門廊，來到公館的餐廳，一片玻璃將這裡和書房隔開，羅蘋在這裡剛好能夠透過玻璃看到普拉斯威爾和他五名手下的一舉一動。

只見普拉斯威爾拿著一串鑰匙，試圖將書房裡的每個抽屜逐一撬開，然後仔細檢查從中搜到的每份文件。他的另外五名手下則趕忙從書架上取下所有的書，逐頁快速翻覽，想看看書裡是否有任何夾帶。

「他們顯然是在找什麼文件……是鈔票，也說不準……」羅蘋心裡暗想。

可是這時，普拉斯威爾大聲感嘆道：「眞蠢！我們什麼也找不到……」

不過，他並沒有放棄之意，因爲他突然拿起酒箱裡的四瓶烈酒，逐一拔下瓶塞，檢查了起來。

「好傢伙！原來他也在找水晶瓶塞。」羅蘋暗想，「他不是在找什麼文件嗎？好吧，我眞是搞不懂了。」

只見普拉斯威爾掀起各種物品，仔細檢查著，接著他說：「你們一共來過這裡幾次？」

「去年冬天來過六次。」其中一人答道。

「你們都搜遍了嗎？每個房間都看了？因爲那時他不是整天都在外面進行競選演說嗎？」

「可是……可是……」

普拉斯威爾繼續說：「他還沒找到貼身僕人吧？」

「沒有，他正在找。現在，他都在外面餐館吃飯，他的看門女僕暫時幫他整理房間。這個女人，我們可以百分之百信任……」

此後的一個半小時裡，普拉斯威爾持續地搜查著，翻遍書房裡的每件小玩意兒，然後小心翼翼地一一放回原位。九點時，跟蹤多布雷克出去的那兩名警探回來了。

「他回來了……」

「走路回來的？」

「是的。」

「我們還有時間嗎？」

「噢，是的。」

普拉斯威爾和署裡的手下就這麼不慌不忙地查找著，最後再看了看書房，確保沒洩露任何到訪的蛛絲馬跡後，才離開。

現在，形勢對羅蘋來說一下變得緊張起來。他要是現在離開很有可能會撞上多布雷克，可是如果他留下，就很可能再也出不去了。羅蘋看了看，發現餐廳有扇窗戶直接通向廣場，於是，他決定先留下來再說。能有機會近距離接觸多布雷克，這麼好的事，他羅蘋才不會錯過呢。況且，既然多布雷克已經在外面用過晚餐了，也不大可能會到餐廳來。

羅蘋就這麼靜靜等著，隨時準備躲到玻璃窗旁邊的天鵝絨窗簾後面。他聽見房門被人推開了，接著一個人走進了書房，又過了一會兒，燈亮了，羅蘋認出此人正是多布雷克。

多布雷克個子不高，體態十分臃腫，脖子短粗，臉上濃密的銀色落腮鬍像一串項鍊垂到脖頸之間，可是，這傢伙頂上卻沒幾根頭髮。多布雷克經常覺得雙眼疲憊，所以在他的近視眼鏡上面，又多戴一副夾鼻墨鏡片。

羅蘋注意到此人有一張精力十足的臉孔，他的下巴四方飽滿，頷骨鮮明。拳頭上長滿濃密的毛髮而且十分有力，雙腿也很壯實，走起路來，弓著腰，沉重的上半身時而壓在左臂，時而壓在右邊，看起來活像一種以四肢行走的動物。他的額頭非常寬，卻凹凸不平地布滿了隆起的疣，格外引人注目。

總之，他整個人看起來就像一頭讓人又害怕又嫌惡的野獸。羅蘋還記得，議會上，大家都稱呼多布雷克「森林野人」。大家之所以這麼叫他，不僅因爲他時刻與其他人保持距離，很少和同僚來往，還因爲他的外表，他的步態和他那發達的肌肉組織。

只見，多布雷克坐在辦公桌前，從口袋掏出一支菸斗，然後，他在一個盛著各式菸草的容器中取出一包馬里蘭菸草，撕開包裝，裝進菸斗，點著抽了起來。過了一會兒，他開始埋頭寫信。

可是寫沒多久，他就停了下來，好像在想些什麼，而他的注意力似乎集中在書桌的一角上。忽然，他激動地拿起一只裝郵票的盒子檢查了起來。然後，他又拿起剛才普拉斯威爾動過的幾件東西，一邊仔細觀察，一邊摸了摸，好似上面只有他才知道的一些小細節向他透露了祕密。

最後，他按了鈴。一分鐘後，看門女僕走進書房。他對她說：「他們來過了，是不是？」

那女人躊躇不答，多布雷克繼續問道：「妳瞧，克蕾蒙絲，剛才是妳打開這只裝郵票的盒子嗎？」

「不是我，先生。」

「可是，我之前封在盒蓋上的一條細膠帶斷掉了。」

「我發誓……」那女人回答。

「爲什麼要說謊呢？我之前不是親口跟妳說過了嗎？要是有人來，就統統讓他們進來。」

「是因爲……」

「因爲妳想兩邊通吃拿好處？好吧……」說著，他掏出一張五十法郎的鈔票遞給看門女僕，然後再次問道：「他們來過了？」

「是的，先生。」

「依然是春天時來的那些人？」

「是的，還是那五個人。但另外這次，又多了一個，這個人應該是他們的領頭。」

「一個高個子？棕色頭髮？」

「是的。」

羅蘋看到多布雷克的下頷緊繃。然後男主人又問：「就這些？」

「後來又來了一個，和他們會合。再後來，又來了兩個，這兩個人就是平時一直在公館附近徘徊的那兩個人。」

「他們只待在這間書房裡？」

「是的，先生。」

「我回來時，他們都離開了？也就是說，在我到家幾分鐘之前？」

「是的，先生。」

「很好。」

女人離開後，多布雷克繼續寫他的信。然後，他伸開雙臂，從桌角抓起一張白紙，在上面劃了幾筆，接著，他將白紙舉到自己眼前，目不轉睛地瞪視著。白紙上寫著這麼一行算式，羅蘋能從反面辨認出來——

9－1＝8

只見多布雷克表情專注，嘴裡嘀咕著這道減法。

「毫無疑問！」最後，他大聲說。

接下來，他又寫了一封信，內容很短，然後在信封上寫下地址。就在多布雷克把信封擱到一疊白紙旁的瞬間，羅蘋看到了收信人是誰——

警察總署祕書長　普拉斯威爾先生收

然後，多布雷克再次按鈴。

「克蕾蒙絲，」他對看門女僕說：「妳小時候上過學嗎？」

「當然，上過學校，先生。」

「學校裡教算術嗎？」

「可是，先生……」

「妳的減法不太好。」

「問這個做什麼？」

「因爲妳不知道九減一等於八。這一點相當重要，如果連這種初級減法都不懂，是很難生存下去的。」

多布雷克一邊說，一邊從椅子上站起來，雙手叉在背後，在書房裡踱來踱去。隨著他的步伐變換，身體重心也跟著左右搖擺。就這樣，他又在房裡轉了一圈，然後停在餐廳門口，把門打開。

「問題也可以這麼說。」多布雷克自語道，「九減八，剩下一個。而這一個，就在這兒，嗯？藏得很不錯，先生，可不是？他留下的證據很明顯呢。」

接著，多布雷克上前輕輕拍打裹著羅蘋的天鵝絨窗簾。

「先生，您想在裡頭待到昏過去嗎？而且，我覺得如果用匕首戳一下應該會很有趣。還記得哈姆雷特的狂喜和波洛涅斯的死嗎？所以，且容我說——『這是老鼠，一隻很肥的老鼠……』得了，我說，波洛涅斯先生，請您趕快從自己的洞穴出來吧。」③

說實在的，羅蘋並不習慣身陷這種處境，他對這光景厭惡透頂。使別人掉入陷阱，然後嘲笑他，羅蘋承認自己的確深諳此道，但從來沒有人敢如此公開戲弄、嘲笑他羅蘋。可是，這一次，他還能怎麼反擊呢？

「我說，這位臉色發白的波洛涅斯先生……您瞧，這幾天是哪個富有的老紳士在廣場上耐心地守候？您也是警方的人吧，波洛涅斯先生？得了，快出來吧，我可不想讓你受苦。妳看，克蕾蒙絲，我的算術多精準。妳說這裡來了九個探員，我在回來的路上，從大道那頭一路數算，九個人進來，八個人出去，還有一個人留下，這個人肯定是留下來監視我的。瞧，原來你在這兒。」

「然後？」羅蘋終於忍不住開口了，他真想跳上前去給這傢伙一點顏色瞧瞧，讓他就此閉嘴。

「然後?然後什麼也沒有,我勇敢的朋友,您還想要什麼?鬧劇到此結束了。我唯一的請求是,幫我送這封短信給你的主人普拉斯威爾閣下。克蕾蒙絲,帶波洛涅斯先生出去。以後,如果他還想造訪這裡,儘管敞開大門歡迎這位先生進來,把這裡當成你自己的家,波洛涅斯先生請便吧……」

羅蘋猶豫了,他想表現得高調些,說句告別的話,或以遊戲結束時使用的字眼代替,就像劇院演出結束之際在布幕後向觀眾告別那樣。他想扳回一城,不失體面地以勝利者的姿態離開。可是這次簡直是慘敗,絲毫無法挽回劣勢,他能做的就是用力扣上帽子,握緊拳頭,雙腳用力跺跺地板以掩飾自己的失敗之情,跟著看門女僕乖乖離開。此時,任何反擊都是蒼白無力的。

「眞是該死!」羅蘋一走出公館,轉身看著多布雷克家的窗戶破口大罵。

「混蛋!無賴!什麼議員!你會爲此後悔的。啊——『波洛涅斯先生請便,波洛涅斯先生竟膽敢……』該死,我發誓,上帝呀,遲早有一天……」

羅蘋氣得發狂,可是同時,他深知這個新結下樑子的敵人不同以往。在這件事上,他無法否認自己的確被別人玩弄於股掌中。

多布雷克是那麼冷靜,他很有自信地把警察總署的警探們耍得團團轉,他對造訪公館的來客絲毫不看在眼裡,特別是他面對第九個打算留下來監視他的訪客,表現得出奇冷靜和從容,語氣狂妄且傲慢。所有這些都說明這是一個個性十足的傢伙,他非常強硬,穩重,清醒,大膽,對自己和他手中的王牌充滿了信心。

可是多布雷克手中到底有些什麼王牌？他究竟唱的是哪一齣把戲？整件事的關鍵又被誰掌握著？目前為止各方到底進展至何種程度？所有這些問題的解答，羅蘋一無所悉。雖然他不知道這些強勁對手們的底細，不知道他們有何武器，有何資源，以及有何祕密計畫，可是這一次，羅蘋仍義無反顧地決定投身其中，與各方較量高下。至少，他知道所有人費盡心機就是要找到一樣東西，就是那只水晶瓶塞！

只有一件事情令他感興趣，多布雷克甚至對此並不介意。他以為羅蘋是警方的人。這麼一來，多布雷克和警方自然想不到居然有第三方插手此事。在當時，這顯然是他唯一的優勢，這項優勢確保他得以自由行動，這一點在羅蘋看來至關重要。

想及此，羅蘋立刻打開多布雷克要他捎給警察總署祕書長的信，信上寫著——

我親愛的普拉斯威爾：

東西一直在你的視線範圍內，你已經觸碰到它，只要再仔細一點，它就是你的了……可是，瞧瞧你有多蠢。你試圖扳倒我？沒有比這更好的武器了。可憐的法國！再見，普拉斯威爾。如果再讓我抓住你，那就是你的不幸了，到時候我可不會再手下留情。

多布雷克

「一直在你的視線範圍……」羅蘋讀完信後暗自重複著：「聽起來的確很滑稽，但這肯定就是事實。最明顯的地方就是最安全的地方。不過，我們得先能看得到這一點再說。首先得弄明白，爲什麼這麼多人緊盯著多布雷克不放，還是先來瞭解一下這號人物吧。」

羅蘋透過一家私人偵探所查到了一些事，情報內容大致如下——

亞力克西・多布雷克是一名自由黨員，兩年前開始擔任隆河三角洲選區議員。他的政論不太站得住腳，可是選舉情況非常堅實，因爲拉選票時，他可是投了不少錢在裡面。現在，他的帳目上未見什麼鉅款，但這傢伙在巴黎擁有公館，在安吉恩和尼斯都擁有別墅。他在賭場輸掉自己賺來的大半心血，但是沒人知道這些錢是從哪兒來的。此人平時雖然很少擔任什麼部會小組的委員，在政界似乎也沒有什麼朋友和關係，但他的勢力極廣，呼風喚雨，無往不利。

「還眞是制式版本。」羅蘋又讀了一遍偵探所給他的訊息後自語道：「我要的是更私人的內容，就像警方掌握的那種消息，我要知道這位先生的私生活到底如何，這麼才能更加自如地操控這場暗鬥，才不會在與他周旋時掉進意外的泥淖。該死，只是時間不等人啊！」

那個時候，羅蘋在巴黎常住的居所就是夏多布里昂路上、靠近凱旋門的一幢別墅，那裡的人都以爲他叫米歇爾．波蒙。別墅裡設備舒適，一直由他的一名忠實僕人阿奇耶照料，而阿奇耶其中一項工作，就是彙整羅蘋的心腹們打來通報的電話內容。

羅蘋回到別墅，驚訝發現有名女工已在這裡等他至少一個小時之久。

「什麼？從來沒人到這裡找過我呀？這女人看起來年紀輕嗎？」

「不……應該不是很年輕。」

「應該不是很年輕！」

「她頭上沒戴帽子，只紮了一條絲巾，我看不清楚她的臉，總之看起來像勞工打扮，就是那種不怎麼時髦的百貨公司侍者模樣……」

「她說要見誰？」

「米歇爾．波蒙先生。」僕人回答。

「奇怪，爲什麼要見我？」

「她只簡單地對我說，事關安吉恩的那個晚上！所以，我以爲……」

「嗯！安吉恩那晚的事情……這麼說，她知道我參與這件事，所以她知道來這裡找我，就可以……」

「她沒有告訴我太多訊息，但我想您應該見見她。」

「做得好，她人在哪兒？」

「在客廳。」

羅蘋立即穿過門廳，推開客廳的門。

「你這是在搞什麼？」羅蘋對僕人說：「裡面一個人也沒有。」

「沒人？」阿奇耶衝進客廳。

裡面果眞空無一人。

「噢，這不可能啊，」僕人吃驚地喊著：「才不到二十分鐘前，我還進來過。她那時人還在的，我確定。」

「你看！」羅蘋氣沖沖地說：「那女人在這裡等我的時候，你人在哪兒？」

「我就在門廊，老大！一分鐘也沒離開過！如果她離開了，我一定知道。該死！」

「可是，她不在這兒呀……」

「是……是……」僕人感到莫名其妙，喃喃自語：「也許她等得不耐煩，就離開了。可是她是從哪裡走掉的？我應該知道的呀！該死！」

「從哪裡？」羅蘋說：「沒必要再想這個問題了。」

「怎麼說？」

「她是從窗戶跳走的。你瞧，窗戶半掩著，這裡是一樓，夜晚的時候路上也幾乎沒有人，肯定沒錯。」

羅蘋看了看四周，那人沒偷走任何東西，甚至沒移動過任何東西。而且，客廳裡也沒什麼值錢的東西或有價值的文件，那女人肯定不是爲了偷這屋子的東西而造訪，然後又突然消失。可是，她爲什麼要不告而別呢？

「今天有人打過電話來嗎？」羅蘋問。

「沒有。」

「今天晚上有信嗎？」

「有一封，今晚最後一班郵差送來的。」

「拿來。」

「我像往常一樣把它放到臥室的壁爐上了，先生。」

羅蘋的臥室就在客廳旁邊，可是他把連接兩個房間的門鎖死了，所以想進到臥室，就得繞到門廊過去。走進臥室後，羅蘋開了燈，可是不到片刻他又喊道：「我沒看見什麼信……」

「我把它放在酒杯旁邊。」

「根本沒有。」

「先生，您肯定沒好好地找。」可是阿奇耶挪開酒杯，拿起座鐘又放下，還是沒找到，信不在那裡。

「啊，該死、該死、該死！」阿奇耶咕噥地咒罵個不停：「是她，是她把信偷走了……啊，可惡的傢伙。該死！」

「你瘋了嗎，兩個房間根本沒打通。」羅蘋不信。

「那您認爲是誰偷的？」

這時兩人都沉默了下來。羅蘋盡量遏抑心中的怒火，讓自己的頭腦保持清醒。接著他問道：

「你查看過信件了？」

「是。」

「有什麼特別的嗎？」

「沒什麼特別的，就是普通的信封，地址是用鉛筆寫的。」

「啊，鉛筆？」

「是的，字跡很潦草，感覺上好像是匆忙寫就的。」

「收信人是怎麼個寫法，你還記得嗎？」羅蘋有點急躁地問。

「我記得，因爲那個收信人寫得很可笑……」

「說，快點說！」

「信是寫給——德・波蒙・米歇爾先生。」

「是『德・波蒙』寫在前面，你確定？『米歇爾』寫在『波蒙』的後面？」羅蘋狠狠搖晃著他的僕人。

「千眞萬確。」

「啊！」羅蘋喃喃叫了一聲，喉嚨像被什麼東西勒住似的——這信是吉爾貝爾寫來的。

羅蘋整個人呆住了，他的臉色有點蒼白，全身緊繃。一點不假，那信就是吉爾貝爾寫來的！幾年來，吉爾貝爾一直按照羅蘋的要求，用這種收件格式寫信給他的老大。此刻，待在牢籠裡的吉爾貝爾不知等了多久，費了多大力氣，才抓住機會寫了這封信，然後成功將它送至郵局。顯然，吉爾貝爾是在匆忙中完成這封信的。現在可好，信卻讓人偷了。這封信到底寫些什麼內容？正在監獄受苦的吉爾貝爾，究竟寫下了什麼消息？他希望羅蘋怎麼幫他？或是爲老大送上什麼樣的計策呢？

羅蘋仔細檢查了臥室。和客廳不同，這裡放著許多重要文件。羅蘋沒發現任何撬鎖翻櫃的痕跡，看來那女人來這裡不爲別的，她只想帶走吉爾貝爾的信。羅蘋盡可能使自己保持冷靜，繼續問僕人：「信送到時，那女人已經來了？」

「是同時到的，門房只按了一次鈴。」

「那麼她有可能看到信封上的內容？」

「是。」

推論不證自明。現在只差弄清楚這女人把信盜走的手法。從客廳窗戶翻出去，然後再從另一側的窗戶進到臥室？不可能。羅蘋剛剛檢查過，臥室的窗戶是關著的。她打開了連接客廳和臥室之間的門？不可能。那門也是關好的，兩邊都上了栓。

但總不可能是穿牆而過的吧。進到一個地方，要想從那裡出去，肯定需要找到一個出口。那女人僅花了幾分鐘就偷走了信，所以出口一定是在牆上，而那女人也肯定事先就知道它在哪兒。這個假設倒讓調查變得容易了，羅蘋將注意力集中在連接兩個房間的門上，因爲隔開臥室和客廳的牆壁附近，除了這道門什麼也沒有，沒有壁櫥，沒有壁爐，也沒有帷幔。

羅蘋再次來到客廳，仔細檢查那道連接兩房的門。突然，他抖了一下。因爲，他一眼就看出門的左側下方、釘在門扇橫桿之間的六塊壁板中，有一塊不在原來位置上，而且照射過來的燈光角度並不是垂直的。羅蘋彎下腰仔細檢查，原本這塊板子的下方有兩根很小的鐵釘，就像畫框後面做支撐用的那種，可是他發現，現在這塊板子是鬆動的。

阿奇耶發出一聲驚呼。但羅蘋反駁了這種可能性：「可是然後呢？之後又怎樣？即使把這個長十五到十八公釐、寬四十公釐的長方形板子拆掉，這個通道對一個成年人而言還是太窄，無論他有多瘦，都不可能從這裡鑽過去。這樣的通道，要一個十歲的孩子鑽都有困難！」

「不，她用不著鑽過去，只要能把手臂伸過去撥開門栓就行了。」

「下面的門栓撥得到，」羅蘋說：「可是，上面的怎麼辦？距離太遠了，不信你自己試試。」

阿奇耶試了試，果眞沒辦法。

「那是怎麼回事？」

羅蘋沒有理會他，他思考了好一會兒，突然命令道：「我的帽子，外套。」他看起來很著急的樣子，急匆匆地穿戴好，出門就跳進了一部計程車。「馬蒂紐路，快！」

計程車才剛靠近羅蘋丟失水晶瓶塞的那個寓所，他就急忙跳下車，打開公寓的特殊入口，然後跑上樓，進到客廳，打開燈，蹲在連接客廳和臥室的門前。

事情果然如他所料，這裡也有一塊木板是鬆動的。和他在夏多布里昂路的住所一樣，這個通道也能讓人伸進一隻臂膀，然後拉開下面的門栓，但是卻搆不到上面那個。

「眞是該死！」羅蘋大叫一聲，他再也抑制不住心中積累了兩個小時的怒火：「眞他媽的倒楣，事情絕不會到此爲止！」

事實上，這一回，壞運氣還眞是接連找上羅蘋，讓他不得不冒險摸索著前進。之前他可從來沒碰過這種事情，每次他都會憑藉頑強的力量爲自己製造勝利。可是這次，吉爾貝爾把水晶瓶塞留給他，吉爾貝爾寄給他的信，所有這些東西卻從他手上不翼而飛。

現在，他才明白這些並非單獨的偶發事件。不，很顯然有人故意和他作對。這個敵人的目標相當明確，而且他的動作機敏，反應靈活，他在向羅蘋開戰，他甚至能夠深入羅蘋最安全的藏身之所。他的進攻是那麼突然、出其不意，弄得羅蘋措手不及，連自己該防禦誰都不清楚。羅蘋一生冒險無數，卻從未碰過這麼大的困難。

這時，他的內心慢慢升起一股對未來的恐懼。

一個日期出現在他眼前，他彷彿看見半年後的四月天一個早晨。這一天，曾跟隨他左右的兩個夥伴將要被送上絞架，接受可怕的刑罰。而也就是這一天，他要展開復仇，給法律一點顏色看看。

譯註：

①參見《813之謎——勒諾曼局長》。

②Élysée，法國總統府。

③這段借喻引用了《哈姆雷特》（又名《王子復仇記》）的一段情節。這是莎士比亞最負盛名的劇本，與《馬克白》、《李爾王》、《奧賽羅》共稱莎翁「四大悲劇」。劇裡，波洛涅斯是國王克勞迪斯（哈姆雷特的叔父，他害死哈姆雷特的父親後，登上了國王寶座）很仰仗的重臣，此人很頑固，一直阻撓自己女兒歐菲莉亞與王子哈姆雷特之間的愛情。有一次，波洛涅斯躲在一塊掛毯後面偷聽哈姆雷特與王后的談話，後來被王子一劍刺死。

chapter 3

夜間娛樂

警探祕密搜查過後第二天，多布雷克議員用過午餐後回到家，看門女僕克蕾蒙絲攔住了他，說是替主人找到了一個廚娘，此婦人百分之百可靠。

幾分鐘後，廚娘來到多布雷克公館，拿出很不錯的履歷和證明書，證明文件上的這些簽署人，多布雷克是認識的，他很輕易就能與他們取得聯繫，核實這些資訊的眞僞。這名老婦雖然頗有年紀，但是看起來非常幹練，她一口接受了多布雷克提出的條件——除了做飯，還要獨力承擔房子的清潔工作，男僕可不會幫她的忙。多布雷克這番安排，主要是擔心身邊的人越多，自己遭到監視的可能性就越大。

廚娘的前一份工作，是在議員索勒瓦伯爵的家中做事。於是多布雷克立即致電他的同僚。電話那頭，索勒瓦伯爵家的總管對這位前任廚娘的評價很高，多布雷克這才放心地接受了她，讓她在公館待下來。

婦人一安頓好，便開始工作。又是收拾房間，又是張羅煮飯，忙忙碌碌一個下午。

多布雷克吃過晚飯後便出去了。

夜裡十一點，看門女僕入睡後，只見廚娘小心翼翼地來到花園，將鐵柵欄開了一道小縫。不一會兒，一個男人湊了過來。

「是你嗎？」廚娘問。

「是，是我，羅蘋。」就這樣，她把羅蘋帶到三樓，一個面朝花園的傭人房間，然後立刻開始抱怨：「你這又是在耍什麼把戲，一直忙個沒停，你就不能讓我過幾天平靜日子，總是這麼三番兩次地折騰我！」

「妳想要我怎麼辦，我的好奶媽維克朵娃，當我需要一個看起來既受人尊敬、又品行端正的角色時，我只能想到妳了，妳應該爲此感到驕傲才是。」

「嗯，是呀，你就是這麼感激我！」維克朵娃繼續抱怨：「竟然又再一次把我送進虎口冒險，這樣你可高興了？」

「妳有什麼好冒險的？」

「我冒什麼險？我所有的證明都是假的，要是多布雷克先生發現了怎麼辦？只要他去調查肯定就會知道。」

「他已經調查過了。」

「嗯，你說什麼？」

「他已經打電話給索勒瓦伯爵的總管了，就是文件上說你先前工作過的那戶人家。」

「你瞧，這下我完了。」

「伯爵的總管可是替妳說了不少好話。」

「可是他根本不認識我呀！」

「可是他認識我呀。是我把他安插到索勒瓦伯爵家的，現在妳明白了吧……」

維克朵娃這才放了心。

「總之，不管是上帝的旨意，還是你的安排，你到底要我在這裡扮演什麼角色？」

「我要睡在這房子裡，以前妳餵奶哺育我，現在總可以分一半房間給我睡吧。我睡扶手椅上就可以。」

「然後呢？」

「然後？替我送吃的來。」

「再然後呢？」

「再然後？妳要聽我的吩咐，跟我好好配合，我們要找……」

「找什麼?」

「找一件很珍貴的寶貝。」

「什麼寶貝?」

「一個水晶瓶塞。」

「水晶瓶塞?上帝呀,這是怎麼樣的一份差事!要是我們找不到你說的那個該死的瓶塞呢?」

「如果我們找不到它,吉爾貝爾,妳非常疼愛的吉爾貝爾就很可能會被砍頭,沃什瑞也一樣。」羅蘋輕輕抓住老婦人的手臂,語重心長地說。

「沃什瑞,我不管,他是個無賴!可是吉爾貝爾……」

「妳看過今晚的報紙嗎?現在事情變得越來越糟了,沃什瑞已經向法院栽贓說是吉爾貝爾殺死了那個男僕,而且這無賴還提出確鑿證據,說那把匕首歸吉爾貝爾所有。今天早上,法院接受了這項指控。要知道吉爾貝爾雖然聰明,可是他卻缺乏膽量,面對這殺人指控,他顯然吞吞吐吐地不知該如何辯駁。就這樣,吉爾貝爾掉進了別人設計他的陷阱和謊言中,最後甚至很可能被人給毀了。情況就是這樣,現在,妳願意幫助我了嗎?」

午夜時分,議員回來了。

此後的幾天,羅蘋根據多布雷克的行程安排好自己的行動。只要議員一離開公館,他就立刻展開搜查。

羅蘋按部就班地展開工作，將每個房間分成一塊塊小區域，直到細心檢查了每個角落，把每種可能性都想過之後才肯收手。

維克朵娃也沒閒著，她也在幫忙找，而且一處不遺。桌腳、椅腳、鑲木地板的邊緣、牆板、鏡框、畫框、大鐘、雕像底座、窗簾摺邊、電話、以及各種電器……所有她想得到能藏東西的地方全都找遍了。

另外，兩人對議員的一舉一動也觀察入微，他下意識的一個動作和眼神、他看的書、他寫的信等等，這對老少搭檔都看在眼裡。

可是，議員的生活起居就是那麼簡單，他也並不試圖隱瞞什麼。他家裡的每道門都是敞開的，沒有上鎖，也不見任何訪客來訪。而且多布雷克的生活很規律，每天下午都出門去議會，晚上就去俱樂部。

「可是……」羅蘋說：「這傢伙看起來這麼正常，但他肯定有什麼不可告人的祕密。」

「我沒什麼要對你說的，」維克朵娃抱怨：「你這是在浪費時間，我覺得我們被人給耍了。」

警察總局的探員天天都到公館樓下徘徊，這讓維克朵娃很不安。她覺得這些警探來這裡不爲別的，就是爲了抓她。可是每當她去菜市場時，她又感到很納悶，爲什麼這些一直跟在她背後的傢伙，不直接上前抓住她呢？

一天，維克朵娃形色匆匆地從菜市場趕回來，她非常緊張，手裡的菜籃不住地顫動。

「噢，妳這是怎麼了，我的好維克朵娃，妳的臉色都發青了。」羅蘋關心地問。

「都綠了，是不是？剛才、剛才……」她得坐著平靜一下，一會兒後，費了好大的勁，她才結結巴巴地說：「剛才有個傢伙在水果店跟我搭訕。」

「該死！他想綁走妳？」

「不，他要我帶回一封信。」

「噢，這有什麼好抱怨的，肯定是給妳的情書！」

「不是，那個人跟我說：『給你的老大』。我回他：『我的老大？』對方又說：『是的，那個住在你房間的先生。』」

「什麼？」這回輪到羅蘋顫抖。

「把信給我。」羅蘋立刻一把奪過信來。

信封上沒注明任何地址。可是拆開外面的信封後，裡面還有一個信封，上面赫然寫著——

亞森・羅蘋先生，好好照顧維克朵娃。

「該死！」羅蘋喃喃地說：「這可眞奇怪。」

他趕緊拆開這個內層信封，裡面有張信紙，紙上寫了這麼一行字——

您所做的一切都是在浪費時間，而且這會爲您招致很大的危險……我勸您還是趁早放棄的好……

維克朵娃嚇得喘不過氣來，昏了過去。此時，受到奇恥大辱的羅蘋也氣得充血，耳根發紅。羅蘋把這個示威看成是一名好鬥者對他的諷刺、凌辱，而這其中的祕密與原委，本該光明正大地說出來才正當啊！

他氣得不發一語，就這麼發呆了好一會兒。甦醒過來的維克朵娃，沒能好好休息就又開始了她忙碌的一天。而羅蘋則一整天都坐在房裡陷入沉思。

到了晚上，他也睡不著，一直不停重複地想著：「想有什麼用？如今這個問題又不是轉轉腦子就能解決的。這件事不只有我一個人知道，除了警方、多布雷克，和我這第三方之外，還有第四個傢伙不知道出於什麼原因，也攪和了進來，而這傢伙他認識我，他對我的行動瞭若指掌。可是這第四方究竟是誰？我會不會搞錯了呢？可是……啊，該死！算了，別再想了，先睡覺吧！」

可是他根本睡不著，大半個夜晚就這麼過去了。

直到凌晨四點左右，羅蘋突然聽見房子裡似有動靜。他趕緊起身，並看見多布雷克從一樓下去，逕直朝花園走去。

一分鐘後，議員打開柵欄，這時從外面進來了一個人，此人的頭深深埋在他那寬大的毛皮領子裡，跟著議員進了書房。

羅蘋事先就料到可能會有這類事情，所以他早有準備。他的房間和書房的方位全都在公館的後方，窗戶朝向花園，於是羅蘋取出預先準備好的繩梯，輕輕地從臥室垂下，順著梯子爬到書房窗戶的上方。

窗扇裡的百葉窗是放下的，但因爲窗戶的上方是拱形形狀，正巧沒掛百葉窗，因此羅蘋雖聽不見裡面的聲響，卻可從這裡將裡面的情形看得一清二楚。

羅蘋很快發現，剛才他以爲是男性的這名深夜訪客，實際上是個女人。即便她黑色的秀髮間夾雜著絲絲銀色，這女人看起來仍很年輕，她的個子頎長，模樣端莊優雅，面龐也十分清秀。不過，她的表情卻很疲憊憂傷，不知經歷了怎樣的風霜。

「我到底在哪兒見過她？」羅蘋心裡暗想：「這舉止，這眼神，這表情我都很熟悉。」

女人靠在桌旁站著，表情漠然地聽著多布雷克喋喋不休。多布雷克也站在那兒，激動地說著話。他背對羅蘋，但藉著前面牆上的鏡子，議員的一舉一動都被羅蘋看在眼裡，突然，羅蘋一下子被嚇住了，那傢伙看這名女客人的眼神怎麼那麼奇怪，看得出來，他好像對這女人圖謀不軌。

女人肯定也有所察覺，她感到有些不安，默默地坐著，眼皮垂了下來。只見多布雷克湊上前去，伸出一雙大手，像要上前抱住她，羅蘋突然發現這女人悲傷的臉龐上流下了淚水。

難道是淚水使多布雷克方寸大亂?他突然緊緊抱住女人，將她拉到自己胸前。女人好像很嫌惡，猛地把人推開，兩人就這麼一推一拉地耗上片刻，然後面對面站著，就像勢不兩立的敵人般互相指責起來。而這時，多布雷克非常激動，表情凶狠至極。

後來兩人都住了嘴。多布雷克坐了下來，神情依舊凶狠、嚴苛、傲慢無禮。過了一會兒，他又滔滔不絕地說起話來，其間，手指還不停地戳著桌面，好像在向對方提什麼條件。

女人則一動也不動，眼神迷離，一副心不在焉的樣子，她那傲慢的態度完全震懾住議員。羅蘋也爲這張充滿痛苦的臉孔征服，他不再試圖搜尋對這女人的記憶，只是目不轉睛地盯著她。可是，女人突然輕輕轉了一下頭，一隻手臂微微撇動，如果不仔細觀察，根本不可能察覺。

就這樣，她慢慢伸出了手臂。羅蘋看到桌子末端放著一個水瓶，水瓶上蓋著一只頂部鍍金的瓶塞。只見女人的手慢慢接近水瓶，然後反覆摸索，最後手部輕輕往上抬，直到抓住瓶塞爲止。接著，她迅速轉一下頭，飛快掠過一眼，又將塞子放回原位。毫無疑問，這不是她要找的東西。

「該死！她也在找水晶瓶塞。事情眞是越來越複雜了。」

可是，當羅蘋再次仔細觀察女人的臉孔時，他訝然發現她的面容頓時驟變，表情一下子變得冷酷、凶殘，讓人看了十分恐怖。同時，羅蘋看到她伸出去的那隻手，還繼續在桌子周圍不停地搜尋著，只見她偷偷推開幾本書，然後緩慢而堅決地抓住底下的一把匕首，很輕易就可以看到紙頁間那亮晃晃的刀鋒。

她立刻緊緊握住刀柄，整個人猝然緊張起來。

而多布雷克則毫無所覺，繼續他的長篇大論。這時，女人的手慢慢地、毫不動搖地朝議員背後伸去。羅蘋看到她的眼睛像著了火，狂亂得讓人看了不寒而慄。她已選好下刀位置，目不轉睛地盯住多布雷克的脖子。

「您這是在做蠢事，我親愛的夫人。」羅蘋默唸著。此時，羅蘋已想好該如何帶著維克朵娃從這裡逃出去。

可是，女人猶豫了，手臂就這麼停在那裡。不過，這只是短暫的退縮。她一咬牙，整張臉由於仇恨而變得越加猙獰，最後終於下定決心，刺了過去。

說時遲那時快，只見多布雷克一個彎腰，立刻從椅子上閃出，他轉過身，一把抓住女人纖細的手腕。奇怪的是，多布雷克並未責備她，好像剛才那女人的行爲對他來說再平常自然不過，一點也不使他感到意外。他只是聳了聳肩，似乎這種危險對他而言已司空見慣，然後，他又在房裡默默踱起步來。

女人立刻丟掉匕首，把頭埋在掌心裡嚎啕大哭，哭得整個身子都跟著不停顫抖。過了一會兒，多布雷克走回到女人的身邊，對她說了幾句話，他還是像剛才那樣，一邊說，手指一邊戳著桌面。

女人搖了搖頭，表示不同意。可是多布雷克一再堅持，這回輪到那女人拚命跺腳，她一邊跺一邊大聲喊叫，就連窗外的羅蘋都聽得十分清楚：「絕不！絕不！」

見狀，多布雷克不發一語，只是拿來女人剛才脫下的皮草大衣，披在她的肩上。女人的臉圍上雕花絲巾，便跟在多布雷克背後，離開了書房。

兩分鐘後，花園的柵欄門重新關好。

「眞遺憾，我無法追上這位神祕人物，和她聊聊有關多布雷克的事情。我覺得要是我們兩個聯手，一定能有一番作爲。」羅蘋心裡暗想：「總之，現在有一點得弄清楚。這個多布雷克議員，他的日常生活看起來那麼井井有條，可是到了夜晚，等到監視他的警探一離開，他是不是就開始接見其他的什麼神祕客人？」

於是，羅蘋要維克朵娃去通知他的兩名手下，要這兩人在周邊好好監視。而第二天夜裡，羅蘋自己也打算通宵不睡。果眞，和前一晚一樣，一到凌晨四點，外面又有了動靜，多布雷克公館今晚又來了一個客人。

羅蘋立刻順著他的繩梯，往下爬到書房窗戶的上方。這次，他看到一個男人跪在地上，抱住多布雷克的膝蓋痛哭流涕，那人看起來是那麼絕望，哭得渾身不停抽搐。

好幾次，多布雷克冷笑著將男人推開，但他仍舊緊緊抱住議員的腿。幾個來回之後，男人突然像瘋了一樣，一下子從地上站了起來，只見他還沒站穩就上前掐住議員的喉嚨，一把將人推到在椅子上。多布雷克拚命反抗，一開始屈居劣勢，由於缺氧，脖子轉紅青筋暴露。可是突然間，不知哪來的一股邪門力量，多布雷克很快就佔了上風，制伏了對手。

只見多布雷克一隻手抓住對方，另一隻手緊握拳頭，朝那男人送上兩拳。男人慢慢起身，臉色鐵青，雙腿不停顫抖，竭力地想鎮靜住身體，讓自己冷靜下來。可是等他冷靜下來後，表情卻嚇人極了。只見他不慌不忙地從口袋掏出左輪手槍，將槍口對準多布雷克。

而多布雷克卻泰然處之，甚至露出鄙夷的微笑，一點也不驚慌，彷彿面前站著一個朝自己比劃水槍的小孩似的。那男人就這麼舉著緊繃的手臂，站在敵人的面前，約莫十五至二十秒鐘，一動也不動。

之後，他緩緩地、緩緩地收起手槍，像是盛怒之後矯枉過正的反應，然後從另一個口袋掏出自己的皮夾。多布雷克見狀便走上前去。男人打開皮夾，一疊鈔票露了出來，多布雷克一把搶了過來，貪婪地數著。總共是三十張，每張面額都是一千元。

男人就那麼看著，絲毫不打算反抗，也不反駁。顯然，他明白現在說任何話都顯多餘。多布雷克是永不妥協的，何必浪費時間乞求他？更沒必要採取什麼極端行爲加以報復，或進行任何無謂的威脅。這樣就能打倒議員先生嗎？不，就算多布雷克死了，也還是沒辦法擺脫。於是那男人一聲不響地拿起帽子離開了。

第二天早上十一點，維克朵娃從菜市場回來，她從他們的同夥那裡，爲羅蘋帶回一則消息。羅蘋收到的紙條內容如下——

昨夜造訪多布雷克公館的那個男人，是幾個左傾小黨派的領袖，也就是議員朗熱盧。此人賺錢不多，卻有一大家子要靠他吃飯。

「好啊，」羅蘋自言自語道：「原來多布雷克是個不折不扣的勒索犯！可是眞該死，他的方法似乎相當奏效。」

接下來一連串事件，進一步證實了羅蘋的猜測。三天後，又有一位客人造訪多布雷克公館，他離開之前也留下一大筆現鈔。而隔天的相同時間，又有人爲多布雷克送來一串珍珠項鍊。原來，前者是德雪蒙參議員，他曾擔任某部會首長。後者是達爾布菲克斯侯爵，他是一名擁護拿破崙王朝的議員，曾於拿破崙三世①時代擔任黨政委員會主席。這兩位和先前朗熱盧議員的造訪情形相差無幾，總是從激烈對峙到悲傷絕望，然後以多布雷克的勝利告終。

「目前一共四名訪客，」羅蘋心想：「接下來肯定還會有第五個、第六個。說不定還有更多，十個，二十個，或者三十個，而我只需讓外面的弟兄告訴我這些人的名字即可。然後，我要去見他們嗎？可是這又有什麼用呢？他們一定不會對我吐露實情的。所以，我還有必要繼續留在這裡進行這毫無進展的調查嗎？維克朵娃一個人就能替我完成。」

羅蘋開始感到進退兩難。吉爾貝爾和沃什瑞的預審情勢越來越糟糕，而日子卻這麼一天天地悄悄溜走，他無時無刻不在擔憂自問——就算自己費盡所有心思在多布雷克這兒取得了成功，會不會對救援仍然沒什麼幫助呢？而且這會不會使他逐漸遠離自己的目標呢？因為，一旦他介入多布雷克的祕密勾當，他還有時間想出辦法，去救吉爾貝爾和沃什瑞嗎？

這天，一件小事讓羅蘋徹底下定決心。午餐過後，維克朵娃突然聽到多布雷克講電話的內容。據維克朵娃報告，羅蘋知道議員今晚八點半要請一位女士去看戲。

「我會訂一個包廂，和六個星期前一樣的那種。」多布雷克在電話裡說。然後，他笑著補充：「希望今晚不會再遭人搶劫。」

事情很清楚，多布雷克今晚的行程，和六個星期前羅蘋三人打劫他在安吉恩的別墅那晚，完全一樣。今天，羅蘋就會知道多布雷克到底是見什麼人，另外，他或許還能釐清，為什麼六個星期前吉爾貝爾和沃什瑞會知道，多布雷克那天晚上從八點到凌晨一點都不在家。弄清楚這兩點，對羅蘋來說相當重要。

當天下午，維克朵娃告訴羅蘋，多布雷克今晚會比平時更早回來用晚餐。於是，羅蘋在奶媽的幫助下離開了公館。

他回到自己位於夏多布里昂路的家，打電話約好三個朋友，然後穿上燕尾服，戴上金色假髮以及梳理得相當齊整的八字鬍，將自己打扮成俄國親王②的模樣。三個同夥則坐汽車趕來。這時，僕人阿奇耶送來一封給米歇爾・波蒙先生的電報，電報的內容是這麼寫的——

今晚請不要來劇院，您的介入會使您失去一切。

羅蘋看完電報，氣得一把抓起壁爐上的花瓶，狠狠摔個粉碎。

「好啊！」羅蘋咬牙切齒地說：「竟有人敢用我一貫的招數來奚落我。同樣的手法，同樣的伎倆，好吧，有一點不一樣……」

到底有什麼不一樣？他自己也說不上來。事實上，他現在感到很困惑，惶惶不安，現在的羅蘋只能根據自己執拗的意志行事，或者說是被動地行事，絲毫沒了昔日的風範和好心情。

「我們走。」羅蘋對他的手下說。

司機按照羅蘋的要求，在距離拉馬丹廣場不遠的地方停了車，但並未熄火。羅蘋猜想，多布雷克爲了避開在他家附近監視的警察總局探員，一定會選擇以計程車代步。他可不想就這麼被多布雷克甩掉。

可是他低估了多布雷克的智商。

大約晚上七點半，公館花園的兩道門徐徐敞開。緊接著，一道刺眼的白光突然射了出來，然後一部摩托車從裡面疾馳而出。只見摩托車穿越廣場，在羅蘋的汽車前面轉了彎，逕直向布瓦地區方向行去。那輛摩托車簡直如風馳電掣，根本別想追上他。

「祝你一路順風，杜莫萊先生③！」羅蘋嘴上在開玩笑，殊不知他心裡有多氣惱。他環顧一下自己的同伴，要是看到誰的臉上露出一絲諷刺的微笑，他一定會對這個人大大出氣發洩一通。

「我們撤吧。」片刻之後，羅蘋宣布。他請這幾位朋友吃晚餐，自己又抽了一支菸。然後，他們便乘汽車出發了。

他們把巴黎所有的劇院都轉了一遍，先從專演輕歌劇和輕喜劇的劇院開始找起，因為他猜測多布雷克和他的約會對象一定喜歡看這類戲劇。於是，他買票進入每家劇院，找地方坐下，悄悄觀察一下各包廂，然後便退場。

接著，他又來到演出劇碼更嚴肅一些的劇院，例如復興劇院、切姆納斯劇院。最後，晚上十點十分，他來到沃德維爾劇院，看到某個包廂的兩扇屏風全都關上。在給了女帶位員一點錢之後，羅蘋得知包廂裡是一男一女，男的有一點年紀，又矮又胖；女的則一直以厚厚的雕花絲巾遮臉。

羅蘋要了隔壁空著的包廂，然後回到他的同伴身旁，交代一番後便回到包廂內。藉著幕間休息時的明亮燈光，他認出隔壁包廂坐著的男人正是多布雷克，而帶位員口中的那位女士，必定坐在包廂最深處，所以羅蘋無法一見。

這兩個人一直在小聲說話，直到舞臺布幕重新拉開後，他們依然未停止竊竊私語。可是羅蘋根本連一句話也聽不見。就這麼過了十分鐘，突然有人敲隔壁包廂的門，原來是劇院的侍者。

「請問是多布雷克議員先生嗎？」侍者問。

「我是。」多布雷克吃驚地回答：「可是您怎麼知道我的名字？」

「打電話來的那個人說的，他要我到廿二號包廂找您。」

「這個打電話的人又是誰呢？」

「是達爾布菲克斯侯爵先生。」

「嗯，什麼？」

「我要怎麼回覆他呢？」

「還是讓我親自去吧……我這就來……」多布雷克急忙起身，跟著侍者走出了包廂。

沒等多布雷克走遠，羅蘋立刻從他的包廂跑出來，敲了隔壁的門，然後進去坐在那位夫人身旁。夫人著實嚇了一跳，不禁尖叫一聲。

「請您別出聲，」羅蘋對她說：「我有事要告訴您，這非常重要。」

「啊，是你，亞森・羅蘋！」女人咬牙切齒地說。

這太讓人意外了，一時間，羅蘋驚訝得啞口無言。這女人居然認識他！而且她不但認識他，還一眼認出這是他的偽裝。儘管羅蘋經常冒險犯難，什麼情況沒碰過，可是這回，他還是被嚇到了。

他甚至沒想到要反駁，只是結結巴巴地說：「您知道？這麼說，您知道……」

可是，沒等那女人防備，羅蘋便一把扯下她圍在臉上的絲巾。

「這怎麼可能？」羅蘋喃喃地說，他感到一陣陣涼氣正往上冒。眼前的這個女人就是幾天前出現在多布雷克公館的那位，是那個朝多布雷克亮刀，對他恨之入骨、想刺死他的女人。

這下，輪到女人手足無措了。「您都看到些什麼了？」

「那天晚上，在公館，您的一舉一動，我都看到了……」

女人一聽，立刻起身想逃走，可是羅蘋一把抓住了她：「我要知道您是誰……我爲了這個，才打電話支走多布雷克的。」

女人一聽，嚇壞了。

「什麼？這麼說，打電話的不是達爾布菲克斯侯爵？」

「不，不是，是我的一個同伴。」

「那麼，多布雷克馬上就會回來了……」

「是的，但我們的時間還算足夠。請您聽我說，我們得再找機會碰面，他是您的敵人，我會幫助您擺脫他的。」

「你爲什麼要幫我？你有什麼目的？」

「請您相信我，很顯然我們有共通點……我們要在哪兒見面？是約明天吧，是不是？幾點？什麼地方？」

「可是……」

她憂心忡忡地看著羅蘋，不知該怎麼辦，想開口，卻又很猶豫。

「噢，我請求您，請您快說……只要一句話，馬上。要是讓人看見我在這兒，可就麻煩了，我請求您。」

「沒必要知道我的名字。我們先碰面，然後您再向我詳細解釋……是的，我們還是先碰面好了。這樣，明天，下午三點，在……」女人決絕地回答。

就在此時，包廂的門猛然被推開了，緊接著一隻拳頭露了出來，多布雷克回來了！

「該死！該死！」羅蘋罵道，談話在關鍵時刻居然被打斷，眞是不得不教人生氣。

只見多布雷克冷笑道：「原來是這樣……我就知道有什麼事情不對勁！啊，什麼有電話找我，這一招也太過時了，先生。幸好我剛走出去不久，就反應了過來。」語畢，多布雷克一把將羅蘋推到包廂前面，自己坐在女人的身旁說：「我說，這位親王，你是警察總署的人吧？這副嘴臉很適合在署裡當走狗哪！」

多布雷克繼續死盯著眼前這個眉頭皺也不皺一下的傢伙，竭力想認出他是誰。可是他並未發現，此人正是先前被他稱之「波洛涅斯」的那位。

羅蘋也死盯著對方，心裡卻在盤算思量。他絕不會因爲被人識破，就半途而廢，既然現在機會大好，不如乾脆與無賴多布雷克攤牌談判。

女人則窩在角落，一動也不動地看著兩人。

「我們出去談，先生，這裡太吵了。」羅蘋先開了口。

「就在這裡談，我的親王。」多布雷克反駁：「就在這裡，等幕間休息時，因爲只有在這裡我們才不會打擾到任何人。」

「可是……」

「沒必要，夥計，我們不能出去……」說著，多布雷克上前扯住羅蘋的衣領，好似不到幕間休息，他是絕不會鬆手的。

羅蘋怎可能這麼輕易任人擺布，尤其是在一位女士面前，這位他想聯手出擊的女士，甚至這位面容清麗、神情凝重的女士，使他生平首次有種心弦被觸動的感覺。在這種情形之下，羅蘋感到自尊受到極大侮辱。

可是最後他還是決定保持沉默，接受了重壓在他肩膀上的那隻沉重手臂，他甚至覺得自己有點無能爲力，有點害怕，想要屈服。

「啊！眞可笑。」多布雷克諷刺地說：「不想充好漢了？」

這時，臺上的一群演員仍你一句我一句，演得好不熱鬧。多布雷克稍稍放鬆了些，羅蘋立刻感覺時機到了。只見羅蘋以迅雷不及掩耳之姿，有如利斧劈木那樣，側手向多布雷克的臂彎狠狠劈去。多布雷克痛得鬆開了手。羅蘋趁機擺脫糾纏，衝上去，想掐住他的喉嚨。但是，對方立即展開自衛，向後退，兩人的臂膀就這麼纏在一起，四隻手互相拚命地抓著，雙方都用盡全力試圖壓制對方的攻勢。

但在多布雷克那雙大手的箝制下，羅蘋幾乎動彈不得。他覺得對方不是一個普通的人，而是一頭可怕的野獸，一隻碩大的猩猩。他們背頂著門，弓著腰，如同兩個拳擊手般死盯著對方，準備伺機發起進攻。兩人的手指關節壓得格格作響，哪一方只要稍一鬆勁，就會立刻被對方扼住脖子，活活掐死。這場激烈的肉搏突然陷入寂靜之中，臺上此刻只有一名演員在低聲唸臺詞。

女人已嚇得不知所措，背靠著牆，望著他們。只要她有所動作，無論她向著哪一邊，勝負立見分曉。可是她到底該站在哪一邊呢？羅蘋對她來說究竟算什麼？是朋友，還是敵人？突然，她衝到包廂前面，打開屏風，探出身體，好像打了個手勢，然後臉又轉向門邊的這兩位。

羅蘋似乎懂她的意思，趕緊說：「挪開那椅子。」

羅蘋指的是，隔著他與多布雷克的那張倒地的椅子，這椅子成了他們近身肉搏的阻礙。女人彎下腰，把椅子拉開。這正是羅蘋希望的。

阻礙已除，羅蘋抬起腳對著多布雷克的腿狠狠一踢。這一腳的結果和剛才那一拳的效果一樣，多布雷克突然一陣疼痛，感到使不上力。羅蘋趁機把他打倒，並用雙手緊緊掐住他的喉嚨。

多布雷克的身體不住扭動，試圖擺脫壓制他喉嚨的這雙手掌。可是他已然喘不過氣，並且越來越軟弱無力。

「哈，你這隻老猩猩！」羅蘋把他打倒，一邊嘲笑：「喊救命吧，為什麼不喊呢？難道是怕出醜嗎？」

多布雷克摔倒時發出的聲響，引來隔壁包廂的抱怨。

「就快好了！」羅蘋氣急地說：「舞臺上演員在演戲，我這場戲也不能丟臉。我非制伏這隻大猩猩不可……」

不到片刻，議員先生已被掐得透不過氣來。羅蘋又朝他的下巴補了一拳，終於打昏了他。接下來，就是要在警報聲響之前，趕快帶著那位夫人一起逃命。

然而，等他一轉身，發現女人已不知去向。她一定走不遠。羅蘋跑出包廂，甩開帶位員和售票員的阻攔，拚命追出去。果然，等他來到底層的大廳時，從敞開的大門向外望，看見她正穿越昂丹街旁的人行道。

他追上去時，她正要上汽車。

車門關上了。

他抓住車門把手，想把門拉開。

這時突然從車內閃出一個人，朝他臉上就是一拳。比起他剛才打在多布雷克臉上的那一拳，除了稍偏一點，同樣凶狠有力。羅蘋雖然被打得暈頭轉向，但仍在恍惚中認出了打他的人，還有那個裝扮成司機的駕駛。

他們正是格羅那與勒巴陸，也就是安吉恩行動那一晚替他看船的兩個人。他們是吉爾貝爾和沃什瑞的朋友，不用說，也是他羅蘋的兩個同夥。

他回到夏多布里昂路的住所，擦去臉上的血跡，倒在椅子上足足呆坐了一個多小時，他內心深受打擊。這是他生平第一次嘗到被人出賣的滋味。他的同夥竟成了他的敵人！

爲了轉換心情，羅蘋拿起傍晚送來的信件和報紙。可是一打開報紙就看到下面這段報導——

有關瑪麗—特雷薩別墅凶案的最新進展——

殺害僕人雷奧納爾的嫌犯之一沃什瑞的身分已被查明，他是一名凶狠的強盜和慣犯，曾兩次以其他身分犯下凶殺罪，並且被判處死刑，但兩次他都在判決中缺席。

警方也必將查明同夥吉爾貝爾的眞實姓名。無論如何，預審法官決定儘快將此案送交控訴庭做出判決。

這次，人們將不會再譴責法院的效率緩慢。

而在一疊報紙和廣告單中間，夾著一封信。羅蘋一看到這封信，激動得跳起來。信封上寫著——德．波蒙．米歐爾先生收。

「噢！」他喊道：「是吉爾貝爾寫來的。」

信中只寫了這幾個字——

「老大，快來救我！我害怕……我害怕啊……」

今晚對羅蘋來說，又是一個不眠之夜，一個充滿噩夢的夜，許多凶險可怕的夢魘折磨著他直至天明。

譯註：

①拿破崙三世即夏爾・路易—拿破崙（Charles Louis-Napoléon Bonaparte，一七六九～一八二一），曾任法蘭西第二帝國皇帝，是拿破崙一世（一般人熟悉的那位卓越軍事政治家）的姪兒。

②參見《８１３之謎——賽爾甯親王》。

③〈祝你一路順風，杜莫萊先生〉（Bon voyage, M. Dumollet），一首法國歌曲。

chapter 4

敵人或盟友

「可憐的孩子。」第二天，羅蘋一邊讀著吉爾貝爾寫來的信，一邊喃喃地嘆息：「他得受多大的苦啊！」

從第一天見到吉爾貝爾開始，羅蘋就立刻喜歡上了這個天眞無邪、活潑眞摯的大男孩。吉爾貝爾對羅蘋忠心耿耿，只要老大一個手勢，他就知道該閉嘴了。羅蘋還喜歡這孩子的坦率，好脾氣，憨厚，和他那副快活的樣子。

「吉爾貝爾，」羅蘋經常對他說：「你是個守本分的好孩子。我要是你，一定會放棄做這一行，我會好好做一個實在的人。」

「您先做，我就跟著做，老大。」吉爾貝爾傻呼呼地笑說。

「你不願意？」

「不，老大，做一個實在的人，就得老老實實拚命苦幹，也許我小時候是這麼想的，但後來有人讓我改變了這想法。」

「有人？誰？」

吉爾貝爾卻閉口不談。每當有人問起他小時候的事，他總是避而不答。羅蘋只知道這孩子很早就成了孤兒，在外飄蕩，時不時的換名字，做的都是一些很不尋常的勾當。這孩子身上一定藏著什麼祕密，可是現在沒人猜得透，而且看來就連司法機關也弄不清楚。

但是看來，司法機構並不打算因此延後審判。無論他叫吉爾貝爾也好，或是叫其他什麼名字，他們都會認定他是沃什瑞的共犯，而且同樣對他毫不手軟。

「可憐的孩子！」羅蘋再次發出感嘆：「如今他被起訴都是因爲我。他們害怕犯人越獄，所以想匆匆了事，起碼先替兩人定罪再說……然後，就是行刑……這孩子才二十歲出頭啊，況且人並不是他殺的，他不是凶手的共犯……」

羅蘋明白自己根本無法證明吉爾貝爾的清白，他得另想辦法，可是還有什麼法子？究竟要不要放棄水晶瓶塞這條線索？

他不知該怎麼辦。現在對他來說唯一的消遣就是去一趟安吉恩，格羅那、勒巴陸就住在那裡，他要確定這兩個人在瑪麗—特雷薩別墅凶案發生後就已銷聲匿跡。除此之外，他唯一可做、也唯一想做的就是跟著多布雷克這條線。

他甚至克制自己完全不要去想發生在他身上這一連串無法解釋的事，他不想去多想為什麼格羅那、勒巴陸要背叛他，不想知道這兩人與那位銀髮夫人到底是何關係，也完全不想管有人在監視他這件事。

「靜下來，羅蘋！」他對自己說：「激動時會想錯事情，所以，靜下心來！現在不要妄下什麼結論。在還沒找到確切的頭緒就想加以推理，沒有比這更傻的了，而且很可能在裡面摔得鼻青臉腫。聽從你的本能，跟著感覺走，不要去管推理是什麼、邏輯是什麼，既然你相信整件事一定圍繞著這該死的瓶塞，那就大膽地行動吧。跟好多布雷克，還有他的水晶瓶塞！」

羅蘋沒想到為了協調行動自己會做這樣的決定。然後，他又把自己打扮成那個退休的老紳士，戴著羊毛長圍巾，穿著一件舊大衣。沃德維爾劇院事件三天之後，羅蘋仍舊以這身打扮，坐在與拉馬丹廣場有段距離的雨果大道上一張長椅，他已經通知維克朵娃，要她今天早上在約定時間到這裡來找他。

「好吧，」他兀自叨唸著：「水晶瓶塞，等我找到你，就一切眞相大白了……」

維克朵娃遠遠地提著菜籃走過來，羅蘋立刻發現這老婦人看起來臉色慘白，情緒激動。

「出什麼事了？」羅蘋一邊迎上前去，一邊問。

羅蘋跟著自己的老奶媽走進一家人潮熙攘的雜貨店，老婦人突然轉身。

「喏，」她激動地大聲說：「你要找的不就是這個嗎？」她從菜籃裡拿出一個東西遞給羅蘋，羅蘋接過來，感到十分驚訝——這東西正是他要找的水晶瓶塞。

「怎麼可能？怎麼可能？」他喃喃地說，這個難題解決得如此順利，反倒使他不知所措了。

可是事實就是這樣，顯而易見，不容置疑。羅蘋沒有搞錯，形狀、比例、各個斷面上的燙金，就是他之前看過的那只水晶瓶塞。上面還有一道令人不易察覺的刮痕，因此他認定沒有搞錯。

但即使這瓶塞的所有特徵與他之前看到的那只相符，會不會是因爲所有模製出來的瓶塞其實都具有如出一轍的模樣與特徵呢？這的確是一只很普通的水晶瓶塞，僅此而已，上面沒有任何符號和數字，沒有任何獨特之處能區分出它與別的瓶塞。除了以一整塊水晶玻璃雕成，否則這瓶塞並不特別吸引人。

「這到底是什麼東西？」突然間，羅蘋徹底意識到自己錯了。如果不知道這瓶塞的價值，要它有什麼用？或許這塊玻璃的價值不在它的本身，而在於它所代表的某種意義。在得到它之前，得先知道其價值何在。如此一來，是否說明在毫無所悉的情況下，從多布雷克那裡偷走瓶塞等於做了件蠢事？

問題很嚴重，可是要怎麼解決呢？

「絕不能有任何閃失！」羅蘋一邊把東西塞到口袋，一邊叮嚀自己：「在這個倒楣事件裡，任何閃失都可能導致失敗。」

維克朵娃的一舉一動都被他盯得緊緊的。只見人群中，維克朵娃在一名店員的陪同下從一個櫃臺來到另一個櫃臺，她在那裡停了好一會兒，最後來到羅蘋身旁。

「到詹生中學的後牆找我。」羅蘋低聲吩咐。

維克朵娃隨後來到一條冷清的街上，與羅蘋會合。

「要是有人跟蹤我怎麼辦？」她焦慮地問。

「不會。」羅蘋回答得很肯定：「我剛才一路看著妳走過來的。妳聽好了，妳是在哪裡找到這塞子的？」

「在他床頭櫃的抽屜裡。」

「可是，那裡我們不是已經找過了？」

「是找過了，昨天早上我又看了一遍，所以他應該是昨晚把東西放在那裡的。」

「那他應該還會取出來吧。」羅蘋說。

「很有可能。」

「要是他發現東西不見了？」

維克朵娃頓時感到害怕極了。

「回答我，」羅蘋說：「要是他發現東西不見了，他會質問妳，說妳偷了東西嗎？」

「肯定會……」

「好吧，那妳現在趕緊把東西放回去，用跑的回……」

「上帝呀，上帝！」維克朵娃抱怨著：「把東西給我，快點，我得趁他還沒發現之前放回去。」

「喏！在這兒。」羅蘋一邊說，一邊把手伸進外衣口袋。

「怎麼了？」維克朵娃伸手問著。

「怎麼了？」羅蘋搜了片刻：「不見了。」

「什麼！」

「天哪，不，沒有……有人偷走了。」羅蘋頓時大笑起來，但卻找不出一絲苦澀的意味。

「你居然還笑得出來，出了這麼大的差錯。」維克朵娃被氣到不行。

「我又能怎樣？承認吧，這難道不荒謬好笑嗎？我們要演的不再是悲劇了，簡直就是讓人難以置信的奇幻劇，像不像《魔鬼的藥丸》或《羊蹄子》①？要是我能抽出幾個星期來休息，我一定會把這些事情寫成書，就叫《神奇的瓶塞》或《倒楣羅蘋的遭遇》……」

「可是……到底是被誰偷走了？」

「妳在胡說什麼？是它自己長翅膀飛了，它在我的口袋裡一下子就不見了。咻，說變就變！」

說著，他輕輕推了推老奶媽，語氣有點嚴肅地說：「先回去吧，維克朵娃，不用擔心。很顯然，妳把這東西給我時被人看見了，然後他趁著雜貨店的混亂，又偷偷從我的口袋把東西偷走了。所有這些事都說明了，雖然我們沒有察覺，但他們就在近距離監視著我們，這些人簡直太厲害了。不過，沒關係，妳儘管放心好了，任何時候都是正義的一方會取得最後勝利的。妳還有話要說嗎？」

「有，昨天晚上多布雷克出去時，又有人來過了。我看見花園裡有亮光。」

「看門女僕呢？」

「她那時還沒有睡。」

「那應該還是警察總署的那幫傢伙，他們又進去搜查了。再見，維克朵娃……妳等會兒得放我進去。」

「怎麼，你想……」

「我有什麼好怕的？妳的臥室在三樓，多布雷克不會懷疑的。」

「可是那些人呢？」

「那些人？他們要是想設計我，早就做了，不是嗎？我只是讓他們有點心煩罷了，僅此而已。他們才不怕我呢。待會兒見，維克朵娃，五點鐘。」

當羅蘋再見到維克朵娃時，又有一件奇怪的事等著他。他的老奶媽說，早些時候她從外面回來時，看到那只水晶瓶塞居然又完好地躺回了床頭櫃。

羅蘋現在已經見怪不怪了，他一派輕鬆地說：「這麼說，是他們送回來了。把東西送回來的這個人，不管他是用怎樣的辦法偷偷溜進公館而不被人察覺，他肯定也和我想的一樣，認為應該先把這東西還給多布雷克較好。至於多布雷克，既然他知道自己的房間會被人搜查，卻還把水晶瓶塞就這麼放進床頭櫃，這就說明他並不在乎這東西。哼！隨他怎麼想吧……」

羅蘋雖然還不指望立即就能把事情弄個水落石出，但他無法不仔細琢磨事情的來龍去脈。最終他還是隱約理出一點頭緒，彷彿一個人即將走到隧道盡頭，看到外面的一絲亮光。

「這麼說來，」羅蘋自言自語說道：「我和那些人肯定很快就要碰面了。到時候就是我說了算。」

之後的五天，風平浪靜，一晃眼就過去了，羅蘋的調查沒有任何進展。直到第六天，多布雷克家又迎來了一位凌晨訪客，這次是萊巴赫議員，他和其他到過這裡的同僚一樣，先是絕望地跪求多布雷克，最後無奈留下了二十萬法郎。

就這麼又過了兩天，第九天的夜裡，當羅蘋待在二樓平臺上監視時，他忽然聽到門扇吱扭作響的聲音，羅蘋知道，這聲音是連接門廊和花園的那扇門發出的。緊接著，他隱約看到陰影裡有兩個人登上了樓梯，後來在二樓多布雷克的臥室門前停了下來。

這兩人在那兒做什麼？又不可能進到臥室去，因爲多布雷克每天晚上睡覺前都會上鎖。那麼他們想做什麼？

羅蘋仔細傾聽，他們肯定是在對門做什麼手腳，因爲很輕的摩擦聲傳了過來，然後是兩人竊竊私語的聲音：

「這麼做眞的可以嗎？」

「絕對沒問題，但我們最好還是明天再來，因爲……」

沒等羅蘋聽完他們的談話，這兩個人已經又摸索著下了樓，然後是很輕的關門聲，接著是花園柵欄門的聲音。

「奇怪！眞奇怪！」羅蘋百思不得其解：「多布雷克小心翼翼地在這棟房子裡進行他下流的勾當，而且做了很多細緻的工作嚴防被人監視，他這麼做可謂不無道理，可是所有人進出這裡依然像進出市場般容易。讓維克朵娃放我進來也就罷了，讓看門女僕放警察總署的人進來也罷，可是那些人，那些人是怎麼進來的？難道他們是單獨行動？可是這未免也太大膽了，而且他們對這棟房子的構造還眞是瞭若指掌。」

第二天下午，趁多布雷克不在時，羅蘋下到一樓檢查臥室的房門。他只看了一眼就全都明白了——下面的一塊門板被人切開，被隱形的釘子固定著。昨晚來的那兩個人，看來就是潛入他在馬蒂紐路和夏多布里昂路上兩處住宅的那夥人。

而且，他還發現門板不是昨晚被割開的，而是以前做的。和他家的狀況一樣，這些人提前動好手腳，以備所需。

這一天對於羅蘋來說過得很快。謎團馬上就會解開。不僅羅蘋會知道他的敵人們究竟是怎樣通過這個看似無用的小通道進到臥室內，因爲之前他的推論是，通道太小，身體根本鑽不出，無法搆到上面的門栓；他還會知道這些精明能幹、自己又避不開的對手究竟是些什麼人。

可是晚上卻發生了一個小意外。多布雷克吃過晚飯抱怨已經累了，夜裡十點就提前回家。可是這次他和往常不同，回家後有意無意地把門廊通往花園的門上了栓。那些人還能夠順利行動，潛入多布雷克的臥室嗎？

羅蘋等到多布雷克關燈睡覺，又耐心地等了一個小時，然後他照往常一樣放下自己的繩梯，下到二樓。

這回真的沒讓他白等。而且，比昨晚還要早一個小時，他就聽見有人試圖要打開門廊的門。可是好像並沒有成功，羅蘋就這麼安靜地待了幾分鐘。他以爲這些人肯定是放棄離開了，而他自己也打算提早收工。可是，他突然被嚇了一跳。就這在無聲無息之中，他發現已經有人走了進來。來人的腳步聲完全被地毯蓋住，要不是羅蘋的手放在樓梯扶手上，感到些微的震動，他根本就不會察覺有人進來了。現在，此人已上樓來了。

他越往上走，羅蘋就越緊張，因爲他依然聽不到那人的一點聲響，只是憑著扶手的震動判斷那人已上了幾階樓梯。除此以外，再無任何跡象表明那人的存在，但卻反而能促使人去辨別黑暗中那些看不見的動作，傾聽那些極微弱的聲音。照理說，這個時候，黑暗中總能出現一個比夜幕更黑一點的影子，或某種能夠打破這死一般寂靜的些微聲響？但卻什麼都沒有，讓人覺得根本就沒有人在爬上樓梯。

這會兒，羅蘋眞的有點不耐煩了，因爲此時連樓梯扶手也沒有震動的感覺了，他不由得認爲確實沒有人在上樓，剛才自己的感覺不過是幻覺罷了。

就這麼過了好一會兒，羅蘋猶豫不決，他不知道該怎麼做，也不知道究竟發生了什麼事。可是，他突然發現了一個不尋常的細節，他居然聽見多布雷克臥室裡的鐘聲敲響兩點。但奇怪的是，如果臥室的門是關著的，根本聽不見任何鐘聲。

羅蘋趕緊下樓，來到門前。門是關著的，可是下方左側的那塊門板不見了。

羅蘋附耳聽了聽，多布雷克好像在床上翻了個身，但很快又傳來震耳的鼾聲。而羅蘋分明聽見有人在翻動多布雷克的衣服，看來，那人正在裡面翻他的口袋。

「這下我明白了，可是該死，這傢伙是怎麼進去的？難道他眞的能把上面的門栓拔開，開門進去？可是這說不通，爲什麼他又把門關上了呢？他就不怕多布雷克聽見？」

可是他無論如何也沒想到，即將眞相大白的這件怪事，它的結論實際上竟如此出人意料的簡單。對羅蘋來說，這也算百年難得一見的遭遇，也或許是一直以來的迷霧把他給弄糊塗了。羅蘋未多逗留，立刻下了樓，他蹲在最後幾級臺階中的一級，這個位置剛好位在臥室與門廊之間，那傢伙一會兒之後肯定會循原路返回，從這裡離開，與他的同夥會合。

就這樣，羅蘋焦躁地在黑暗中等候。這個多布雷克的敵人，同時也是自己對手的人，很快就要浮出水面了！螳螂捕蟬，黃雀在後。不管那傢伙從多布雷克手中偷出什麼玩意兒，都會被他羅蘋半路劫走。無論他的同夥是在門廊地毯上等，還是在花園柵欄外等，他們今晚都是白忙一場了。

那人終於下樓了，因爲羅蘋又感覺到樓梯扶手在微微震動。這時，他的每根神經都繃得很緊，每個器官都被提了起來，竭力想辨認出這個朝他走來的神祕人物。突然，羅蘋看到那人影離自己只剩下幾公尺遠，而他待在暗處，絕不會被對方發現，羅蘋隱約感覺到那人正小心翼翼地一級一級地往下挪，手緊緊地抓住樓梯扶手。

「這神祕對手到底是個什麼樣的人呢？」羅蘋想著，心裡怦怦直跳。

可是沒想到事情進展得如此迅速。羅蘋不小心弄出了聲響，那人立刻定住不動。羅蘋害怕那傢伙後退，或是逃跑，趕緊撲了上去，可是他感到很奇怪，他明明是看準了才撲過去的，但卻撲了個空，撞上了樓梯欄杆。他立即向下衝，越過門廳，在那黑影跑到花園門口時，追上並抓住了他。

那人發出一聲驚恐的喊叫。與此同時，門外也傳來他同夥的回應聲。

「啊，該死，怎麼回事？」羅蘋自言自語。他那雙有力大手擒住的原來是個瑟縮發抖、哀哀呻吟的小傢伙。

羅蘋一下子腦袋空空的。他呆站在那兒，不知該怎麼處置這個小俘虜。但那些人仍在門外騷動、低聲呼喚。羅蘋擔心多布雷克會被嘈雜聲吵醒，乾脆把小傢伙塞進胸前的衣襟，用手帕堵住他的嘴，防止他叫喊，然後急忙爬上了三樓。

「瞧！」他對驚醒的維克朵娃說：「我替妳帶來了一個攻無不克的將領，一個勇士。妳這裡有奶瓶嗎？」接著，他把一個六、七歲大的孩子放進扶手椅。這孩子又瘦又小，穿著一件緊身毛衣，頭戴一頂無邊絨線軟帽，一張可愛的小臉異常蒼白，一雙驚恐的眼睛浸滿了淚水。

「你從哪兒撿來的？」維克朵娃驚訝地問。

「樓下，他正從多布雷克的房間鑽出來。」羅蘋一邊回答，一邊在孩子的衣服裡摸索著，希望能從他身上找到戰利品。

「可憐的小天使！你看他，嚇得都叫不出聲了……我的上帝呀，他的小手冷得像冰塊。別害怕，小傢伙，我們不會傷害你的，這位先生不是壞人。」維克朵娃心都軟了。

「我不是壞人，」羅蘋說：「我們不會爲了幾個錢就去害人。可是，這棟房子裡有位先生很壞，要是門廊再這麼吵吵鬧鬧，他就會醒來。妳聽見他們的聲音了嗎，維克朵娃？」

「他們是些什麼人啊？」

「是這位小勇士的保鏢，是這個百戰百勝小將領的守護者。」

「那可怎麼辦呢？」維克朵娃嘀咕著，她嚇得惶惶不安。

「怎麼辦？我可不願被他們抓住，所以我該撤退了。願意跟我走嗎，小勇士？」

沒等孩子回答，他就用毛毯把孩子裹起來，只露出頭部，小心翼翼地堵住孩子的嘴，然後在維克朵娃的協助下，把孩子綁在自己的背上。

「怎麼樣，小勇士，咱們玩個遊戲吧。你看過誰在凌晨三點鐘玩飛簷走壁嗎？好了，咱們要飛了。你會頭暈嗎？」

說完，他翻過窗臺，把腳搭在繩梯上，不一會兒就下到了花園。他一直側耳傾聽，門廊外的敲門聲這會兒比剛才更清晰了。這麼大的聲響居然沒把多布雷克吵醒，羅蘋對此感到很狐疑。

「要不是我事先有所準備，否則現在就全完了。」羅蘋心裡暗想。

他在公館建築的轉角處停下腳步，在暗處別人是看不見他的。他估量著自己與柵欄門之間的距離，而柵欄門是打開的。羅蘋的右邊會通向門廊的臺階，臺階上有幾個人正拚命敲門，他的左邊則是門房。

「你們不要吵了、不要吵了，他就要被吵醒了！」這時，看門女僕已走出門房，站在臺階旁哀求那些人不要吵鬧。

「好啊，原來如此！」羅蘋心想：「這女人也是他們一夥的。眞不錯啊，多邊拿好處。」

羅蘋跑到看門人身邊，抓住她的領子說：「快去告訴他們，孩子在我這兒，要他們到夏多布里昂路的住處找我。」羅蘋走出花園，發現距離公館不遠處的街上停著一部計程車，一定是那些人提前召來的。於是，羅蘋裝作是他們的同夥上了車，吩咐司機把車開到自己的住所。

「嗨，」他問那孩子：「是不是晃得頭暈了？想在先生的床上睡一覺嗎？」

回到家，僕人阿奇耶已經睡了，於是羅蘋把孩子放在自己的床上，並溫和地哄著他。這小傢伙肯定嚇呆了，他的小臉完全僵住，十分害怕，可是又好像在盡量克制自己別害怕；他想叫喊，可是又盡量控制自己不要叫出聲來。

「哭出來吧，小可憐！」羅蘋說：「這樣你會好過些。」

孩子還是沒哭，不過一看到這位先生態度溫和，他立刻感到放鬆許多。羅蘋仔細地觀察著，從孩子漸漸安靜下來的神情，以及那不再緊張得發抖的嘴角，他發現這孩子和他認識的什麼人似乎有點相像。

羅蘋對自己的猜測篤定不已，事情一環接一環在他的腦海裡逐漸清晰起來。如果他沒猜錯，形勢已經大大改變了，整個局面很快就會被他控制，到那個時候……

這時，傳來「嗶！嗶！」兩聲，門鈴響了，緊接著又是兩聲。

「瞧！」羅蘋對孩子說：「你媽媽來接你了，待在這裡不要動。」

說完，羅蘋便跑出去開門。果真，一個女人從外面衝進來，神情忙亂地慌張嚷道。

「我兒子……」她大喊大叫：「我兒子，他在哪兒？」

「在我的臥室。」羅蘋回答。

女人一句話也沒多說，便兀自走上似熟悉不過的樓梯，三步併兩步跑到樓上的臥室。

「果眞是那位銀髮女子，」羅蘋自言自語：「她既是多布雷克的朋友又是敵人，和我想的完全一樣。」

羅蘋來到窗前，掀開窗簾往外看，對面人行道上有兩個男人正在等她，這兩人正是格羅那、勒巴陸。

「他們甚至不打算藏起來。」羅蘋繼續對自己說：「這是個好兆頭，他們很好對付，早晚要正面以對的。現在只剩下銀髮女子，這就難辦多了，就看我們倆的了，年輕媽媽。」

羅蘋回到臥室。這時，女人已緊緊擁住孩子，擔心地看著她的孩子，眼裡充滿淚水地說：「哪裡痛嗎？你確定？噢，你一定嚇壞了，我的小雅克！」

「他是一個非常勇敢的小傢伙。」羅蘋插話。

女人沒有回答，兀自地在孩子的毛衣裡摸索。她也想知道孩子是否找到了她想要的東西，然後低聲問著孩子。

「沒有，媽媽……我敢保證，那裡沒有。」孩子說。

女人輕輕吻了兒子，愛撫地把孩子摟在懷裡，孩子由於疲勞和驚嚇，早已筋疲力盡，很快就睡著了。女人也緊緊靠在孩子身上，她自己看起來也很疲憊，需要休息。

羅蘋並沒有打擾她，只是惶惶不安地看著對方，又盡量不讓她察覺。他注意到她發黑的眼圈和額頭上的明顯皺紋，可是卻覺得她比他想像得更美。這女人身上散發出一種獨特的魅力，一種至純至善之人在經歷萬般痛苦磨難後，散發出的深沉之美。

她的表情是那麼憂傷難過。羅蘋心中不由得激起一股同情憐憫，他慢慢走近她，對她說：「我不知道您到底有什麼計畫，但無論它是什麼，都得有人幫您，不是嗎？您一個人是無法做到的。」

「我不是一個人。」

「就憑外面那兩個？我認識他們，他們肯定不行。我可以幫您，請您考慮一下。還記得那天晚上嗎？在劇院包廂裡？您當時差點就說了，今天，就不要再猶豫了。」

女人上下打量了羅蘋一番，仔細地觀察他，似乎自己沒有理由拒絕這人的建議，然後直率地問：「您知道什麼？您知道我多少事？」

「我很多事都不知道，甚至連您的名字我都不知道，但我知道……」

一個斷然的手勢打斷了羅蘋，這回輪到她控制談話了。

「沒用的，」她喊道：「您知道的只是冰山一角，而且無關緊要。我倒要問問您，您有什麼計畫？您想幫忙是出於什麼企圖？您既然奮不顧身地想參與，又在這裡放聲吹噓如果沒有您，我什麼也做不到，這就說明您一定是想藉此達到某種目的……您的企圖何在？」

「什麼企圖？上帝呀，我想我是爲了……」

「不！」女人再次打斷羅蘋：「不要兜圈子，說什麼『我想……』，您要是想讓我相信您，就必須百分之百坦誠。我先說吧，多布雷克先生手裡有一件價值連城的東西，這玩意兒本身不是什麼寶貝，但是它的意義十分重大。這東西您也知道，還兩次拿到手，不過兩次我都從您的手裡拿了回來。所以，很自然地，您既然想要這東西，一定是想利用它達到您的什麼目的……」

「什麼？」

「是的，您想拿它完成您的企圖，從中獲利，這不是您一向慣用的手法嗎……」

「是我一向偷盜和劫掠的慣用手法。」羅蘋替女人說出了她的心裡話。

女人並不否認。羅蘋努力想從她的目光看出心思，這女人到底想要他做什麼？她如此擔憂的事究竟是什麼？既然她在防備他羅蘋，那他應不應該也防著這女人呢？因爲她已經兩次從他手裡盜走瓶塞，然後把東西交到多布雷克手上。既然多布雷克是她的敵人，但她爲何還要屈從於那個人呢？我若是和她合作，是否意味著就得向多布雷克投降？可是，像她這麼莊重的目光和誠懇的表情，我羅蘋還眞是不曾見過。

想及此，羅蘋不再猶豫，乾脆地說道：「我的目的很簡單，就是要救出吉爾貝爾和沃什瑞。」

「什麼？是眞的？您說的是眞的？」那女人顫抖地大聲問，顯出焦急的眼神。

「如果您知道我是誰的話……」

「我知道您是……我已經暗中監視您好幾個月了，只是您沒有察覺罷了……可是，有些事我還是懷疑……」

羅蘋抬高嗓門，大聲回答：「不，您不瞭解我，如果您瞭解我，就會明白我會不惜一切代價救出我的兩名同伴……或者至少是吉爾貝爾。沃什瑞，那傢伙是無賴，在吉爾貝爾擺脫厄運之前，我是一刻都不會鬆懈的。」

只見女人立刻朝羅蘋走來，抓住他的肩膀瘋了似地問道：「什麼？您剛才說什麼？什麼厄運？

這麼說，您認爲……您認爲……」

「我確實這麼認爲。」羅蘋被女人的舉動嚇到，他回答：「我的確認爲如果我的行動來不及，吉爾貝爾就完了。」

「噢！請您住嘴，求您別再說了……」女人一下子崩潰了，只見她抱住羅蘋：「住嘴，我不要您再說下去。不可能，您這是在胡說……」

「不光是我這麼想，還有吉爾貝爾……」

「什麼？吉爾貝爾！您怎麼知道？」

「他自己告訴我的。」

「他告訴您的？」

「是的，他說的，他知道現在只能靠我了，這世上只有我才能救他，所以，幾天前他在獄中絕望地呼喚我，這是他寫來的信。」

女人一把奪過信，斷斷續續地唸了起來：「老大，快來救我！我害怕……我害怕啊……」

信從她手中掉落到地上。女人的手不停顫抖，她那雙失去光輝的眼睛裡，彷彿也出現了多次令羅蘋膽戰心驚的可怕場景。只聽她恐怖地大叫一聲，掙扎著想要站起，卻倒在地上昏過去了。

譯註：

①確實有這些作品，奇幻劇是十九世紀法國最流行的戲劇種類，到十九世紀末趨於沒落。這種戲劇通常會安排超自然的角色如精靈、神鬼，很多劇碼都改編自古代神話或童話，情節跌宕複雜，演出服裝、道具、舞臺設置繁複，經常使用大型器械製造表演所需的魔幻效果。《魔鬼的藥丸》和《羊蹄子》這兩部作品算得上是最宏大的奇幻劇作品，羅蘋在這裡列舉這兩齣戲劇，是想比喻他的遭遇如此曲折、離奇，簡直能寫一齣奇幻劇了。

chapter 5

二十七人名單

孩子躺在床上安詳地睡著。女人被羅蘋抱到長椅上，她一時失去知覺，不過呼吸已開始漸漸平復，剛才蒼白的面孔現在也慢慢紅潤起來，看來不久後她就會甦醒。

羅蘋發現女人的手上戴著一枚婚戒，脖際掛了一條項鍊，項鍊末端綴著一只圓形吊墜。他彎下腰，輕輕翻開吊墜，正面是一張很小的照片，照片上有兩個人，一個是四十歲左右的男人，另一個是個孩子，確切地說是個穿著校服的少年，這孩子面龐清秀，一頭捲髮梳得整整齊齊。

「原來如此。」羅蘋自言自語：「啊，可憐的女人！」

他握住的那隻手漸漸有了溫度，過了一會兒，女人睜開眼睛又閉上，嘴裡喃喃叫著：「雅克……」

「您別擔心，他睡著了……不過一切都好。」

這時，她已完全恢復知覺，卻仍一言不發，羅蘋只好先開口，慢慢引導她吐露眞相。於是他指著照片問：「這個少年是吉爾貝爾，對不對？」

「是的。」她回答。

「他是您的兒子？」

「是的，吉爾貝爾是我的兒子，我的大兒子。」

原來她就是吉爾貝爾的母親，那個被指控謀殺、在監獄受苦、在法庭受到嚴酷審訊的吉爾貝爾，正是她的兒子！

「另外一個人是誰？」羅蘋繼續問。

「他是我的丈夫。」

「您的丈夫？」

「是的，他三年前去世了。」這女人端坐了起來，她雖然恢復了知覺，但卻開始露出莫名恐懼，她害怕生活，害怕所有一直脅迫著她的東西。

「您丈夫他是……？」羅蘋又問。

「邁爾吉。」女人猶豫片刻後回答。

「維克多里恩・邁爾吉？那個議員？」羅蘋一聽不禁叫道。

「是的。」

這下兩個人都沉默了。羅蘋不會忘記邁爾吉議員的死，以及他的死在當時引起的譁然。三年前，邁爾吉議員在議會走廊朝自己的腦袋開槍，當場死亡。他沒有留下任何解釋，後來也一直沒人知道他爲何要自殺。

「他爲什麼要自殺，」羅蘋思考一陣，大聲地問：「您應該知道。」

「我知道。」

「是因爲吉爾貝爾？」

「不，當時吉爾貝爾已經被我丈夫趕出家門好幾年了，爲了這件事，我丈夫傷心透頂，可是他自殺另有原因……」

這會兒已經不需要羅蘋提問了，邁爾吉夫人已經打開心結，懷著深切的痛楚，慢慢道出自己辛酸的往事：「我本姓克拉蕾絲·達賽爾，二十五年前和父母住在尼斯。後來，我遇見了三個年輕人。只要我一跟您說這三個人的名字，您立刻就會知道今天這些事的來由了——亞力克西·多布雷克、維克多里恩·邁爾吉、路易·普拉斯威爾。他們三個人是朋友，在大學一起唸書，後來又一起從軍。之後，普拉斯威爾愛上一個在尼斯劇院唱歌的女演員。而另外兩人，邁爾吉和多布雷克則同時對我有好感。至於其中的細節我也不想多說了，況且只要說出事實就夠了。打從第一天起，我就愛上了維克多里恩，只是我沒有立刻表達自己對他的愛意，現在回頭想來，也許這是個錯誤。可是眞摯的愛情會讓任何人變得難爲情、猶豫不決、惶恐不安，不是嗎？我一直等到自己有了充分把握，不再有任何顧忌時，才公開了我的選擇。可是不幸的是，就在我和維克多里恩互相暗自愛慕的那段甜蜜等待期，多布雷克也一直在幻想。所以，得知我的選擇後，他簡直暴跳如雷。」

克拉蕾絲・邁爾吉停了一會兒，然後又激動地說：「我一直都記得……當時，我們三個人都在客廳。啊，當時，多布雷克又是詛咒，又是威脅，說了很多憤怒的話，維克多里恩簡直被嚇壞了，他從來沒見過自己的朋友這樣，他面對的是一張令人厭惡的面孔，簡直像一頭野獸……是的，一頭凶殘的野獸，多布雷克又是咬牙，又是跺腳，眼睛裡充滿了血絲（那個時候他還沒戴眼鏡），眼珠不停地亂轉，嘴裡不斷叨唸著：『我要報仇、我要報仇，你們不知道我有多大本事。等多少年都可以，十年、二十年……這一天肯定會到來的。啊，你們不懂，報仇……以眼還眼，以牙還牙，多有趣呀，我這人本來就不是好惹的。到那時候，你們倆就會跪下來求我，沒錯，跪下來求我！』這時，我父親正好走進來。於是，維克多里恩就在我父親和僕人的協助下，三人一起把這可惡的傢伙攆出去。而六個星期之後，我就和維克多里恩結了婚。」

「那多布雷克呢？」羅蘋插話問道：「難道他沒有想要……」

「沒有。可是我們結婚當天，路易・普拉斯威爾不理會多布雷克的勸阻，當了我們的證婚人。結果他一回家，發現他愛的那個女人，就是那個劇院演員……被人給勒死了。」

「什麼？」羅蘋大吃一驚：「是不是多布雷克？」

「大家只知道多布雷克一連好幾天都纏著那女孩，但僅此而已。無法查出是誰潛入了普拉斯威爾家行凶，現場也沒留下任何證據，什麼都沒有。」

「可是普拉斯威爾……」

「我們和普拉斯威爾都知道，一定就是那回事。多布雷克想綁架那個年輕女孩，也許一開始他只是想嚇唬她，可是後來就失去了理智，掐住女孩的脖子，把人給殺了。可是就算事實如此，我們手上卻毫無證據，所以多布雷克依舊目中無人，肆無忌憚。」

「後來，他怎樣了？」

「後來的很多年裡，我們沒了他的消息，只是聽說他賭輸了很多錢，跑到美洲去了。我甚至忘了他對我的仇恨和威脅，天眞地以爲他早就有了新的愛慕對象，也不再想什麼報仇這件事。那時，我完全沉醉在幸福中，除了我的愛情和幸福，除了我丈夫的政治地位和我兒子安東尼的健康，腦子裡什麼也沒多想。」

「安東尼？」

「是的，是吉爾貝爾的本名，幸好這可憐的孩子沒有暴露他的眞實身分。」

「他從什麼時候開始使用吉爾貝爾這名字？」羅蘋繼續問道。

「請您原諒我無法確切回答這個問題。吉爾貝爾，我還是喜歡這麼叫他，我們就不要再提他的本名了吧。吉爾貝爾小時候就和現在一樣討人喜歡，他對所有人都很熱情，長得又可愛，只是這孩子有點懶散，而且不服管教。他十五歲時，我們決定把他送到巴黎附近的一所中學，本以爲讓他離我們遠一點，他就會自己學著獨立，可是沒想到他在那裡唸書不到兩年，就被學校開除了。」

「爲什麼要開除他？」

「因爲他行爲不端正。有一次，他連夜逃出學校，之後一連好幾個星期不露面，等到被學校發現了，他就說是和我們在一起，可是他根本就沒回來過。」

「那他去哪兒了，做什麼去了？」

「到處瞎晃，尋歡作樂，要嘛去咖啡館，要嘛去各種交際舞會。」

「這麼說他身上有錢？」

「是的。」

「誰給他的？」

「他的壞榜樣。其實，這傢伙一直瞞著我們，先是把他騙出學校，然後又把他帶入歧途。教他學壞，教他說謊，揮霍放蕩，甚至偷東西，就這麼把這孩子活活從我們身邊搶走。」

「您是說多布雷克？」

「就是多布雷克。」

克拉蕾絲・邁爾吉停了下來，她雙手交叉捂住臉，試圖掩飾自己因憤怒而漲紅的額頭。稍事平復後，她才又掙扎著繼續往下說：「多布雷克終於報仇了。就在我丈夫把可憐的吉爾貝爾趕出家門第二天，他就大剌剌地寫信來了，向我們炫耀他究竟是用何種卑劣的手段，唆使和擺布吉爾貝爾讓他變壞。然後，他還寫道：『遲早有一天他會上預審法庭，然後被審判，最後我希望……是上絞架。』」

「什麼？這麼說來，今天這些事原來都是他一手策畫的？」羅蘋一聽，不禁大吃一驚。

「不，這倒不是，應該是巧合罷了。我相信他當時的惡毒詛咒只是一時衝動。但那封信確實嚇壞我了。那時我正生病，小兒子雅克也才剛出生，可是我們幾乎每天都會聽到風聲說吉爾貝爾又做了什麼壞事，又簽了哪些假帳單，或是又搶了誰家的東西，簡直數不勝數，以至於我們只能對周圍的人宣稱他離開了法國，就這麼死在國外了。那段日子，我們過得實在太苦了，而且自從我丈夫被捲入一場政治風波之後，我們家就再也沒了寧日。」

「什麼政治風波？」

「我只要一說，您就會明白，我丈夫被列在二十七人名單上。」

「啊！」很多事就這樣突然豁然開朗，羅蘋一下子衝出了迷霧，重新看到曙光。

克拉蕾絲．邁爾吉略提高嗓音繼續說：「是的，他的名字在上面，但這是個錯誤，他是倒楣才成了受害者。維克多里恩．邁爾吉，確實是『法國兩海運河計畫評審委員會』①的一員，他也和所有贊成這項計畫的委員一樣投了贊成票，而且他還為此得到一筆贊成費，是的，這一點我不隱瞞，他得到了一萬五千法郎。可是這筆錢，他並非替自己拿，他是替一個政界朋友拿的，總之，他把這人當朋友，對他百分之百信任，卻不知道自己在毫不知情的情況下成了別人手中的工具。他以為自己是做了一件好事，但其實徹徹底底自毀了前程。後來，運河計畫營私舞弊的醜聞敗露，肇事公司的總經理自殺死了，公司的會計也不見蹤影，這時我丈夫才恍然大悟，原來他有許多同僚被人收買，這其中有一般的議員、政黨領袖，甚至有不少深具影響力的議員，而且，他和他們一樣都被人暗暗列上了黑名單，一時之間大家都在談論這份神祕的名單。啊，接下來的那幾天，他就像被打入地獄一樣，備受煎熬。名單會不會公布？上面到底會不會有他的名字？您也知道，議會是多麼瘋狂而恐怖，你得時時提防被人告密。這份名單到底在誰手裡？沒人知道。但是名單存在這一點，不容置疑。而且已經有兩個人在這場風波中被打倒，只是大家仍一頭霧水，不知究竟是誰告的密，更不知道這份控訴名單到底在誰手上。」

「多布雷克？」羅蘋插話提問。

「噢！不是。」邁爾吉再次提高嗓門：「多布雷克當時什麼都還不是，根本沒人認識他。不，不是他。您還記得嗎？後來真相來得很突然，是名單主人自己爆的料，他就是前掌璽大臣、運河公司董事長的表親傑米諾。傑米諾當時身患肺結核，已經奄奄一息，於是他寫信給警察總署署長，告訴他名單就藏在他家床底下的一個鐵盒裡，要署長等他死後再來取。於是，署長親自守在傑米諾的病床旁，一等他嚥氣就立刻打開那個鐵盒，可是裡面竟然是空的，什麼也沒有。」

「這次是多布雷克。」羅蘋肯定地說。

「是的。」邁爾吉夫人大聲地說，情緒也越來越激動：「在傑米諾死前六個月，亞力克西・多布雷克喬裝打扮，成功當上了他的祕書。他怎麼知道傑米諾手中有這份名單，這不重要。總之，他是在人死的那天夜裡成功打開了鐵盒，然後偷走名單。接下來的調查證實了這一點，多布雷克的身分也被確定無疑。」

「那爲什麼不抓他呢？」

「抓了他又有什麼用？大家很清楚，他肯定把名單藏在一個非常安全的地方，而且只要他一被捕，名單就曝光了。另外，所有人都被這該死的名單折磨得很慘，大家都倦怠了，因此不惜一切代價，也要就此息事寧人。」

「那後來怎麼樣？」

「和他談判。」

「和多布雷克談判，眞是可笑！」羅蘋一聽，不禁笑了出來。

「是的，太可笑了。」邁爾吉夫人接著說，語氣變得更加嚴肅：「那個時候，他的行動快速明確，直來直往，絲毫不知廉恥。名單到手八天之後，他就到議會找我丈夫，威脅他，要他在二十四小時內準備好三萬法郎。否則，他就把我丈夫的事說出去，讓他就此下臺。我丈夫十分瞭解這個人，他知道這傢伙冷酷無情、報復心很強。他不知道該怎麼辦，所以就開槍自殺了。」

「眞蠢。」羅蘋忍不住脫口而出：「多布雷克手裡的那份名單有二十七個人，要想搞砸一個，他就不得不公開整份名單，無論是公布原件還是副本，這就意味著他將就此放棄名單的所有權。這麼一來，他雖然洩露了醜聞，可是也再不能拿這東西來威脅任何人了。」

「是，也不是。」邁爾吉夫人回答。

「您後來是怎麼知道這件事的？」

「是多布雷克告訴我的。多布雷克那天來見我，這個渾蛋厚顏無恥地說了與我丈夫的談話內容。可是不只這些，不只是那張名單而已，不是只有這張由運河公司會計記錄下人名和贊成費金額的惡名昭彰名單而已。雖然可以在這上面找到那家公司老闆死前咬破手指、簽下的血淋淋名字。但證據不只這些，還有其他證物，所有牽扯其中的當事人都不知道，居然還存在著很多其他的證據，像是運河公司老闆和其中一些關係人的通信，這些關係人包括他的會計、律師等等。

「的確，那份寫滿人名的名單是最重要的，因爲只有它是不容置疑的唯一鐵證，不管是爆出翻攝的照片也好，還是副本也好，它的正當性不容懷疑。可是，其他證據同樣很危險，危險到已經使兩位議員的名譽掃地。所以，多布雷克當然胸有成竹。憑藉這些東西，他就能對選定的對象加以威逼恐嚇，嚇唬對方一旦醜聞曝光會有多恐怖，於是這些人要嘛乖乖送錢給他，要嘛白白送了命，就像我丈夫那樣。現在您明白了吧？」

「現在我明白了。」羅蘋說。

聽完整件事的原委，羅蘋沉默了許久。他現在對多布雷克這傢伙有了新的認識。他彷彿看到他偷走二十七人名單，然後利用這份淫威，一步步從暗處走出，大肆揮霍他從受害者那兒勒索來的金錢，買來了地方顧問的職位，然後是議員。可是等他一上臺，他就原形畢露，開始威逼當局不許司法機關再提此事，被嚇得膽戰心驚的政府也不敢向他開戰，只好言聽計從，各個權力機關也對他畢恭畢敬。後來大家對他實在無計可施，只好任命普拉斯威爾爲警察總署祕書長，想以此箝制多布雷克，讓他收斂些，因爲大家知道普拉斯威爾和此人有私人恩怨，對多布雷克可說是恨之入骨。

「您後來又見過他？」羅蘋問。

「我又去見他了，必得去。我丈夫雖然死了，但至少他的名譽保住了。他死亡的眞正原因沒有人懷疑。至少爲了保住他留下的這份名聲，我必得接受多布雷克對我提出的第一次邀請。」

「第一次？這麼說，你們見了不只一次？」

「是見了很多次。」邁爾吉夫人激動地說：「是的，好多次，每次都是晚上見面，有時在劇院，有時在安吉恩，有時在巴黎……我每見他一次就感到自己被羞辱一次，因此我不想讓人知道。但是我又不得不去，因爲我要完成我的使命，我要替我丈夫報仇。」

克拉蕾絲湊到羅蘋身旁，情緒激動地說：「是的，替我丈夫報仇，這就是我今生繼續活下去的理由，我要替丈夫報仇，替我那失去的孩子報仇，替我自己報仇，他對我做了那麼多壞事……我這一生再沒有其他的願望和目標。我要做到，一定要做到，我要打倒他，我要看到他受苦，看到他落淚，如果他還有血淚的話！我要看他嚎啕，看他絕望的樣子……」

「看他死。」羅蘋想到那天夜裡在多布雷克書房上演的那一幕，遂插話進來。

「不，他不能死。我以前的確曾這麼想過，甚至還朝他亮出刀子，可是他死了又有什麼用？況且他肯定早有準備，就算人死了，那份名單也還是不會消失。而且，不是把他殺死就算報了仇，我對他的恨遠不只這麼簡單，我要看著他失敗，看著他變得一文不值。要想做到這一點，唯一的辦法就是把東西從他手中奪過來。多布雷克手裡沒了文件，他就什麼都不是了。他會立刻垮臺，到時候才叫慘！這才是我想看到的。」

「可是您不怕多布雷克誤會您的心意？」

「肯定不會，我向您保證。我們之間的會面相當不尋常，我一直在窺伺，我要從他的言語猜出他留給自己的那個祕密，而且他……」

「而且他……」羅蘋替克拉蕾絲・邁爾吉補充下去：「他一直在垂涎他沒法得到的獵物，他從來沒有停止愛您，到現在還愛著，他要不惜一切代價得到您……」

邁爾吉夫人低下頭，冷冷地說：「是的。」

的確，這是兩個水火不容冤家之間的決鬥。多布雷克的情欲顯然無止無盡，他寧願冒著一次又一次的生命危險，私下和這個被他毀了一生的女人見面，而且還自信認爲自己能安然無恙地結束每次會面。

「您的調查進展得如何？」羅蘋問。

「自從我開始調查至今，已經很長一段時間沒有進展了。您和警方用過的所有那些手段，我早已使用過，可是根本沒用。後來，正當我感到絕望想要放棄時，突然有一天我在多布雷克的安吉恩別墅有所發現。我在他書桌底下的廢紙簍裡找到一張小紙片，上面是多布雷克親筆寫的幾句蹩腳英文，我能看懂，我記得上面寫著──『瓶塞中間的水晶要挖空，留出一個空間，但一定不能讓人發現。』而且要不是當時多布雷克突然從花園衝進書房，在紙簍裡翻來翻去，一邊翻還一邊用懷疑的眼光盯著我，我很可能根本不在意這東西。」

「這麼說，他是想翻找一封信？」

「我假裝不明白他在幹什麼，他也就不再堅持追問。但我看得出來，他當時十分慌亂，所以我的調查就轉移到這上面。一個月之後，我又在他家壁爐的灰燼裡找到一份燒掉一半的英國帳單。帳單上顯示，多布雷克從英國伯明罕的斯托橋小鎮，找到一個名叫約翰·霍華德的玻璃工匠，在那裡訂製了一個水晶瓶塞。我一看見『水晶』這個字眼，便覺得事有蹊蹺，親自去了一趟斯托橋，給了這家玻璃工坊一點好處，工匠便告訴我多布雷克訂製的這個水晶瓶塞，要求內部要掏空，而且不能被人發現。」

「就算工匠此話不假，我總覺得就算外面一層鍍了金可以不被人發現，但裡面的空間這麼小，又有什麼用呢？」

「雖然小，但空間足夠。」

「您怎麼知道？」

「普拉斯威爾告訴我的。」

「以前因爲一些說不清的小事，我丈夫和我斷絕了與他的一切來往。普拉斯威爾雖然是個有道義的人，但他的野心很大，兩海運河的醜事他肯定也參與其中。至於有沒有從中拿錢？也許吧。但這對我來說不重要，我需要他的幫助。況且，當時他剛被任命爲警察總署祕書長，十分有影響力。所以從那之後，我又開始和他取得聯繫。」

「他知道，您兒子吉爾貝爾過去的那些不正當行爲嗎？」

「不，他不知道，考慮到他身處的特殊職位，我得小心行事，所以我對他的說法也一樣，滿口說著吉爾貝爾出了國，後來死在國外。但是除此之外，其他所有事我都沒隱瞞他。我是指，我丈夫爲什麼會自殺這件事，而且我還明確告訴他，我要爲丈夫報仇。當我告訴他我的發現時，他興奮得幾乎跳了起來，我能感到他對多布雷克的仇恨一絲也沒削減。我們聊了很久，後來他告訴我這份名單寫在一張極薄且小的半透明白紙上，只要將它捲起來，再窄小的空間也能放得進去。瞭解情況之後，我們倆沒再猶豫，既然知道東西藏在什麼地方，那就開始分頭行動。其間，我們不定時地祕密聯繫。就這樣，我要他與拉馬丹廣場那邊多布雷克公館的看門女僕克蕾蒙絲搭上線，這女人對我十分忠誠。」

「但是對普拉斯威爾卻不，」羅蘋說：「我有證據證明她背叛了他。」

「也許現在是，但一開始不是。那陣子警探確實經常光臨多布雷克的家。可是那個時候，也就是一個月之前，吉爾貝爾突然重新出現在我的生活裡。作爲一個母親，不管她的孩子過去做過什麼，不管他現在在做什麼，絕不可能停止對孩子的愛。況且我的吉爾貝爾是那麼討人喜歡……這點，您是知道的。他一回來就傷心地哭了，還用力抱住他的弟弟雅克……我當下就原諒了他。」

邁爾吉夫人低頭小聲地說：「願上帝寬恕我，我早該原諒他的。啊，要是還能重來一次，我怎可能狠下心把那可憐的孩子趕出家門？他如今會走到這地步，都是我一手造成的。」

她若有所思地繼續說：「如果他還是我想像的那樣，整日花天酒地、逍遙放蕩、不務正業，我肯定還是會狠起心腸不認他。可是雖然他看起來好像不正經，但他的品行……怎麼說呢，他的心眼並不壞，我敢確定，他比我想像中有進步呢！這多虧了您，是您一直支持他，才讓他振作起來，雖然我還是覺得他從事的勾當不太好，可是他畢竟仍有一股正氣，一股發自內心的誠實，這一點是很自然流露出來的。他總是快快活活、無憂無慮，而且他一跟我說起您，總是帶著一股崇敬之情。」

說到這兒，她顯然感到有些尷尬，因爲每句話都是當下脫口的。而在羅蘋面前，她不想批評吉爾貝爾的那種生活方式，但也不想稍加恭維或鼓勵。

「後來呢？」羅蘋打斷她。

「後來我們經常見面。要嘛是他偷偷來見我，要嘛是我去找他，我們常在鄉下一起散步。就這樣，我慢慢把所有事都告訴了吉爾貝爾。他一聽，也氣憤了。他也想奪得水晶瓶塞，替他父親報仇。另外多布雷克曾對他做過那麼多壞事，他也要替自己報仇。一開始他的主意就是和您聯手，這一點我可以證明，他從沒動搖過這想法。」

「是呀，」羅蘋大聲說：「本該這樣才對……」

「是的，我知道……我也是這個意思。可是很不幸，您知道我那可憐的孩子，他耳根子軟，聽了一個同夥的教唆。」

「是沃什瑞，是不是？」

「是的，就是沃什瑞，這個惡毒的、野心勃勃的、奸詐的、黑心的下流胚子，他對我兒子影響很大。吉爾貝爾不該把事情告訴他，請他給什麼意見，事情壞就壞在這上面。可是，沃什瑞說服了他，也說服了我，說我們最好還是自己行動。他做了一番研究，然後就開始指揮一切，最後決定去安吉恩，讓您帶領搶劫瑪麗—特雷薩別墅。因爲拉馬丹的公館一直有多布雷克的僕人雷奧納爾看著，所以普拉斯威爾他們先前一直未能徹底搜查這裡。安吉恩的行動十分糟糕，他們本該要嘛仰賴您的豐富經驗，要嘛乾脆不讓您參加，以免造成這種種不幸誤會或產生紛歧意見。可是，您想我能有什麼辦法呢？沃什瑞操縱了我們。我同意到劇院和多布雷克會面，他們就可以趁別墅沒人時溜進去。可是等我午夜回到家，卻得知了可怕的消息。雷奧納爾被人殺了，我的兒子則被人抓走了。我一下子就感到事情不妙。多布雷克的可怕預言竟然成眞了，我兒子要上預審法庭，然後被審判。這都怪我，都是我的錯，做母親的親手把自己兒子推進了火坑，他也許永遠也出不來了。」

克拉蕾絲痛苦地扭著雙手，身子不停顫抖。這是一個爲兒子命運擔憂的母親，她所承受的痛苦，世上有哪一種痛苦能與之相比呢？

羅蘋深受感動，同情地說：「別擔心，我們一定能聯手把他救出來的。但是在這之前，我得瞭解一切細節。請您繼續說吧，您那天晚上如何得知安吉恩計畫出了事？」

她抑下自己的悲傷回答著：「是您的兩個手下告訴我的，確切的說是沃什瑞的兩個手下，他們對他十分忠誠，所以才被他選來替你們划船。」

「就是街上的那兩個？格羅那、勒巴陸？」

「是的，是他們。那天晚上，您從別墅出來，警察局局長在後面窮追不捨，您趕緊上了船，匆忙向他們倆解釋幾句後，不是直接朝您汽車的方向跑去嗎？而這兩個人知道出事後嚇壞了，立刻跑到家裡告訴我這可怕的消息。吉爾貝爾竟然被人抓走，進了監獄！啊，那一夜多麼難熬啊。我該怎麼辦，去找您？是的，我應該去找您幫忙。可是天知道，我去哪兒找您呢？而就在這時，格羅那、勒巴陸看到事情到了這地步，便硬著頭皮把沃什瑞的事全都交代出來，其實他早有預謀，他要……」

「要擺脫我，是不是？」羅蘋冷笑道。

「是的，他知道您對吉爾貝爾百分百信任，於是他偷偷跟蹤吉爾貝爾，暗中知道了您所有的住所。他盤算，幾天後一旦他拿到水晶瓶塞，成了二十七人名單的新主人，奪走多布雷克手中的權杖後，他就打算向警方告發您，而您的組織就成他的了。」

「眞蠢！就憑他這塊料！」說完，羅蘋又補充道：「這麼說，那些脫落的門板……」

「都是按照他意思做的，以備日後和您、或是和多布雷克發生較量時，可以使用。所以他也對多布雷克家臥室的門板做了手腳。他不知道從哪裡認識了一個表演雜耍的侏儒，這傢伙又小又瘦，開一個小通道，他就能從中鑽過去。他的兩個同夥是這麼跟我說的。現在您明白何以您的信件和其他祕密文件，會不翼而飛了吧。我一聽便靈機一動，爲了救我兒子，我可以讓小兒子雅克也這麼做，不是嗎？這孩子非常瘦，而且很聰明，又特別勇敢，這點相信您也見識了。於是，我們一刻也沒敢耽擱，連夜啓程，趕到了吉爾貝爾的公寓。我在那兒找到了您馬蒂紐路公寓的備用鑰匙，我想您那天晚上應該是在那兒過夜。在路上時，格羅那、勒巴陸也證實了我的想法。那時我沒想太多，只想從您那兒拿回水晶瓶塞，沒有考慮要尋求您的幫忙。因爲如果水晶瓶塞眞的出現在安吉恩，那麼當時一定是放在您家裡。我的猜測沒有錯。我小兒子進到您房間沒幾分鐘工夫，就從裡面把東西取了出來。我於是離開，一邊走一邊發抖，因爲我太興奮了，我又看到了希望，以爲自己成了這無價之寶的主人，有了它而又不讓普拉斯威爾知道，我就可以隨意支配多布雷克，任意擺布他，讓他成爲我的奴隸，按照我的意思，想辦法說服監獄暗中放了吉爾貝爾，就說他越獄逃跑了，或者至少說服法院，讓他們不對吉爾貝爾進行審判。這麼一來，事情就解決了。」

「可是結果呢？」

克拉蕾絲猛地站起來，湊到羅蘋身旁，語氣沉重地說：「這水晶玩意兒裡什麼也沒有，沒有，您聽清楚了，沒有名單，也沒有藏東西之處。安吉恩的那趟，我們是白去了！雷奥納爾白死了！我兒子被捕入獄也毫無意義，我們的一切努力都是徒勞！」

「可是，可是爲什麼？」

「爲什麼？您從多布雷克那兒偷來的，並不是他特地要人打造的那個水晶瓶塞，而只是斯托橋玻璃工匠約翰·霍華德寄給他的瓶塞樣品。」

要不是顧及邁爾吉夫人的萬分失望，羅蘋又忍不住要說幾句俏皮話，來嘲弄一下這倒楣的運氣。但他只是埋怨地說：「我們眞笨！而且更蠢的是，我們還驚動了多布雷克。」

「不，」邁爾吉夫人說：「第二天，我就親自趕往安吉恩。多布雷克把它當成一起普通的搶案，認爲這行動無非是想偷他的骨董罷了。到現在，他還是這麼認爲的。多虧有您的暗中介入，讓他得出這麼一個錯誤結論。」

「可是，他的瓶塞失蹤了……」

「首先，這東西對他來說並不是那麼重要，因爲它只是一個樣品而已。」

「您怎麼知道？」

「瓶塞的下端有一處刮痕，我去英國時，工匠告訴我的。」

「就算是這樣，爲什麼他會叮嚀僕人一定要收好放瓶塞的壁櫥鑰匙呢？另外，爲什麼那瓶塞後來又出現在多布雷克巴黎公館的辦公桌上呢？」

「是的，多布雷克在這東西上面確實很謹慎，他看重它就像我們看待貴重東西的樣品，道理相同。所以，後來我又趁他沒發現瓶塞失蹤前，把東西放回安吉恩的壁櫥。而第二次也是一樣，我讓小雅克從您的大衣口袋偷走瓶塞，然後交給看門女僕，要她把東西再放回去。」

「您是說，他一點也沒懷疑？」

「沒有，他知道我們在找那份名單，但是他不知道我和普拉斯威爾得知他藏名單的地方。」

羅蘋站起身來在房裡踱來踱去，神情嚴肅地思索者，然後他停下腳步，重新坐回克拉蕾絲・邁爾吉身邊：「總之，自從安吉恩事件一出，您就再也沒有任何進展？」

「完全沒進展。」她回答：「我一天天漫無目的地亂轉，有時跟著他們兩個跑，有時帶著他們找，一點詳細的計畫也沒有。」

「或者至少是……」羅蘋接著說：「只知道要從多布雷克那兒奪來二十七人名單，再也沒有其他什麼具體計畫了？」

「是的，我們能有什麼辦法呢？況且，您也一直在給我們找麻煩，因為我們很快就知道多布雷克公館新來的廚娘維克朵娃，是您的人。而且看門女僕還告訴我們，您已經住進了多布雷克的家，因此，我非常害怕您的行動會對我造成不利。」

「是您寫信勸我退出較量？」

「是的。」

「那晚，也是您阻止我去沃德維爾劇院？」

「那天，維克朵娃在偷聽我和多布雷克通話時，正好被看門女僕撞見。後來，一直在公館外蹲守的勒巴陸看到您從公館溜了出來。於是我立刻明白了，您那天晚上肯定會跟蹤多布雷克。」

「那天下午，來我家的那個女工？」

「就是我，那是因爲我失去了所有信心，想來見您。」

「那麼是您拿走了吉爾貝爾的信？」

「對，是我，我從信封上的筆跡認出信是他寫的。」

「您的小雅克當時沒跟著您？」

「沒有，他當時在外面，與勒巴陸一起待在車裡。是我讓他爬窗戶進到客廳來的，然後再讓他從門上的小通道鑽進您的臥室。」

「信上寫了些什麼？」

「很不幸，都是些埋怨您的話。他埋怨您拋棄了他，埋怨您只知顧著自己逃走。總之，看了這封信，我對您起了疑心，所以就立刻逃走了。」

「瞧瞧我們浪費了多少時間？我們早就該一起聯手了！可是雙方竟然一直在玩捉迷藏，妳絆住我，我對妳使圈套……時間就這麼一天天浪費掉了，要知道這些日子是相當寶貴、無法挽回的呀。」羅蘋無奈地聳聳肩。

「您瞧，您瞧……」克拉蕾絲聲音顫抖地說：「您也一樣，您也害怕未來！」

「不，我不怕！」羅蘋朝她喊道：「我只是在想，如果我們早一點聯手，早就進行了很多有用的事。我們也可以少犯很多錯誤，少做很多蠢事！我在想，您昨晚派小雅克去多布雷克房間搜他的衣服，結果也照樣一無所獲；而咱們之間的明爭暗鬥，鬧得他公館簡直是天翻地覆，這一定會驚動多布雷克，他今後必將更加警惕。」

克拉蕾絲．邁爾吉搖搖頭：「不、不，我不這麼認爲，我們沒有驚動他，因爲爲了等看門女僕在他的酒裡下麻藥，使他昏睡不醒，我們已經多等一個晚上了。」她繼續慢條斯理地補充：「再說，多布雷克也不需要爲了什麼而提高警覺。他的生活本身自然構成一整套防範措施，沒有一點疏漏……何況他手中還握著最大的王牌。」

「您這是什麼意思？這麼說，您認爲在這上面一點希望也沒有？我們根本毫無辦法？」羅蘋靠近她問道。

「有，」她喃喃地說，「有一個，只有這麼……」

羅蘋看到克拉蕾絲的臉色再次變得慘白，接著她又以雙手捂住臉，而且全身都在顫抖。他似乎明白了她恐懼的原因，於是湊到她身邊激動地說：「請求您，直接告訴我吧。是因爲吉爾貝爾，是不是？至今法院還不知道吉爾貝爾過去的神祕身世，也不知道沃什瑞身邊這名共犯的眞實姓名，這對我們來說倒是件好事。雖然法院不知道，但已經有人知道了，是不是？是不是多布雷克猜出了吉爾貝爾就是您的兒子安東尼，是嗎？」

「是……是……」

「他對您說，他可以救吉爾貝爾，是這樣嗎？不知爲何，那天半夜，在他家的書房裡您差點要殺了他，就是因爲他對您說了這件事，說他能救吉爾貝爾，讓他重獲自由？」

「是……是這樣的。」

「但是他有一個條件，對不對？一個讓人作嘔的條件，一個只有像他這樣的惡棍才想得出來的條件？我說的對嗎？」

克拉蕾絲默不作聲，她似乎已被這場望不到盡頭的爭鬥搞得身心俱疲。在這場相持不下的爭戰中，敵人每天都在向她逼近，而她卻在節節退讓。

羅蘋感到她已提前敗下陣來，打算任憑對方擺布。克拉蕾絲・邁爾吉這位丈夫被多布雷克逼死的夫人，兒子被多布雷克引入歧途的可憐母親，克拉蕾絲・邁爾吉爲了救兒子不被砍頭，決定奮不顧身，就此屈服於多布雷克，做他的情婦也好，老婆也罷，只要能救兒子，她甘願做這噁心下流胚子的馴順奴僕。羅蘋一想到這傢伙就感到反胃、噁心。

他坐到克拉蕾絲旁邊，慢慢托起她的頭，看著她，同情地說：「請您聽好，我向您發誓，我一定會救出您的兒子，我發誓。您的兒子不會死，您聽見了嗎？只要我還活著，這個世上就沒人敢動您兒子一根汗毛。」

「我相信您，您的話，我完全相信。」

「請您一定要相信我。這是一個從不曾失敗的人對您許下的承諾。我一定能辦到，只是我要您答應我一件事。」

「什麼事？」

「您從此以後不要再見多布雷克了。」

「我向您保證。」

「絕不許您起任何想和他談判的念頭，哪怕有再大的擔憂都不行。」

「我保證。」

她望著他，目光中流露出一股安全感和對他的絕對信賴。此時，羅蘋爲自己能幫助這女人而感到高興不已。他在心中暗下決心，一定要替這女人重新找回她的幸福，至少要讓她過平靜的日子，忘卻昔日的傷痛。

「好了，」羅蘋起身，語氣快活地說：「一切都會好起來的。我們還有兩、三個月的時間呢，足夠了！當然，只要在這期間內我能毫無顧忌安排行動的話。所以您瞧，這麼一來，您就得暫時退出這場激烈的爭鬥了。」

「什麼？」

「是的，您暫時先休息一下，到鄉下住一陣子。另外，您不用替小雅克想想嗎？瞧他多可憐，這些日子以來，這孩子一直受驚害怕，一直被折騰著。而且，他立了這麼多功勞，應該好好休養一下，不是嗎，我們的小勇士？」

第二天，在經歷了這麼多事情之後，克拉蕾絲．邁爾吉已經筋疲力盡，幾乎要病倒了，她需要休息。於是，她帶著小兒子來到聖日爾曼森林的一個女性密友家住下。開始的幾天裡，她的身體很羸弱，整晚做噩夢，腦子得不到片刻安寧，就這樣整日渾渾噩噩，身心俱疲。後來，她才慢慢學著什麼也不去想，報紙也不許她看。

可是有天下午，各大報紙紛紛報導羅蘋那兩個被指控謀殺的同夥，即將接受下一次的出庭問訊，而羅蘋本人得知這個消息後，便打算改變計畫，開始研究如何綁架多布雷克，逼迫他救出吉爾貝爾。至於羅蘋的兩個手下格羅那、勒巴陸，羅蘋打算原諒他們，但前提是兩人要協助他行動。這會兒，他已經派兩人繼續監視多布雷克的行蹤。可是就在這天下午約莫四點鐘左右，羅蘋位於夏多布里昂路家中的電話突然響了起來。

羅蘋接了電話。「喂？」

是一個女人打來的，她氣喘吁吁緊張地說：「是米歇爾．波蒙先生嗎？」

「是我，夫人，請問您是……」

「快，先生，趕快過來，邁爾吉夫人她服了毒。」

羅蘋沒來得及細問，便趕緊跑出寓所，坐上汽車，趕到聖日爾曼。克拉蕾絲的朋友在門口迎接羅蘋。

「死了？」他一下車便問。

「沒有，劑量不大。醫生剛離開，說已無大礙。」

「她爲什麼要服毒呢？」

「她兒子雅克不見了。」

「被綁架了？」

「嗯。這孩子當時正在森林裡玩，突然有部汽車停在他旁邊，兩個女人下車來，孩子於是大叫，克拉蕾絲想跑過去救兒子，可是她太虛弱了，一下子倒地不起，嘴裡還喃喃地說：『是他，是那傢伙，全完了……』當時，克拉蕾絲都快急瘋了，趁我沒注意，她掏出一個瓶子就往嘴裡灌。」

「後來呢？」

「後來我趕緊叫來我丈夫，然後我們兩人一起把她抬進臥室，她看起來難受極了。」

「您怎麼知道我的地址和名字呢？」

「醫生來看她時，她告訴我的，所以我就打了電話給您。」

「除了您，其他人都不知道這件事吧。」

「除了我，沒人知道。我知道克拉蕾絲遇到了什麼大麻煩，但她不願意說，我也就沒問。」

「我能見見她嗎？」

「她現在已經睡著了，另外，醫生說一定不能再刺激她了。」

「醫生認爲病情無大礙？」

「目前看來沒事，醫生說怕會發燒，所以千萬不能再讓她情緒過激，再服一次藥便救不回來了……」

「我們該怎麼辦呢？」

「讓她安心靜養一、兩個星期，可是這怎麼可能，她的兒子小雅克……」

「您是說，只要找到她兒子就沒事了？」羅蘋打斷夫人的話。

「啊，當然了，只要小雅克回來了，她一定會好起來的。」

「您確定？您確定？是的，當然是這樣……」

「那好，等邁爾吉夫人醒過來，您就跟她說，是我說的——今晚午夜以前，一定把她兒子帶回來。今晚，午夜以前，我保證。」

說完，羅蘋立刻走出房子，重新坐回車裡，大聲對司機說：「去巴黎，拉馬丹廣場，多布雷克議員的家。」

譯註：

①兩海，指的是地中海和大西洋。從十六世紀亨利四世在位開始，法國歷代君王便規畫建造兩海之間的運河，毫無疑問，完成兩海運河後會有相當巨大的政治和經濟利益，因為無須繞道直布羅陀海峽，就能從地中海直接到達大西洋（比斯開灣）。但這個計畫直到一六六二年，在太陽王路易十四的統治下才得以正式啓動。一六六七年，運河主段南部運河修建完成，一六八一年正式通航。運河後端加倫河平行運河段的規畫較晚，於一八三八年才開始修建，一八五八年建成通航。後又陸陸續續修建了許多分航道，文中提到的應該就是兩海運河新河段的規畫。如今，兩海運河從波爾多到塞特，全長五百五十公里，包括三段主要河段，以及許多細小的支流段。

chapter 6

死刑

羅蘋的汽車不僅是他的交通工具，裡頭還有一個設備齊全的行動易容工作室，有各式畫筆、手帕、紙、墨、演員椅、化妝盒、裝滿各類衣物的箱子、放裝飾品的箱子、幾把雨傘、圍巾、單片眼鏡等等。總之，有各式各樣的易容裝備，能讓他在旅途中就來個改頭換面。

就這樣，下午快到六點時，多布雷克議員公館的鐵柵欄門外出現了一個陌生人，此人身形略微發福，一身褐色禮服、禮帽很高，滿臉鬍子，高高的鼻樑上架著一副眼鏡。

看門女僕把人帶到通往房子的臺階上，按鈴叫維克朵娃出來迎客。此人開口問道：「多布雷克能見一下我——維爾納醫生嗎？」

「先生在臥室，我想這個時間他可能不……」

「請您替我遞上名片。」他在名片空白處寫下——『替邁爾吉夫人來見』，然後強調：「拿去吧，我相信他一定會見我的。」

「可是……」維克朵娃試圖拒絕。

「啊，什麼？妳怎麼這麼固執，老傢伙，別再裝模作樣了！」

「你！……是你！」維克朵娃大吃一驚，結結巴巴地說。

「不，我可是路易十四①。」羅蘋把維克朵娃推到門廊的一個角落說話：「聽著，等我和他單獨說話時，妳趕緊回房，隨便收拾一下，然後就從這裡逃走！」

「什麼？」

「我怎麼說，妳怎麼做。汽車就停在大街上稍遠一點的地方。好了，現在跟他說我到了。該死，動作啊，跟他說我在書房等他。」

「那裡太暗了。」

「該死，那就把燈打開。」

於是，維克朵娃打開電燈便離開，留下羅蘋一人在那裡。

「就在這兒，」羅蘋一邊坐下，一邊默唸：「水晶瓶塞就在這屋裡，除非多布雷克隨身攜帶……不，只要找到一個好的藏寶之處，往往就不會換地方了。他找的藏匿點實在太棒了，因為到現在還沒有人……」

羅蘋聚精會神地觀察書房內的每一件物品，可是突然，他想起多布雷克寫給普拉斯威爾的那封信──『東西一直在你的視線範圍內，你已經觸碰到它，只要再仔細一點，它就是你的了……』。

從那天起，這間書房的擺設完全沒有變化，散落在桌上的東西還是那些，同樣是那幾本書、那幾本登記簿、那罐墨水瓶子、那個郵票盒、那盒菸草、那些煙斗，還有那些一次又一次被警探翻過的東西。

「啊，這傢伙還眞是滴水不漏！這場景布置完全是優秀劇作家筆下的一幕悲劇……」

羅蘋深知自己今天登門造訪的目的，他也知道自己要怎麼做才能達到目的。可是同時他心裡也很清楚，這次的會面充滿了未知變數，因爲對手可是厲害得很。多布雷克很可能會拿下這場對峙的主控權，兩人的談判也可能朝著對羅蘋不利的方向發展。羅蘋不禁對此感到有些惱火。此時外面傳來了腳步聲，是多布雷克來了，羅蘋立刻繃緊神經。

多布雷克一言不發地走了進來，看到羅蘋正從椅子上欠身站起，便朝他做了手勢，示意他坐下，然後自己坐到辦公桌前，看了看手中的名片問：「維爾納醫生？」

「是的，議員先生，我是聖日爾曼的維爾納醫生。」

「您說您是替邁爾吉夫人來的？這麼說，她是您的病人？」

「她是我最近剛接診的一個病人。今天，她出了不幸事故，叫我過去幫她看病。」

「她生病了？」

「邁爾吉夫人想服毒自盡。」

多布雷克顯然一驚，絲毫不加掩飾，趕忙問道：「您說什麼？中毒？死了？」

「不，劑量不大，除了個別併發症，邁爾吉夫人並無大礙。」

多布雷克沒再說話，一動也不動地坐著，把臉轉向羅蘋。

「他在看我嗎？還是閉著眼睛？」羅蘋心裡暗想。

羅蘋看不到多布雷克藏在雙層鏡片後面的眼睛，他爲此感到很不安。他曾聽邁爾吉夫人說過，多布雷克的眼睛十分可怕，布滿了血絲。看不見他的表情，要怎麼猜透這傢伙內心的想法呢？和這種人較量，簡直就像和一個手持隱形長劍的人搏鬥。

過了一會兒，多布雷克開口道：「這麼說，邁爾吉夫人搶救過來了……是她讓您來找我的？我不明白，我和這位夫人並不熟啊！」

「時候到了，」羅蘋心想：「好吧。」

羅蘋裝出一副老實人的矜持模樣說話：「我的上帝，議員先生，您要知道醫生的職責很複雜，很難解釋的。也許您以爲我今天來這裡一趟，會……總之是這樣的，我幫邁爾吉夫人看病時，很不幸地，她想再次服毒，瓶子已經到了她嘴邊，被我發現，奮力奪下，我聽見她瘋了似地一邊叨唸：『是他，是他，多布雷克，那個議員，要他還我兒子，否則我就去死。是的，馬上，今天晚上，我要死。』就是這樣，所以我覺得有義務讓您知道這件事。這位夫人當時已經失去理智，當然，我也不太明白她說的是怎麼一回事，也沒人告訴我，我一衝動就直接過來了。」

多布雷克想了很久才開口：「好吧，醫生，您是想來問我是否知道孩子在哪兒？我想這孩子失蹤了，是不是？」

「是的。」

「如果我知道孩子的下落，您打算幫那位夫人把孩子帶回去？」

「是的。」

多布雷克又沉默了下來。羅蘋心想：「他會相信我的話嗎？說她要死了，這一招對他有用嗎？不，不太可能，他看起來好像有點猶豫。」

「您介意嗎？」過了一會兒，多布雷克拿起桌上的電話問：「這事很急。」

「您請自便，議員先生。」

「喂，小姐，請幫我接八二二一九。」多布雷克撥了號碼，又將號碼重複了一遍，然後站在那兒一動也不動地等待。

羅蘋笑了，心想：「他接通的是警察總署，要找祕書長，是不是？」

「這麼說，醫生，您知道我要接通的單位？」

「是的，先生，我們做醫生的，有時候也得通知那裡。」羅蘋一邊說，一邊想：「他這是在耍什麼花招？祕書長，不就是普拉斯威爾嗎？他想幹什麼？」

「八二二一九嗎？我要找祕書長普拉斯威爾先生，他不在……不、不，這個時候他都在辦公室。跟他說，我是多布雷克，議員多布雷克，我找他有很重要的事情。」多布雷克把話筒湊到耳邊，聲音乾脆地說。

「要我迴避嗎？」羅蘋問。

「不用、不用，醫生，」多布雷克說：「而且，這通電話跟您不無關係。」

然後他不理羅蘋，只顧著電話那頭：「喂，普拉斯威爾先生嗎？啊，是你，我的老朋友普拉斯威爾。怎麼，你聽起來好像有點驚訝，是啊，我們很久沒見了，可是我們誰也沒忘記誰，不是嗎？你甚至經常帶著你那幫人來我家拜訪，是不是？喂，什麼，你有點忙？啊，我很抱歉，不過，我也很忙。那麼，我們就開門見山吧，我今天打來可是要介紹你一樁好買賣，等一下，你聽我說，你這蠢貨，你不會後悔的，而且還會給你帶來很大的功勞。喂，你在聽嗎，好吧，多帶幾個你的手下或是警察總局的人，誰都行，上車，立刻趕到我這裡，我要送給你一個很棒的禮物。我的老朋友，這位是你們很想要的人，他可是能與拿破崙媲美——**亞森・羅蘋現在在我這兒**。」

羅蘋頓時大吃一驚，他什麼都算到了，就是沒料到會這樣。可是他的鎮定壓過了吃驚，他一如以往戲謔地大笑道：「啊，幹得好、幹得好！」

多布雷克點點頭，對羅蘋的讚揚表示感謝，然後小聲地說：「還沒結束……再耐心等一會兒，好嗎？」

然後，多布雷克繼續對著電話說：「喂，普拉斯威爾，什麼？老朋友，我可沒跟你開玩笑，只要你過來就能抓到羅蘋，他現在就在我的書房，和我面對面站著呢！羅蘋也和別人一樣，總是來打擾我，噢，多一個或少一個，我是不在乎的。可是這傢伙居然這麼公然向我挑釁，所以我才打電話找你幫忙，老朋友算我求你，別讓他再來打擾我了。多帶幾個人過來，再加上一直在樓下監視我的那兩個就夠了。啊，抓到他以後，你再上到三樓，一塊把我那個廚娘也帶走，她就是有名的維克朵娃，你知道嗎，我們羅蘋老爺的奶媽。對了，還有一件事情要告訴你，你瞧，我多麼關照你，派一隊人馬到夏多布里昂路去，也就是巴爾札克街的轉角，羅蘋的其中一個藏身處就在那裡，他在那兒使用的名字是米歇爾．波蒙，明白了嗎，我的老朋友？現在開始行動吧，動起來呀，你倒是……」

多布雷克轉過頭來之際，羅蘋站了起來，拳頭緊握。他對眼前這敵人的佩服還是沒能勝過對他的憎恨，這傢伙居然如此卑鄙，不僅告發了他，還告發了他的奶媽，還有自己在夏多布里昂路上的家。他感覺自己受到了莫大羞辱，再沒心情去扮演什麼小鎮醫生的角色了。他現在只有一個念頭，就是一定要控制自己的情緒，千萬別讓自己像一頭憤怒的鬥牛，撲向眼前這個故意煽動他的傢伙。

而多布雷克嘴裡卻哼哼兩聲，好像是一種怪笑，然後搖搖晃晃地朝羅蘋走來，雙手插在口袋：「你瞧，這麼做不是很好嗎？沒必要遮遮掩掩，大家打開天窗說亮話。至少我們雙方都清楚——羅蘋對抗多布雷克，就是這麼回事。這樣一來，可是替我們節省了很多時間。維爾納先生，小鎮醫生，這樣拐彎抹角談豈不耗上兩個鐘頭。我這麼做，你羅蘋老爺是不是就得盡量趕時間，三十分鐘內就表明你的來意，因爲你可不能讓自己被抓住啊，也不能讓同夥受害……你看這是一石幾鳥！給你三十分鐘，一分鐘也不多。三十分鐘內，你得辦完此事，從這裡出去，然後像兔子一樣夾著尾巴逃走。啊、啊，眞好玩，可不是？你瞧，波洛涅斯，是的，遇上我多布雷克這個對手算你倒楣！而且當時一直藏在我家窗簾後面的就是你，是不是，我可憐的波洛涅斯？」

羅蘋沒有動作。雖然唯一能夠讓他發洩的辦法，就是走上前去掐死這可惡的傢伙。可是他知道這時候絕不能做傻事。面對對方劈天蓋地而來的譏諷，他不能回嘴。這已經是第二次，在這個房間裡，在同樣的情況下，羅蘋不得不向可惡的多布雷克低頭，任憑他囂張，卻不能動聲色。羅蘋心裡很清楚，一旦他張嘴，只會朝對方破口大罵。這又有什麼用呢？和這個人較量，最重要的不就是冷靜以對，然後爲自己贏得主控權嗎？

「哎、哎，羅蘋先生？」多布雷克重新開口：「您看起來怎麼那麼沮喪。您瞧，您得堅強點，承認吧，人生路上還是有可能遇見一個不那麼蠢的老實人。您瞧，您以爲我戴了兩層眼鏡，我就是個瞎子了？該死！我又沒說我一開始便猜到羅蘋是波洛涅斯，而波洛涅斯就是那天來包廂打擾我的傢伙。不，這個問題也糾纏我好久。我知道除了警方和邁爾吉，還有另一個傢伙也涉入，但我不知道是誰……只是後來慢慢從看門女僕的話，還有廚娘的一舉一動，以及我所得到關於她的可靠資訊，才總算弄清楚了。

「之後的那天晚上，我就全明白了。雖然那天晚上我睡著了，但我還是聽見外面的動靜，這才有機會弄清楚到底是怎麼一回事。我一直跟蹤邁爾吉夫人，先是來到夏多布里昂路，後來又到聖日爾曼，然後，什麼？我竟然把所有事情串連起來了——安吉恩的搶案，吉爾貝爾後來被捕，悲傷的母親這下肯定會和兒子的老大聯手，然後老奶媽住進我家做了廚娘，還有所有那些來過我家的人，從門進來也好，爬窗戶也好……我全都清楚了。羅蘋老爺嗅到了這其中的祕密，二十七人名單的味道吸引著他，我只有坐等他造訪了。這一天終於到了，你好啊，羅蘋老爺！」

多布雷克停頓了一下，他神氣活現地發表了這長篇大論，對羅蘋這位到目前爲止處處吃癟的冒險家，充分展現挖苦奚落的「讚賞」之情。羅蘋依舊默不作聲，他知道現在要做的，就是重新搶回主控權。

多布雷克看了看手錶：「哎、哎，只剩二十三分鐘了，時間可不等人。要是您再繼續沉默下去，我們就沒時間說正經事了。」只見多布雷克湊近羅蘋：「我也不願看到這種局面，我還以爲羅蘋會和別人不一樣呢。怎麼，遇到第一個對手就敗下陣來了？可憐的年輕人，要不要喝一杯？可能會好一些……」

羅蘋依舊一言不發，也不動怒。他冷靜極了，每個舉措都很明確，以此向對方表明他才是掌握主控權的人，也藉此讓對方明白，他不可能因此手足無措。只見羅蘋輕輕推開多布雷克，朝辦公桌走去，也抓起電話撥了起來。

「小姐，您好，請接五六六三四。」電話接通後，羅蘋放低嗓音、字正腔圓地說：「喂，我是夏多布里昂路……是你嗎，阿奇耶？對，是我，你的老大。聽好了，阿奇耶，你得離開寓所。喂，是的，馬上，警方再過十幾分鐘就會到了。不、不，你別慌，時間還算充裕，但是一定要按照我說的做。你的行李一直都是打包好的，對吧？很好，你有按照我說的，在行李箱留一塊空間出來，是嗎？很好。那你聽好，等會兒你到我臥室去，面對壁爐，在你左手邊有一朵大理石薔薇花，按一下這朵薔薇花。接著，你會在右手邊的壁爐上看到一個抽屜彈出來，抽屜裡有兩個盒子。聽好，其中一個裝著我們所有的文件，另一個裝的是鈔票和珠寶。把這兩樣東西一起裝進你的箱子，然後提著箱子一路小跑步到雨果大道和蒙特邦大道交口，汽車就在停在那兒，維克朵娃也在。一會兒後，我也會過去與你們會合。什麼，我的衣服怎麼辦，還有其他東西？那些都不用管，你要趕快，越快越好。我們一會兒見。」

說完，羅蘋冷靜地放下電話，然後扯住多布雷克的手臂，要他坐在自己身旁，接著對他說：「現在，你聽我說。」

「噢、噢，」多布雷克冷笑一聲：「我們直接稱呼『你』了？」

「是，你也可以這麼叫我。」羅蘋回答。見多布雷克有些懷疑，想要退縮，剛才一直沒鬆手的羅蘋，又更加用力地掐住對方的手臂：「不，別害怕，我不會動手的。我們倆互相廝殺對誰都沒有好處。給你一刀有什麼用？不，我是想和你說幾句話，僅此而已。但卻是很重要的話，而且是說了算的話。你只要回答就好，不用想太多。這樣最好。那孩子呢？」

「在我這兒。」

「交出來……」

「不行。」

「邁爾吉夫人沒有孩子會自殺的。」

「她不會。」

「我說會就會。」

「我肯定她不會。」

「可是，她已經試過一次了。」

「所以，她不會再試。」

「那你想怎樣？」

「不給。」

羅蘋想了想，繼續說道：「我就料到你會這樣。我想過，來這裡之後，要是你不買我這維爾納醫生的帳，我就得用其他辦法了。」

「羅蘋會用的辦法。」

「如果你識破我維爾納的身分，那麼我就不得不亮出我的眞實身分，現在是你戳破了我的身分，我恭喜你，但這也不影響我的計畫。」

「那就說出來吧。」

羅蘋從一本小冊子抽出一張對摺的紙，打開它，遞給多布雷克：「這是我和我的朋友在你安吉恩河邊的瑪麗—特雷薩別墅，劫走的所有東西的清單，每一件骨董都編了號，你可以看到，一共有一百一十三件。其中六十八件前面畫了一個紅叉，說明這些物品已經被賣掉，或是已經運到美洲。剩下的四十五件全都是精品，現在還在我手裡。只要你把孩子還我，我就立刻歸還這些東西。」

「噢、噢，看來你是下定決心非找回這孩子不可。」多布雷克有些吃驚。

「你說對了，因爲我很清楚，如果邁爾吉夫人看不到孩子回來，她肯定會自殺。」

「你捨不得了，我們多情的唐璜先生？」

「什麼？」羅蘋氣得站起來，然後重複道：「什麼？你什麼意思？」

「沒什麼……沒什麼……只是胡亂猜的而已，克拉蕾絲・邁爾吉還那麼年輕漂亮……」

羅蘋拱起肩。「混蛋！」羅蘋咬牙切齒道：「你以爲人人都像你一樣冷酷無情嗎？你膽怯了，是不是？是的，就連我這樣的大盜都有一顆唐吉訶德般善良的心。你以爲我會有什麼骯髒的企圖？還是別胡亂猜測了吧，像你這種冷血動物是沒辦法理解的。就直接了當地回答我吧，接受，還是不接受？」

「你是認眞的？」多布雷克問道，好似羅蘋對他的鄙視絲毫不影響他。

「絕對認眞。這四十五件東西藏在一個倉庫裡。我會告訴你地址，如果你在今晚九點整帶孩子過去，我就把它們全部還給你。」

多布雷克沒有猶豫。他綁架小雅克是想嚇嚇克拉蕾絲・邁爾吉，要她停止對自己作戰。他可不想看到她死。既然現在亞森・羅蘋提了這麼一個豐厚的條件，根本沒理由拒絕。

「我接受。」多布雷克回答。

「記好我倉庫的地址——納依區夏爾・拉斐特街九十五號。你到了，按門鈴就行。」

「你就不怕我告訴普拉斯威爾，讓他去那兒抓你？」

「如果你讓普拉斯威爾去，告訴你，我在倉庫裡就能看到，而且我有充分的時間逃走。另外你知道嗎，你那些寶貝包括骨董座鐘、哥德式的聖母瑪利亞雕像，現在都用稻草蓋住，我還有時間點一把火，把它們燒得面目全非。」

「可是，這麼一來，你的倉庫也毀了。」

「對我來說無所謂，警方早就在附近打轉了，這個倉庫遲早要廢掉。」

「誰能保證這不是你替我設下的圈套？」

「你先搬東西，然後再還我孩子。我沒必要對你設圈套。」

「好吧，」多布雷克說：「看來你把各方面都設想到了。好，孩子會給你，我們美麗的克拉蕾絲也不會死了，皆大歡喜。現在我要對你說的就是——快走吧，趕緊。」

「還不行。」

「嗯？」

「我說，還不行。」

「你瘋了，普拉斯威爾就要到了。」

「那就讓他再等等，我還沒說完呢。」

「什麼、什麼？你還有什麼話要說？孩子還給克拉蕾絲，這還不夠嗎？」

「不夠。」

「什麼？」

「她不只這一個兒子。」

「吉爾貝爾？」

「是的。」

「你想怎樣？」

「我要你救吉爾貝爾。」

「你說什麼，要我救吉爾貝爾？」

「你能救他，只需要打點一下……」

一直相當冷靜的多布雷克，這下再也控制不住，他頓時勃然大怒，用力握拳打捶手心：「不、絕不，這件事，你別想靠我……啊，不，簡直太蠢了！」

多布雷克氣得在房裡來回踱步，他的步伐很奇怪，重心搖晃著從這條腿換到那條腿，就像一隻野獸，一隻碩大的熊邁著沉重踉蹌的步伐。

「讓她來，她來求我，我才會救她的兒子！」他聲嘶力竭，面目猙獰地嚷道：「不過，這回要是她來，絕不能向上次那樣帶著匕首想刺殺我。要她乖乖來求我，她如果接受，我們再看看。啊，吉爾貝爾被判死刑，上絞架，這正是我想看到的。我等這一天已經等二十多年了，沒想到因緣際會終於實現了。當我得知終於報了仇的那一刻，我簡直太快樂了，多麼漂亮的還擊啊！我等了二十年才等到這一天，現在你要我放棄它？要我去救吉爾貝爾？爲了什麼？爲了榮譽？我，多布雷克的榮譽？你休想，啊，不、不可能，你太不瞭解我了。」

多布雷克發了瘋似的，恐怖大笑起來，他的眼前浮現讓他苦等多年的獵物形象。而羅蘋則想到幾天前克拉蕾絲的神情，她是那麼沮喪無助，面對這個強大的敵人完全敗下陣來。

羅蘋克制住自己的怒火：「聽我說。」

多布雷克已經相當不耐煩，正打算離開，羅蘋上前用力按住對方的肩膀，他這股非凡的力量，多布雷克先前在沃德維爾劇院時就領教過。羅蘋按得對方動彈不得，然後乾脆地說：「聽我最後一句。」

「你這是在白費口舌。」多布雷克低聲抱怨。

「最後一句。聽著，多布雷克，我們先放下邁爾吉夫人不提，放下你那些因爲感情用事或欲望驅使而要去做的蠢事，所有這些都先別去想，現在只要想你自己的利益……」

「我的利益！」多布雷克用開玩笑的口氣說道：「我的利益就是聽從我自己的意志和我的欲望行事。」

「也許以前是，但現在不是了。我一介入此事，你就不該這麼想了。有一點，你忘了，你這麼做是錯的，吉爾貝爾是我的人，他是我的朋友，他必須得救。只要你動用關係，救他下絞架，我保證，你聽見了嗎，我羅蘋保證絕不再糾纏你。只要你不再糾纏邁爾吉夫人，救出吉爾貝爾，我就再也不打擾你，再也不對你設陷阱，以後你想幹什麼就幹什麼。多布雷克，你一定要救吉爾貝爾，否則……」

「否則怎樣？」

「否則我就正式向你宣戰，然後將是殘酷的較量。也就是說，你最後會輸得很慘。」

「輸得有多慘？」

「意思就是我要奪回二十七人名單。」

「啊，哼！就憑你？」

「我發誓。」

「普拉斯威爾和他的人都辦不到，克拉蕾絲・邁爾吉也辦不到的事，你覺得你能辦到？」

「我辦得到。」

「憑什麼？是有什麼神力庇護著你嗎？其他所有人都辦不到的事情，你可以？怎麼可能？」

「我當然可以。」

「爲什麼？」

「因爲我叫亞森・羅蘋。」

羅蘋鬆開了多布雷克，但仍神情堅決地盯住他。最後，多布雷克重新站直身體，輕拍羅蘋的肩膀，依舊泰然自若執拗地說：「我呢，我叫多布雷克。我的一生就是一場激烈的鬥爭，我逃過一次次劫難，從一場場潰敗之中站起來，我幾經波折，勝利終將來到，那會是徹底、勢不可擋的勝利。我要和警方作戰，和政府作戰，和整個法國，乃至全世界作戰，今天又來了個亞森・羅蘋先生，你認爲我會在乎嗎？我會走得更遠。我的敵人越多、越靈活，只會讓我變得越強大。所以這就是爲什麼，我親愛的羅蘋先生，我本來可以讓警方抓住你，是的我可以，而且這事容易極了，但我不這麼做，我要給你自由，而且我還要仁慈地提醒你，三分鐘之內再不走，就太遲了。」

「所以，你這是在拒絕我？」

「說對了。」

「你不會爲吉爾貝爾做任何事？」

「不會，我會繼續進行自從他被捕之後的各種努力，那就是，繼續間接對司法部長施壓，讓審判朝著我想要的方向發展，而且判刑判得越重越好。」

「什麼？」羅蘋再也抑制不住自己的怒火，大喊道：「原來是你，都是因為你。」

「上帝呀，當然是因為我多布雷克。我手裡握著王牌，她兒子的腦袋，當然得好好利用。等我成功讓吉爾貝爾判了死刑，等那些寶貴等死的日子一天天捱過，等到在我的介入下這年輕人就連特赦也被否決……等到那一天，羅蘋先生，我肯定他的母親就會乖乖服從我，再也不會拒絕做我亞力克西・多布雷克的夫人，她會心甘情願地向我許諾而絕不反悔。這個幸福的結局是可預見的，無論你願不願意，一切早已注定了。我能為你做的，就是等我結婚那天請你來為我證婚，然後在我這裡用餐。這樣你滿意了嗎？是不是？如果到時候你還堅持展開什麼見不得人的計畫，那好，祝你好運吧。我要提醒你，設好你的陷阱，放好線，保養好你的武器，最後別忘了好好溫習你那史上最強的超級盜匪手冊，相信我，你會需要這些前置作業的。說了這麼多，只剩下，祝晚安了。現在恕我不送。」

羅蘋悶聲不吭，默默站了好一會兒。他死盯住多布雷克，丈量這傢伙的身高、體重，猜測他的力氣到底多大，考慮該從什麼地方給他致命的一擊。而多布雷克則緊握拳頭，做好防禦姿勢。

就這樣半小時過去了。羅蘋把手伸進背心，多布雷克也做出同樣的動作，握緊口袋裡的手槍……兩人就這麼又對峙了幾分鐘。最後，羅蘋掏出一只金色小盒，打開它，然後遞給多布雷克：

「來一片嗎？」

「什麼？」對方吃驚地問。

「傑羅戴爾藥片。」

「吃這個幹什麼?」

「我看你快感冒了。」

趁多布雷克被這個小玩笑搞得不知所措之際，羅蘋迅速抓起帽子，從書房溜了出去。

「顯然，」羅蘋一邊穿過門廊，一邊自言自語：「顯然我被他打敗了。不過，最後這句俏皮話總算不落俗套。他本該吃一顆子彈的，卻得到一個傑羅戴爾藥片，想必讓他大感意外。我總算唬住他了，這隻老猩猩！」

羅蘋剛關上公館的鐵柵欄大門，就有一部汽車停在門外，很快地，一個男人從車裡出來，緊接著幾個男人也下了車。羅蘋認出走在前頭的正是普拉斯威爾。

「祕書長先生，我向您致敬。」羅蘋一邊走，一邊喃喃自語：「我有預感，遲早有一天你我之間會有一場較量，到時候我只能替您感到遺憾了，因爲我認爲您這個對手太弱了。接下來的時間恐怕您是白費力氣。今天要不是我有急事，我會耐心地等您從這裡離開，然後跟蹤多布雷克，看他究竟把孩子託付給誰。可是，我現在趕時間。而且，萬一多布雷克是用電話聯繫，那我豈不是白等了。所以還是不要浪費精力，趕緊去和維克朵娃、阿奇耶，還有我那寶貝箱子會合吧。」

兩小時過後，納依區的倉庫一切就緒，所有該採取的措施全部準備完畢後，羅蘋看見多布雷克從鄰街步出，小心翼翼地朝這裡走來。

羅蘋親自打開大門。

「您的東西都在這兒，議員先生。」他說：「您都看見了，只要在隔壁租車行租一部卡車，還有幾個人手就夠了。孩子在哪兒？」

多布雷克先檢查了一下東西，再領著羅蘋一直走到納依大道，那裡站著兩個圍著面紗的老婦人，小雅克就在她們手中。羅蘋接過孩子，牽著他進到車裡，維克朵娃正在車上等著。

雙方靜靜完成了交換，沒有多說一句廢話。好像每個人對自己的角色都心照不宣，招式已經事先套好，整場戲的序幕與結局也毫無意外。

夜裡十點，羅蘋兌現了他的諾言，將孩子還給了母親。可是大家還是立刻叫來了醫生，因爲經歷這麼多波折，孩子瘋瘋癲癲的，簡直被嚇壞了。又過了兩星期，孩子才慢慢好起來，等到他終於經得起旅行的勞頓時，羅蘋決定將母子二人轉移到其他地方，他認爲這十分有必要，而此時邁爾吉夫人也恢復得差不多了。於是，他們低調地在夜裡啓程，由羅蘋親自護送。

他把母子倆送到布列塔尼海灘，讓維克朵娃照顧看護他們。

「把他們安頓好，我和多布雷克較量時就再也沒有牽掛了。多布雷克再也不會來打擾邁爾吉夫人和她的兒子。而邁爾吉夫人若不涉入，就不會爲鬥爭帶來變數。該死，我們已經做了太多蠢事——一是我不得不向多布雷克表明身分，二是我不得不放棄從安吉恩劫來的寶貝。雖然我遲早有一天還會把它們奪回來，可是整件事還是停滯不前。再過八天，吉爾貝爾和沃什瑞就要出庭了。」

這次與多布雷克的交手，最讓羅蘋感到沮喪的，就是多布雷克揭露了他在夏多布里昂路的祕密住所，警方已經查封了這幢房子。米歐爾．波蒙的身分也被揭穿，部分證件已被搜走。在這種情況下，羅蘋一邊要朝著原訂目標努力，堅定執行那些已經開始的行動，竭力躲避警員的搜捕（而且搜捕行動也比以往更緊張嚴密了），一邊又必須在新處境下重新調整自己的策略。

「啊！」羅蘋自言自語道：「弄一間不賴的房間，放上燒得通紅的刑具，再找幾個看起來狠毒的打手……我相信我們會做得很漂亮。」

每天下午，格羅那、勒巴陸都準時跟蹤多布雷克，先是從拉馬丹廣場的公館到議會，再從議會到他常去的俱樂部。這下子，他們倆得選一條僻靜的街巷，選一個絕佳時機，在夜裡把人推上他們的汽車。

羅蘋則是在距離巴黎不遠的地方選了一處老宅準備當囚禁處，房子外面有個大花園，這裡既安全又僻靜，羅蘋很滿意，稱之爲「猴籠」。糟糕的是，多布雷克肯定已經有所警覺，因爲他每次出門都走不同路線，有時候坐地鐵，有時候坐公共汽車，以致猴籠一直是空的。

於是，羅蘋又訂了另一個計畫。他讓他的一個親信，也就是布蘭德布瓦老爹從馬賽北上趕來巴黎。他是一名退休的雜貨店老闆，住在多布雷克的選區，而且政治興趣很濃厚。

布蘭德布瓦從馬賽聯繫了多布雷克，說是要去拜訪他。多布雷克絲毫不加懷疑，熱情答覆了這位頗有影響力的選民，並決定在下週請老爹吃飯。布蘭德布瓦建議去左岸一家很不賴的小餐館用餐，多布雷克欣然接受了。這正中羅蘋的下懷。那家餐館是他一個朋友開的。這下子，下週四的行動肯定能成功。

就在他們的計畫準備期間，翌週的星期一轉眼來到，吉爾貝爾和沃什瑞的審訊開始了。這次審訊歷時不久，大家都還記憶猶新，我也就不必再詳述，法庭庭長是如何難以服人地不公正審訊吉爾貝爾。吉爾貝爾的案件格外受到重視，審判也極爲凌厲。羅蘋從中看到了多布雷克的邪惡影響。

審訊期間，兩名被告的態度截然相反，沃什瑞陰沉，話不多，但言辭粗魯，他厚著臉皮以充滿嘲諷、甚至挑釁的口氣，承認過去犯下的所有罪行。可是讓人矛盾、無法理解的是，他矢口否認參與謀殺僕人雷奧納爾一案，並激烈地控訴吉爾貝爾。只有羅蘋才懂得他的供詞伎倆——他想將自己的命運和吉爾貝爾串連起來，這樣羅蘋就不得不在奮力拯救吉爾貝爾的同時，也把他救出來。

然而，吉爾貝爾的誠懇態度、滿懷期盼的憂鬱目光，立即博取了法庭上下的一片同情。但他卻看不透庭長的詭計，也駁斥不了沃什瑞的抵賴。他只是不停地哭，要嘛絮絮叨叨說個沒完，要嘛在該說話時又說不出什麼而沉默不語。不僅如此，他最初請的那位能力很強的律師，到關鍵時刻卻病倒了（顯然，這又是多布雷克在從中作梗），只好由律師的一個祕書代替。此人辯護能力很差，顛倒黑白，還招惹了在場的陪審員，這名律師既無法駁倒助理檢察官的訴訟狀，也無法駁斥沃什瑞律師的辯護論據。

羅蘋膽量非凡，星期四的最後一次審判，他也去聽了，結果確定無疑，兩人肯定都會被判死刑。這是當然的，因爲法庭做了那麼多努力，再加上沃什瑞的伎倆，很明顯就是要將兩人的命運綁在一起。雙雙判死刑，那是一定的，只因他們是羅蘋的同夥。雖然法庭沒有足夠證據將羅蘋牽扯進來，而且當然他們也不想分散精力。但從預審第一天開始到最終的宣判，整樁訴訟根本就是對羅蘋的控訴，他才是法庭想要打擊的公敵，法庭藉著判處他兩個同夥死刑，就是對他最強有力的懲罰，要讓他這個公眾眼中的俠盜名譽毀於一旦。吉爾貝爾和沃什瑞被絞死，羅蘋的光環將就此消失，傳奇也就不再繼續。

「羅蘋」「亞森．羅蘋」——這四天的審判，不斷聽見他的名字。代理檢察長、審判長、陪審員、律師，還有證人……所有這些人的口中都在叨唸這名字。每次一提到他，不是爲了詛咒他，譏諷他，侮辱他，就是爲了把一切罪責推到他身上。吉爾貝爾和沃什瑞只不過是次要人物，人們要審判的是羅蘋，他才是眞正的小偷、強盜、騙子、殺人放火的慣犯、十惡不赦的罪犯。他是渾身沾滿受害者鮮血的罪魁禍首，他把朋友推上斷頭臺，自己卻銷聲匿跡、逃之夭夭。

「啊，他們一切都是衝著我來呢！」羅蘋自語道：「吉爾貝爾這可憐的孩子不過是我的代罪羔羊，我才是眞正的罪犯。」

悲劇繼續上演，結局越來越可怕。晚上七點，經過長時間的磋商，陪審團一行又回到法庭，陪審團長宣讀了對法庭所提問題的附議書，意即對一切問題均無異議。這就意味著被告罪行成立，而且駁回了減刑的所有可能性。

兩名被告被帶進法庭，他們站在被告席上，面無血色且渾身顫抖地聆聽死刑宣判。此時法庭一片寂靜，聽審的聽眾既想聽到最後宣判，又對被告產生了莫名同情。審判長問道：

「你還有話要說嗎，沃什瑞？」

「沒有，審判長先生。只要我的同夥和我判的一樣，我就無話可說。我們在同一條船上，老大要救人，就都得救。」

「老大？」

「是的，就是亞森・羅蘋。」

在場的聽眾一聽都笑了。

審判長再次問道：

「你呢，吉爾貝爾？」

這可憐的孩子臉上掛滿淚珠，結結巴巴說了幾句讓人聽不懂的話。審判長再次重複他的問題，這回吉爾貝爾控制住自己的情緒，聲音顫抖地說：「我有話要說，審判長先生。我是做過很多壞事，這點我承認，而且現在也感到非常後悔。但是，殺人，我沒有，絕對沒有，我從來沒有殺過人。我不想死，那太可怕了……」他試著掙扎，法警按住他，他像個孩子般大喊：「老大……救我、救我，我不想死。」

在場的人情緒都十分激動，突然，旁聽席響起一個聲音：「別害怕，孩子，老大在這兒呢。」

法庭立刻出現一片混亂，人們互相拉擠著。大批警力衝進法庭，他們抓住一個臉色通紅的胖子，旁邊的人指認，剛才喊話的就是他。那人則拳打腳踢用力掙扎著。

他立即被押上去審問，並道出自己的姓名——菲力浦・巴奈爾，在殯儀館工作。他說，剛才身旁有人交給他一百法郎的鈔票和一張紙，要他在適當時機喊出紙上那句話。他能拒絕這麼好的事嗎？他向法庭秀出證據——那張一百法郎和字條，法庭方面無奈，只好放了菲力浦・巴奈爾。

當然，在捉拿巴奈爾的當時，羅蘋也出了不少力，他甚至把巴奈爾推向警察。而現在，他則懷著焦慮萬分的心情離開了法庭，來到河邊自己的汽車旁，開門坐了進去。他的心情難以平靜，眼淚在眼眶中打轉。吉爾貝爾絕望的呼救聲，以及那張沒有血色的臉、站立不穩的身子……這一切都在羅蘋的腦海縈繞，久久不能消失，他永遠忘不掉這一幕，也將永記在心。

他驅車回家。這是他精心挑選的一處住宅，位於克裏希廣場的一角，他將在這裡等待格羅那、勒巴陸，今晚他們將一起綁架多布雷克。

然而他一打開房門，不禁驚叫——克拉蕾絲出現在他眼前，她是在宣判時從布列塔尼趕來的。從她的表情神色和蒼白的臉孔看來，羅蘋立即明白她已得知審判結果。他快步上前，鼓起勇氣，搶先一步開口：「是的、是的，我知道……別怕，別怕。這是我們預料中的事，我們無法阻止，但我們可以阻止這場災難的發生。今天夜裡就行動，我保證，不會超過今夜。」

她動也不動，臉上表情痛苦，令人心疼。她喃喃地問：「今天夜裡就行動？」

「對，一切都準備好了。不出兩個小時多布雷克就要落到我手裡。今天夜裡，無論用什麼辦法，我一定要讓他開口。」

「您眞的做得到嗎？」她有氣無力地說，似乎還存有一絲希望。

「他一定會開口的，他一定會說出祕密的，我一定會把他那二十七人名單奪過來，有了這份名單就能救您的兒子。」

「我看太遲了！」克拉蕾絲絕望地說。

「太遲了，爲什麼？難道您覺得用這份名單還換不來吉爾貝爾的越獄嗎？三天之後吉爾貝爾就自由了！只需三天……」

一陣鈴聲打斷了他們的談話。

「您看，咱們的朋友來了。放心吧，記住，我向來是說到做到的。小雅克不是已經還給您了嗎，我也一定會把吉爾貝爾還給您的。」

他到門口迎進格羅那、勒巴陸，並問他們：「都準備好了嗎？布蘭德布瓦老爹到餐館了嗎？好，馬上出發！」

「一切都用不著了，老大。」勒巴陸說。

「怎麼？爲什麼？」

「發生了新情況。」

「怎麼回事？快說……」

「多布雷克失蹤了。」

「啊，你說什麼？多布雷克失蹤了？」

「是的，就在今天，他被人從公館裡綁架了。」

「老天，被誰綁架？」

「不清楚，只知道來了四個人……開了一槍。警方已經過去拉馬丹廣場那邊了，普拉斯威爾正在現場指揮搜查。」

羅蘋不禁愣住，攤靠在一把椅子上。多布雷克被綁架了，這意味著最後一線希望也破滅了……

譯註：

①路易十四當然是法國政治史上一代霸主，羅蘋打趣地以他自居，提醒奶媽維克朵娃，要她忠實地為自己效勞。

chapter 7

綁架

警察總局局長、警察總署署長，還有預審法庭的法官們一起湧進多布雷克公館進行搜查，結果卻令人大失所望，絲毫沒有進展。而等他們一離開，普拉斯威爾就開始了他自己的調查。

正當他在充滿打鬥痕跡的書房進行仔細檢查時，看門女僕帶著一張來訪卡片走了進來，卡片上用鉛筆寫著訪客的名字。

「請這位夫人進來。」普拉斯威爾說。

「這位夫人不是一個人來的。」女僕回答。

「什麼？那好，讓另外那個人也進來。」

很快地，克拉蕾絲被領了進來，她身邊跟著一位先生，他全身裹著一套黑色禮服，顯得又髒又舊。這位寒酸的先生一臉怯生生的表情，好像對自己手中拎著的舊禮帽、混紡布傘，或那只剩下一隻的手套，感到尷尬不安。總之，這個人表現得很拘謹扭捏。

「這位是尼柯爾先生，他是一名自由教師①，現在幫我的小雅克輔導課業。這一年來，尼柯爾先生幫了我不少忙，還給了我很多建議，水晶瓶塞事件的來龍去脈就是他替我釐清的。所以關於綁架案的所有細節，您能對我說的，都可以對他說。這次的意外可以說打亂了我所有計畫，我現在眞的很擔心，而它也讓您措手不及，不是嗎？」

普拉斯威爾完全信任克拉蕾絲．邁爾吉，他知道她對多布雷克的仇恨有多深，克拉蕾絲願意積極參與整件事，這態度讓他十分欣賞。所以對她從來沒有什麼不方便說的，他願意把自己查到的、以及從看門女僕那裡瞭解到的所有事，統統毫無保留地告訴他們。

其實，事情說來也很簡單。

多布雷克作爲吉爾貝爾和沃什瑞一案的證人之一，宣判那天他也到場了。當法庭進行攻防辯論時，人們在法院大廳還看到了他。六點鐘左右，宣判結束，他就回了家。看門女僕說他是一個人回來的，而且那時公館裡並沒有其他人。可是過沒幾分鐘，她就聽見裡面傳來喊叫聲，接著好像還打了起來。又過了一會兒，她聽見兩聲巨響，緊接著她從門房看到四個蒙面人拖著多布雷克議員往公館臺階底下帶，打算從柵欄鐵門離開。他們打開門，一部汽車立刻開了過來，沒等車停，這四人就連拖帶拉把多布雷克弄上車，然後一溜煙就不見蹤影。

「公館外頭不是一直都安排了兩個警探在附近看守嗎？」克拉蕾絲問道。

「他們確實在現場，但當時這兩人距離公館還有一百五十公尺遠，而且那輛車開得飛快，他倆一反應過來就急忙追出去，但終究沒能追上。」

「他們沒有從這裡帶走什麼東西嗎？」

「沒有，幾乎沒有吧……不過留下了一件小東西。」

「什麼小東西？」

「一個象牙做的小玩意兒。當時車裡還坐著第五個人，看門女僕從門房的窗戶看見這傢伙下了車，這說明是那四個蒙面人一起把多布雷克弄上了車。可是等這人剛要上車時，忽然一個什麼東西從他身上掉下來，他立刻拾起，然後跳上車。東西掉下來時一定摔壞了，因爲我的人在人行道上撿起了這個象牙碎片。」

「可是，這四個蒙面人是怎麼進來的？」

「他們手裡一定有備用鑰匙，於是趁下午看門女僕出去買菜，偷偷溜進來，然後躲起來。公館裡又沒有其他僕人，所以就沒被發現。我猜他們一定是躲在書房隔壁的餐廳裡，等多布雷克一回家就竄出來。家具、飾品七零八落的，可見當時打鬥場面有多激烈。我們在地上還找到了這個，多布雷克的大口徑左輪手槍，壁爐上的玻璃也碎了，肯定是被子彈打中的。」

克拉蕾絲轉向尼柯爾先生，希望他說說自己的看法。可是這位先生垂著眼皮，坐在椅子上一動也不動，只是不停來回摸著禮帽的邊緣，好像不知道該拿這帽子怎麼辦。

普拉斯威爾微微笑了一下。顯然，他覺得克拉蕾絲的這位顧問看起來不怎麼樣。「事情有點蹊蹺，是不是，先生？」

「是……是……」尼柯爾先生回應著：「非常蹊蹺。」

「那您對這件事有沒有什麼看法？」

「上帝呀，祕書長先生，我看多布雷克有很多敵人。」

「嗯、嗯，說得對。」

「而且看來有不少人想聯手對付他。」

「很好、很好，」普拉斯威爾戲謔地隨口附和：「很好，您都說對了。現在只需要您再給我們一點建設性意見，就能指導我們的調查。」

「祕書長先生，難道您不覺得，這個從地上撿起來的象牙碎片是……」

「不，尼柯爾先生，這象牙碎片不知道是從什麼東西上面掉下來的，它的主人匆忙之餘沒檢查就把東西重新裝上，所以我們至少得知道這東西是什麼，才能知道它屬於誰。」

「祕書長先生，當拿破崙一世下臺時……」尼柯爾先生想了想，繼續說道。

「噢、噢，尼柯爾先生要替我們上一堂法國歷史課。」

「我只想說一句話，祕書長先生，只說一句，希望您能讓我說完。拿破崙一世下臺之後，曾經追隨他的一部分軍官被復辟政府裁掉了一半軍餉。雖然這些軍官被警方盯得牢牢的，而且被政府無端猜疑，但他們依舊不忘昔日的霸主，並且在各種小物件都刻上這位至高無上偶像的肖像，像是鼻煙壺上、戒指上、領帶夾上、匕首上……」

「然後呢？」

「然後這塊象牙碎片是從一根手杖，說得更確切一點，是從一根燈心木藤棍掉下來的。這根木棍的上端一定有個用整塊象牙雕刻的球狀裝飾品。仔細看這件雕刻品，就可以發現它的外部輪廓正是當年那位小班長②的側面像。因此，祕書長先生，您手中的象牙碎片曾經屬於一根手杖的象牙手把，而它的主人則是一位曾拿過半餉的老軍官。」

「確實，」普拉斯威爾在燈下仔細看了看那物件，然後肯定地說：「確實，能看出來是個人像……但我還是不明白您想說什麼……」

「我想說的很簡單。在多布雷克的所有受害者之中，也就是那份著名的二十七人名單裡，有一個科西嘉人，他的祖上曾效忠拿破崙一世，並因此加官晉爵，但王朝復辟過後又徹底衰落了。如果我猜得八九不離十，科西嘉家族的這個後人，幾年前很有可能就是擁護拿破崙王朝黨派的領袖，而車上下來的那第五個人一定就是他。這下，您還需要我說出他的名字嗎？」

「達爾布菲克斯侯爵？」普拉斯威爾喃喃地說。

「是的，達爾布菲克斯侯爵。」尼柯爾先生肯定地說。

這會兒，偈促不安一下子從尼柯爾先生的臉上消失了，而且他再也不爲手上的帽子、手套或雨傘感到不知所措了。只見他站起身，對普拉斯威爾說：「祕書長先生，我本可以保留我的發現，等獲得最終勝利之後再告訴您的，也就是說等我爲您拿回二十七人名單的時候。可是現在事情相當緊急。多布雷克的失蹤，根本無法讓綁架他的人如願，恰恰相反，這會使您本想化解的危機更形惡化，所以我們得馬上採取行動。祕書長先生，我需要您的大力幫助，而且要快。」

「我能幫您什麼呢？」普拉斯威爾問，他眞是被這個古怪人物震懾住了。

「請您明天就去調查達爾布菲克斯侯爵的相關資料，然後告訴我。因爲如果讓我來查，恐怕得花費好幾天時間。」

普拉斯威爾顯得有些猶豫，轉過頭瞧了瞧邁爾吉夫人，而克拉蕾絲則對他說：「我請求您，就照尼柯爾先生的話去做吧，他可是我難得的助手，而且對我絕無二心。我以我的名譽替他擔保。」

「您要找哪方面的資料，先生？」普拉斯威爾問。

「所有與達爾布菲克斯侯爵有關的資料，包括他的家庭、日常事務及親友來往情況，還有他在巴黎與外省是否擁有財產，如果有，又是位在什麼地方。」

「可是，無論綁架多布雷克的人是不是達爾布菲克斯侯爵，總之這個人是在爲我們出力，因爲名單一到他手裡，多布雷克就再也無法拿它來威脅大家了。」普拉斯威爾反駁。

「可是，祕書長先生，誰能保證這個綁架者不會利用這份名單爲自己牟利呢？」

「這不可能，因爲他的名字也在其中。」

「要是他把自己名字擦掉呢？要是這第二個敲詐勒索的傢伙比上一個還狡猾、還難對付，而且他的政治地位比多布雷克還要高，該怎麼辦？」

羅蘋的話讓祕書長不禁一驚，他思考片刻，然後說：「明天下午四點到警察總署我的辦公室找我，我會把打聽到的所有情況都告訴您。您能留下地址嗎？以防萬一。」

「克裏希廣場廿五號，尼柯爾先生收。我現在住在一個朋友的房子，他不在家，所以就把房子借給我了。」

會面就此結束，尼柯爾先生低聲對祕書長表示感謝，便陪著邁爾吉夫人離開了。

「幹得漂亮，」羅蘋一走出門，便搓著手說：「我現在可以自由出入警察總署囉，而且所有人都動了起來。」

「唉，可是來得及嗎？我擔心這二十七人名單會不會被毀掉。」邁爾吉夫人卻並沒抱太大希望，她反駁地說。

「誰有本事這麼做呢？我的天，多布雷克嗎？他總不至於……」

「他是不至於，可是萬一侯爵拿到名單後毀了它該怎麼辦？這樣我們要拿什麼救吉爾貝爾？」

「可是，侯爵還沒取得呢！多布雷克絕對會抵抗到底的……至少撐到我們找到他爲止，您想想看，現在就連普拉斯威爾也聽我的。」

「但萬一您的身分要是被他揭穿了怎麼辦？只要稍微調查一下，就能查出根本沒有尼柯爾先生這個人。」

「但也沒辦法證明尼柯爾先生就是我亞森．羅蘋啊！總之，請您放心，普拉斯威爾這個人完全沒有當警探的天分，他只有一個目標，就是打垮他的宿敵多布雷克。爲達到目的，任何手段，他都不排斥。既然我保證送上多布雷克的人頭，他肯定不會浪費時間去查我的身分。況且，又是您把我介紹給他的，他就更不會懷疑了。總之，我們就大膽放手去做吧。」

雖然克拉蕾絲還是擔心，但是她對羅蘋向來信任有加。現在，她覺得未來看起來似乎沒那麼可怕了。她相信，她努力讓自己相信，就算很不幸地，吉爾貝爾被判了死刑，他們仍然能夠救他出獄。可是現在的她，無論如何也不願接受羅蘋的建議回布列塔尼去。她要留下來親身感受爲了拯救兒子，接下來將經歷的所有希望與失望。

第二天，警察總署查到的資訊證實了羅蘋和普拉斯威爾的擔憂。達爾布菲克斯侯爵不但參與了運河醜聞，而且還受到極大牽連，以至於拿破崙王子③不得不免除他在黨政委員會的職位。但達爾布菲克斯爲了繼續維持奢華的排場，卻開始以貸款和不正當手段賺錢。至於多布雷克遭綁架一事，達爾布菲克斯那天的作息和往常的確有所不同——那天晚上，六點至七點之間，他並未像平時那樣準時出現在俱樂部，他的晚餐也不是在家中用的。那天晚上直到午夜，他才步行回家。

尼柯爾先生的猜測開始慢慢得到驗證。

可是，讓人沮喪的是，羅蘋自己進行的調查卻停滯不前。關於綁架那天使用的汽車、車上的司機，還有那四個蒙面人的資料，他沒有半點進展。這些人是和侯爵一起牽連進醜聞的同僚？還是只是靠他吃飯的手下？這些均無從知曉。

現在，只能專心調查侯爵這個人了。警方的資訊顯示，他之前在巴黎附近確實有一些城堡和住宅，若以汽車正常行駛速度計算，再加上中途停靠所需時間，他們應該是把人帶到巴黎郊外距市區約一百五十公里遠的地方。然而，侯爵的所有財產都已經變賣了。現在，達爾布菲克斯的名下既沒有城堡、也沒有任何住宅。這樣一來，只能將線索轉移到達爾布菲克斯的親朋好友身上。他們的名下會不會有什麼可疑的住宅，能用來藏匿多布雷克呢？

然而，結果還是讓人失望了。

眼看日子一天天過去，可是調查卻毫無進展。對克拉蕾絲・邁爾吉而言，這些日子實在太難熬。每過一天，就離吉爾貝爾的行刑日近一步，距離邁爾吉夫人腦中定格的那個可怕日期，就少了二十四小時。此時，羅蘋也同樣焦急不安。邁爾吉夫人總是一直提醒羅蘋：「只剩五十五天了，五十天……這麼短的時間，我們能做什麼呢？噢，請求您，求求您……」

是呀，這麼短的時間他們到底能做些什麼？羅蘋不信任任何人，決定親自監視達爾布菲克斯侯爵的一舉一動，可是這麼一來他就連覺也沒得睡。然而，這時的侯爵已恢復了日常作習，他肯定已有所覺，所以從不缺席任何該他出席的場合。不過，還是有一次例外。這一次，他白天去拜訪了蒙莫爾公爵，和他一起在杜爾萊恩森林打獵。但他與此人的交情並不深，只是兩人剛好都喜愛這項運動罷了。

「大富翁蒙莫爾公爵只關心他的土地和打獵這兩件事，對政治從不熱中。」普拉斯威爾說：「肯定不會是他非法拘禁多布雷克議員。」

羅蘋也是這麼想。但爲了不放過任何機會，接下來的那個星期，一發現達爾布菲克斯以騎士打扮出門，羅蘋就立刻跟了上去，一直跟蹤這傢伙來到巴黎北站，又跟隨他上了火車。

羅蘋看到達爾布菲克斯在奧馬爾火車站下了車，坐上一部汽車前往蒙莫爾公爵的城堡。於是，羅蘋不慌不忙地在附近用了午餐，這才租了一輛自行車，朝城堡騎去。建築一映入眼簾，他就瞥見這些到蒙莫爾家作客的客人們，有的坐車有的騎馬，他們紛紛從公園一湧而出，達爾布菲克斯也在這群騎士之中。

這一天，羅蘋看見達爾布菲克斯就這麼騎著馬來來回回往返三次。到了晚上，他也是騎著馬回到火車站，後面則跟著一名隨從。

事情已然很清楚，再沒有什麼可懷疑的了。可是爲什麼羅蘋還是不太放心，第二天又派勒巴陸在蒙莫爾家附近繼續打聽？爲了以防萬一。說起來實在沒必要，但這卻是羅蘋的處事風格——小心謹愼、按部就班。

又過了一天，除了一些無關緊要的消息，勒巴陸還替羅蘋找來一份詳細名單，所有作客客人及隨從們的名字，還有蒙莫爾城堡護衛的名字，全都毫無遺漏地寫在上面。其中，隨從裡有個名字特別令羅蘋懷疑，於是他立刻打了一份電報——

請追查隨從塞巴斯提亞尼的身分。

很快地，勒巴陸回了電報——

塞巴斯提亞尼，科西嘉人，由達爾布菲克斯侯爵介紹到蒙莫爾公爵家裡工作。他住在距離城堡四公里遠的一處住宅，那個地方地勢很高，就坐落在蒙莫爾家族崛起、現在則成了斷垣殘壁的老城堡中。

「這下清楚了。」羅蘋把勒巴陸發回的電報拿給克拉蕾絲・邁爾吉看，一邊說著：「我一看見塞巴斯提亞尼這名字，想起達爾布菲克斯是科西嘉人，就這麼串了起來……」

「這是什麼意思？」

「我的意思是，如果多布雷克真的被關在這片廢墟，那我就要設法和這惡棍取得聯繫。」

「我想他不會相信您的。」

「他一定會相信我，因為前幾天在警方的指點下，我終於找到那天在聖日爾曼森林綁架小雅克、晚上又在納依區把孩子還給我們的那兩個蒙面女人。她們兩個其實都是多布雷克的表親，每個月都能從多布雷克那兒得到一筆固定收入。後來，我去拜訪了這對露絲洛姐妹；對了，請記住她們的姓名和地址——巴克街一三四之一號。她們對我相當信任，我對她們說，我會救出她們的表親兼恩人多布雷克，於是年紀較輕的約芙拉茲．露絲洛就替我寫了封信，要多布雷克務必相信我。您瞧，我們已做好一切準備，我今晚就行動。」

「應該是『我們』今晚就行動。」克拉蕾絲說。

「什麼，您也要去？」

「您認為我會就這麼待在這裡什麼都不做，乾著急嗎？」她繼續咕噥著：「現在已經不能數著天數來過日子了，我們頂多只有三十八、九天，得用小時來計算了……」

羅蘋感到克拉蕾絲心意堅決，再勸也無益，於是便同意了。凌晨五點，他們倆一起坐上汽車，同行的還有格羅那。為了不引人懷疑，羅蘋選了亞眠這個較大的城鎮作為根據地，這裡距離蒙莫爾只有三十幾公里。羅蘋先把克拉蕾絲安頓好，然後自己一人趕往蒙莫爾。

早晨近八點時，他在城堡廢墟不遠處與勒巴陸會合。他要勒巴陸帶領自己，在這個被當地人慣稱為「摩特比爾」的城堡廢墟附近轉一圈。森林邊緣有條名為里基爾的小河，它宛若一縷美麗絲帶，沿著一道幽深峽谷轉了個大彎，摩特比爾就坐落在岸邊高聳的陡峭石崖上。

「從這裡毫無辦法行動，懸崖太陡又太高，大概有六、七十公尺吧，而且底下就是河。」

他們在稍遠之處發現了一座吊橋，吊橋以套索支撐，赫然穿透兩旁的櫟樹和松樹林，直通一塊小平地，平地立著一道大鐵門，大門釘著不少鉚釘，門的兩旁各豎著一座碉堡。

「隨從塞巴斯提亞尼就住在這兒？」

「是的，」勒巴陸回答：「他和他老婆就住在城堡廢墟附屬建築裡的一幢房子。我還打聽到他有三個已經成年的兒子，據說這三兄弟目前好像都不在家，而且離家的日子正好是多布雷克遭綁架那一天。」

「噢、噢，」羅蘋驚訝地回答：「眞是太巧了！這勾當肯定是這三個傢伙和他們的老爸一起犯下的。」

下午稍晚，羅蘋鑽過一處裂縫，登上了右翼碉堡的護牆。從這兒剛好可眺望隨從的房子和城堡廢墟——近處是一截斷牆，像是一座壁爐臺的遺跡；遠處有個蓄水池；左邊是一座小教堂的拱廊；右邊則是廢棄房屋殘存的一堆亂石；懸崖前面有一條巡邏小路，小路盡頭就是殘破的城堡主塔，這裡已然破敗不堪，幾被夷爲平地。

到了晚上，羅蘋便回到克拉蕾絲那裡。這幾天，他就這麼不停來往於亞眠和摩特比爾之間，而格羅那、勒巴陸則一直留在摩特比爾進行監視。

就這樣六天過去了。塞巴斯提亞尼沒有任何可疑之處，他整天忙碌的都是工作上的事情——早上到蒙莫爾城堡，然後在森林裡轉轉繞繞，撿拾客人們的戰利品，晚上就去巡邏。

到了第七天，羅蘋聽說今天打獵行程依舊，只是早晨有一部汽車開到奧馬爾火車站去接客人，於是他立即躲到空地門前那片月桂和黃楊林之中。

下午兩點左右，羅蘋忽聽有獵犬在叫，接著是一陣喧鬧聲，之後這些來打獵的客人便走遠了。再晚一點，他又再次聽到打獵客人的聲音，但是這次，聲音則不那麼明顯。整整一個下午等到的就只有這些，羅蘋感到有點沮喪。就在此時，他突然聽見有人騎馬朝這個方向過來，且馬蹄聲越來越清晰，幾分鐘內，羅蘋就看到兩個人騎上了懸崖旁的巡邏小路。

羅蘋認出，這兩人正是達爾布菲克斯侯爵和塞巴斯提亞尼。他們一到空地就下了馬。只見一個女人，這肯定是塞巴斯提亞尼的老婆，她打開了鐵門，從廢墟中走出。塞巴斯提亞尼將兩匹馬拴在距離羅蘋僅三步之遙的一根木樁上，然後跑回侯爵身邊。兩人走進廢墟，大門遂緊緊關上。

此時，天色仍然很亮，但四周卻寂靜無聲。羅蘋敏捷地縱身鑽進圍牆的裂口處，伸頭進去打探，他看到那兩個人和塞巴斯提亞尼的老婆，正一起急忙往城堡主塔廢墟走去。只見塞巴斯提亞尼一撥開常春藤，一個樓梯入口就露了出來，然後他和侯爵一起走了下去，只剩下他老婆留在地面上警覺看守。

羅蘋知道自己不可能跟進去，便又乖乖回到樹林裡躲著。過沒多久，城堡的鐵門便再次敞開。率先走出大門的達爾布菲克斯似乎相當惱火，他一邊以馬鞭抽著自己的馬靴，一邊狠命地罵著，距離逼近之時，羅蘋甚至能聽出幾句：「啊，這可惡的傢伙，看來眞的得給他一點顏色瞧瞧，就是今天晚上。你聽好了嗎，塞巴斯提亞尼，我今天晚上十點還會過來，到時候我們就動手。該死，這畜牲。」

塞巴斯提亞尼去解韁繩時，達爾布菲克斯轉過身來，對隨從的老婆說：「務必要妳兒子給我看好他，要是有人想救他，那就算他倒楣了……畢竟，陷阱已經預備好了……妳的兒子們能讓我放心嗎？」

「您放心，侯爵老爺，他們和他爸爸一樣可靠。」塞巴斯提亞尼插話：「他們知道侯爵老爺您對我們的恩惠有多深，他們不會退縮的。」

「上馬，」達爾布菲克斯吩咐道：「我們得回到其他客人身邊去。」

看來事情正如羅蘋所料。達爾布菲克斯趁打獵期間，故意騎馬跑到所有人的前頭，等到把他們甩掉之後，就立刻趕到摩特比爾，這麼就不會有任何人知道他的勾當。這個塞巴斯提亞尼不知道過去從達爾布菲克斯那裡得了什麼好處，不過這點也沒什麼必要知道。總之，他對侯爵忠心耿耿，不僅陪達爾布菲克斯一起拷問人質，還要自己的兒子和老婆寸步不離地看守多布雷克。

「到目前爲止，就是這樣。」羅蘋回到客棧後對克拉蕾絲・邁爾吉說：「今天晚上十點，達爾布菲克斯是鐵了心，無論如何也要讓多布雷克開口，到時候我必得在場。」

「多布雷克要把祕密說出來了……」克拉蕾絲一聽，登時全身緊繃。

「我怕他不會說。」

「那怎麼辦？」

「怎麼辦？」羅蘋看起來相當平靜：「我有兩個計畫，要嘛阻止這場會面……」

「可是怎麼阻止呢？」

「趕在達爾布菲克斯的前頭。我和格羅那、勒巴陸三個人九點鐘準時鑽進圍牆，衝進要塞，奪下城堡主塔，要他們繳械……這樣一來，多布雷克就成了我們的俘虜。」

「塞巴斯提亞尼的兒子們，該不會情急之下，就把他扔進侯爵說的那個陷阱裡吧……」

「是呀，」羅蘋說：「我也在擔心這一點，所以除非萬不得已，除非我的另一個計畫行不通，否則我是不會冒這個險的。」

「另一個計畫是什麼呢？」

「那就是參與他們的會面。如果多布雷克不說，那我們就有時間好好準備自己的綁架計畫，等時機一到我們就行動。要是他說了，要是他在脅迫之下終於說出二十七人名單藏在哪裡，那麼在達爾布菲克斯知道這個祕密的同時，我也就知道了，而且我發誓一定會趕在他之前把東西拿到手。」

「是的……是的……」克拉蕾絲說：「可是您要怎麼做才能加入他們的會面？」

「這個，我現在還不知道。」羅蘋坦白說：「在想到辦法以前，我還需要勒巴陸那邊提供我一些情報，然後再把它們拼湊起來。」

羅蘋說完之後就出去了。大概過了一個小時，天快黑了才回來。這次回來時，勒巴陸也離開了蒙莫爾，跟著羅蘋一起進門。

「你拿到書了嗎？」羅蘋問勒巴陸。

「是的，老大，就是我在奧馬爾當地書報攤看到的那本，花幾個銅板就買來了。」

「把它給我。」

只見勒巴陸掏出一本髒兮兮的舊手冊給羅蘋，手冊封面印著——**《一八二四年摩特比爾遊記》，附插圖和地圖**。

羅蘋一接過書趕忙去翻主塔地圖。

「就是這個，」他說：「地上三層已被夷為平地，但是地下還有兩層，幾乎就是從岩石層往下開鑿的，其中一層已被瓦礫掩埋，至於另一層嘛……在這兒，瞧，我們的朋友多布雷克就是被關在這兒，這房間的取名還眞貼切——『審訊間』，可憐的傢伙。房間與樓梯之間隔著兩道門，兩道大門之間還有一個內堡，三兄弟就守在這裡，而且他們的手裡都有槍。」

「這麼說，想不被發現地進入，是不可能的囉？」

「不可能。除非從倒塌的這一層，找到一條通向第二層的裂縫，然後從那兒爬進去，可是這幾乎不可能……」羅蘋繼續翻著手冊。

「這房間裡沒有窗戶嗎？」克拉蕾絲問道。

「有。」他回答：「窗戶就開在靠河的這一側。瞧，這裡有個入口，地圖上標示著。可是它位於五十公尺高的垂直峭壁上，而且崖壁垂直插進了河水，想從這裡進去簡直比登天還難。」

說完，羅蘋繼續翻閱了書中幾段內容。突然，一個故事引起了他的注意，標題是「情侶塔」。這段故事的頭幾行這麼寫著——「很久以前，當地人都把城堡的主塔叫做『情侶塔』，這名字源於中世紀一對情人不幸的戀愛故事。當時城堡的主人摩特比爾伯爵發現妻子對自己不忠，於是把她關進『審訊間』，她在裡面一待就是漫長的二十年。後來在一天夜裡，她的情人坦卡維爾以驚人的勇氣在河裡架起一把長梯，爬上了懸崖峭壁，來到審訊間的天窗前。他鋸斷天窗的鐵條，把情人救了出來。然後，兩人一起順著繩索向下爬。眼看他們已經從懸崖下來，觸到了梯子的頂端，而下面也有朋友準備接應。可是就在這時，巡邏隊突然開了一槍，一顆子彈擊中男人的臂膀，兩人就這麼一起跌入了深淵……」

羅蘋唸完這個故事，房裡一片沉默，每個人心中都爲這個不幸的逃亡故事深感惋惜。幾百年前就有人爲了搭救自己的情人而甘願犧牲生命。這人以超人的毅力攀上主塔，如果不是驚動哨兵，他就會成功。總之，太不可思議了，竟有人這麼想過，而且做過！

羅蘋抬頭看了看克拉蕾絲，她也在看著他，目光充滿深切的乞求。這是一位母親懇請別人爲自己的兒子赴湯蹈火時，所流露出的神態；這是一位不惜犧牲一切想拯救兒子性命的母親，流露出的眞情。

「勒巴陸，」羅蘋吩咐道：「你去找一條紮實的繩子，要細一點的，我要把它拴在腰上。你，格羅那，去找三、四把梯子，然後把它們串接起來。」

「什麼？您說什麼，老大？」兩個同伴同聲叫道：「眞的嗎？難道您也想……您這是瘋了！」

「瘋了？不，別人能做到的事，我一定也能做到。」

「可是您十之八九會送命的！」

「是的，勒巴陸，那還有一成的成功機會，不是嗎？」

「我們還是想想其他辦法吧，老大……」

「不用再多說了，朋友們。你們倆一小時後到河邊來找我。」

準備工作花了很長的時間，他們好不容易才備齊所有東西。他們接起一把長十五公尺的梯子，勉強搆得到懸崖第一個突起的岩石處。這些梯子一點一點地接起來，眞是個不小的工程。

到了晚上九點，梯子總算在河中立了起來，它的底部插進陡峭的岸邊，用一艘小船抵住，頂端則卡在兩根樹杈之間。山谷間的道路向來人跡罕至，所以不必擔心有人打擾。此時，天空聚攏起大片陰雲，四周逐漸掛上的夜幕就是他們最好的掩護。

羅蘋最後又叮囑了勒巴陸、格羅那幾句，他戲謔道：「想來眞有意思，親眼目睹多布雷克被別人剝皮刑求，是多麼開心的事啊！說眞的，這一趟沒白來。」

這時，克拉蕾絲也上了船。羅蘋轉而叮嚀她：「我們一會兒見，您千萬不要動，不管發生什麼事，您都不能動，一聲也不能響。」

「不會有什麼事吧？」她擔心地問。

「我不能保證萬無一失，想想那位坦卡維爾先生，他已經救出自己的心上人了，眼看成功在即，卻還是失了手。不過，請您放心，我會加倍小心的。」

她不再說話，只是緊緊握了握羅蘋的手。

羅蘋先爬上梯子試了一下，看到梯子頗爲穩固，便開始攀了上去。很快他就攀上了最後一級。可是，再往上爬才是眞正危險的開始。懸崖異常陡峭，每爬一步都很艱難，爬到中間時，人已經幾乎貼著一堵垂直的牆壁。

幸好岩壁不時有些小洞能讓他落腳，手也可以抓住一些突起的石塊。有那麼幾次，石塊鬆了，他差點失手滑下去，當時他還以爲自己肯定要一命嗚呼。等來到一個深一點的凹陷處，羅蘋才得以暫歇片刻。他深深喘了口氣，感到精疲力竭，眞想就此罷休。

他甚至想，自己幹嘛冒這種危險來拚命？

「羅蘋，你這沒用的東西！」他一起了這念頭就暗自罵道：「我看你就是個不中用的東西！想半途而廢？多布雷克馬上就要交代他的祕密了，侯爵會成爲名單的主人，你羅蘋就這麼空手而歸？讓吉爾貝爾……」

可是，拴在腰間的繩子眞的讓羅蘋很不舒服，而且他確實已很疲憊。他把繩子的一端掛在褲帶上，將另一頭順著懸崖垂下，以便回程能抓著它往下爬。

然後，他又開始鼓足氣力，在凸凹不平的岩壁努力攀登著，指甲破了，手流血了，也不管。在這種情況下，羅蘋隨時都可能落入深淵。而最使他氣餒的，是他仍能清楚聽見小船傳來的說話聲，聲音是那麼靠近，使羅蘋感到他與同伴們的距離根本就沒有拉開。

這會兒，他想起了坦卡維爾先生。他當時也是孤身一人在黑暗中攀登，聽到石頭滾落的聲音，他也會膽戰心驚，因爲四周眞是靜得嚇人，只要發出一點聲響就會引起很大的回音，萬一看守多布雷克的人從情侶塔向下探望，看見一個幽靈般的影子，他們一定會開槍。那就意味著一切都完了……

就這樣，羅蘋忐忑不安地向上攀爬……不知爬了多久，他都開始懷疑自己會不會已經超過了目標，或是搞錯了方向，說不定爬到巡邏小路上去了？如果是這樣可就糟了。這次事件緊急，容不得他充分準備，行動確實太過草率和倉促……可是，時間不等人啊。

羅蘋不由得著急了起來，於是一賭氣又鼓足勁爬了上去。往上爬好幾公尺滑落下來，他就再爬，手裡緊緊抓住上方的一把草，連根帶草一併拔起後，卻又滑了下來。這下他徹底洩氣，再也不想爬了。他渾身的肌肉和神經都緊繃著，一動也不動地停在那裡。可是突然有陣說話聲，從他憑靠著的那些石頭裡隱約傳出。

他側耳一聽，聲音就在自己的左邊。他抬頭向上望，居然隱約有道光亮劃破黑暗。看見希望的羅蘋於是一鼓作氣爬了上去，這股力量從何而來就連他自己也說不清。就這樣，他來到了一個洞口旁，這個洞很大，足足有三公尺之寬。順著懸崖峭壁延伸而入，就是一條通道，通道盡頭比洞口窄得多，三根鐵條擋在前面。

羅蘋爬進去，把頭貼在鐵條上，裡面的情景一目了然……

譯註：

①是指獨立教師，意即具有教師資格，但可能未與學校、教育體系有長期聘約關係的教師。

②拿破崙一世（Napoleon Bonaparte，一七六九～一八二一）的綽號。他出生於科西嘉島，曾任法國第一共和國第一執政。

③即夏爾・路易—拿破崙（Charles Louis-Napoléon Bonaparte，一七六九～一八二一），為拿破崙三世，曾任法蘭西第二帝國皇帝，是拿破崙一世的姪兒。

chapter 8

情侶塔

審訊間就在羅蘋的視線底下，裡面非常寬闊，但形狀非圓非方，很是古怪，四根粗大的柱子支撐著屋頂，將屋子分割成五間不等的小室。常年滲水使牆壁和石板之間散發出一股潮濕發霉的味道，無論處在什麼年代，這裡給人的感覺都是陰森恐怖的。只是，當時昏暗的亮光斜灑在柱子上，牆壁上映出塞巴斯提亞尼和他三個兒子的長長身影，俘虜則被綁在一張簡陋的床上，一切的一切看起來既神祕又荒蠻。

多布雷克就在眼前，距羅蘋藏身的天窗約五、六公尺遠，他被人用老式鐵鏈死死拴在床上，而那張破床則由幾條鐵鏈固定在牆上的一個鐵環裡。此外，他的手腳也全被皮帶捆住，看守們還安裝了一個巧妙的裝置，一端設在多布雷克身上，一端繫在旁邊的柱子上，只要他一動，這裝置的鈴鐺就會叮叮噹噹響起來。

板凳上放著一盞燈，照亮了多布雷克的臉。

達爾布菲克斯侯爵就站在床邊，羅蘋能看到他那張死白、布滿銀白落腮鬍的臉。達爾布菲克斯侯爵又高又瘦，在床邊盯著他的俘虜，好似就快報仇雪恨，感到既高興又滿足。幾分鐘的沉默過後，侯爵命令道：「塞巴斯提亞尼，把這三支蠟燭點起來，我要把他看個清楚。」

蠟燭點著了，侯爵仔細盯著多布雷克看了一會兒，然後欠著身子，語氣近乎和氣地說：「我不知道我們兩個將來會怎麼樣，但是至少，我知道在這個房間裡的我感到無限快樂，雖然這神聖時刻也許只有幾分鐘而已。你把我害苦了，多布雷克！就是因爲你，我不知道哭過多少回！是的，多少辛酸的眼淚，多麼絕望的哭泣……我的錢，都讓你給偷走了，那可是一大筆數目。我怕極了，你一直威脅要揭發我。一旦供出我的名字，那我便徹底地完了，啊，你這無賴……」

多布雷克一動也不動，現在的他雖然沒戴著夾鼻鏡，但依然架著近視眼鏡，燈光從上面反射出去，還是看不到他的眼睛。但是他比從前消瘦了許多，兩頰深陷，顴骨顯得特別高。

「好吧，」達爾布菲克斯說道：「現在該是了結的時候了。最近好像總有人在這附近徘徊，但願這不是你的主意，但願他們不是來救你的，否則你就會立刻沒命……塞巴斯提亞尼，陷阱一直很好用，沒問題吧？」

塞巴斯提亞尼走到床腳，單膝跪地，稍稍抬起一個圓環，轉了轉，羅蘋剛才根本沒注意到這個機關。瞬間，地面一塊石板轟隆隆地移開，一個黑洞露了出來。

「你瞧，」侯爵繼續說：「我一切都設想到了，甚至還爲你準備了地牢。如果城堡的傳說準確，這地牢可是個無底深淵呢。所以你一點希望也沒有了，沒人能救得了你，你說還是不說？」

多布雷克仍不回答，達爾布菲克斯繼續接下去說：「這是我第四次問你，多布雷克，爲了擺脫你對我的勒索，這是我第四次紆尊降貴向你要那張名單。是第四次，也是最後一次。你到底說還是不說？」

對方依舊不打算回答。只見達爾布菲克斯朝塞巴斯提亞尼做了個手勢，這名隨從立刻走了上來，後面跟著他的兩個兒子，其中一人手裡拿著一根木棍。

「動手吧。」達爾布菲克斯等了幾秒後，不耐煩地吩咐道。

塞巴斯提亞尼把捆在多布雷克手腕的皮帶鬆開一些，將木棍插進皮帶中，然後再次繫緊皮帶。

「我要轉了，侯爵老爺？」

侯爵等了一會兒，多布雷克仍然一聲不吭，他咕噥著：「我看，你就招了吧，何必讓自己白白受苦呢？」

多布雷克不回答。

「給我轉，塞巴斯提亞尼。」

塞巴斯提亞尼用力將木棍一轉，皮帶驟然變緊，多布雷克痛得直叫。

「還是不說？你很清楚，我不會讓步的，我絕不可能退縮，我既然抓住了你，就自然不會客氣，甚至要你的命也可以。你還是不招，是嗎？……塞巴斯提亞尼，再轉一圈。」隨從按照吩咐又轉了一圈。多布雷克疼得跳了起來，然後叫了一聲倒在床上。

「混帳！」侯爵激動地大叫道：「你倒是說呀！難道這名單在你手裡待的時間還不夠長嗎？早該輪到其他人擁有了。快，快說，名單在哪兒？只要你說一個字，我們就不再煩你。等到明天，我一拿到名單立刻放了你，還你自由，你聽到了嗎？該死，你倒是說呀，眞是不識抬舉。塞巴斯提亞尼，繼續轉。」

塞巴斯提亞尼又轉了一圈，突然，多布雷克的骨頭「喀嚓」一聲。

「饒命、饒命！」多布雷克再也支持不住，聲嘶力竭地喊著，想掙脫卻辦不到。只聽他低聲結巴地求饒：「求你……行行好……」

這一幕眞是觸目驚心，隨從的三個兒子個個面目猙獰，相當嚇人，羅蘋不禁一陣噁心，渾身綳緊。他知道自己絕對做不出這麼殘忍的事。他仔細傾聽著即將從多布雷克嘴裡吐出的祕密，眞相馬上就要揭曉了。多布雷克畢竟還是在強烈的痛苦面前屈服了，他馬上就要一字一句老實交代了。羅蘋已經開始考慮如何撤退。他想到他的汽車，想像自己將以何等瘋狂的速度奔向巴黎，奔向那即將到手的勝利！

「快說！」達爾布菲克斯咬牙切齒地說：「快說吧，說了一切就都結束了。」

「嗯……」多布雷克斷斷續續地回答。

「說吧……」

「等一會兒，等明天……」

「啊，什麼？你瘋了，等明天！你這又要唱哪一齣戲？塞巴斯提亞尼，再轉緊一圈。」

「不、不，」多布雷克叫道：「不，住手。」

「那你就快說！」

「好吧，我把名單藏在……」可是，他實在太痛苦了。只見多布雷克用盡全身力氣抬起頭，吐出幾個斷續的音節，最後才成功喊了出來：「瑪麗……瑪麗……」之後，已然筋疲力盡的多布雷克撲通一聲倒在床上，再也沒有動彈。

「快鬆開他，」達爾布菲克斯立刻命令塞巴斯提亞尼：「該死，我們不會是太用力了吧。」侯爵急忙上前檢查，發現多布雷克只不過是昏了過去。而他本人也累壞了，無力地癱坐在地上，擦著額頭的汗水，咕噥道：「唉，眞是件倒楣差事……」

「不然我們今天先到這兒吧……」隨從問道，顯然他也累了。「咱們可以明天再繼續，或者後天……」

侯爵沒有出聲，隨從的一個兒子替他拿來了一瓶干邑白蘭地。侯爵倒了半杯，然後一口吞下。

「明天？」侯爵回答：「不行，打鐵要趁熱，只要再加把勁，現在已經到了這節骨眼，再往下就不難了。」然後，他把隨從叫到一邊：「你聽見了嗎？他剛才重複了兩遍『瑪麗』，這是什麼意思呢？」

「我聽見了，他的確說了兩遍。」塞巴斯提亞尼回答：「也許他把您要找的那份名單交給了一個叫瑪麗的人。」

「絕對不可能！」達爾布菲克斯反駁道：「他從來不信任任何人，肯定不是這個意思。」

「那是什麼意思，侯爵先生？」

此時，多布雷克深深喘了一大口氣，緊接著他動了一下。

這時達爾布菲克斯也再次冷靜下來，目不轉睛盯著他的敵人，他走到這傢伙身旁：「我說，多布雷克，到了這種時候還繼續頑抗是很不明智的。既然已經輸了，就該向勝利者屈服，何必這麼愚蠢地受苦呢，理智一點吧。」

侯爵又對塞巴斯提亞尼說：「再把皮帶勒緊一點，讓他再感受一下。這會讓他清醒一點，他這是在裝死……」

於是，塞巴斯提亞尼又抓住棍子轉動了起來，直到皮帶再度勒進多布雷克那腫脹無比的血肉之中。

多布雷克疼得渾身發抖。

「停，塞巴斯提亞尼。」侯爵命令：「我感覺，咱們的朋友現在處於世上最美妙的處境，他終於懂得乖乖合作的重要，是嗎，多布雷克？想快點結束這種處境嗎？您應該很識實務的啊！」

侯爵和隨從都向多布雷克靠近。只見塞巴斯提亞尼手裡還拿著那根小棍子，達爾布菲克斯則舉著燈，朝著多布雷克的臉照。

「他的嘴動了，他要說話了，把繩子再放鬆一點，塞巴斯提亞尼，我不想讓咱們的朋友太痛苦。不，再勒緊點，我看咱們的朋友又有點猶豫了。轉一圈，停！這回可好了，噢，親愛的多布雷克，你要是再不開口，可就是在浪費時間了。什麼？你說什麼？」

亞森・羅蘋低聲罵了一句，多布雷克說了，而他羅蘋卻什麼也聽不到。他已盡力抑制心臟和太陽穴的跳動，用力豎起耳朵聽，仍舊徒勞，還是聽不見下方的任何一點聲音。「眞是該死！」他罵道：「沒想到會是這樣，現在我該如何是好呢？」

他眞想一槍結束多布雷克，不讓他再說下去。但他知道這麼一來，自己的結局也不會比多布雷克好到哪兒去。還是先靜觀事態發展，再想辦法。

從天窗往下望，多布雷克還在繼續招供，他的話含糊不清，而且說說停停，有時還呻吟幾聲，然而達爾布菲克斯還是對他緊緊相逼：「還有呢？快說下去。」

侯爵不時發出感嘆：「很好，好極了！眞的是這樣？再重複一遍，多布雷克。噢，太有意思了，誰也想不到，連普拉斯威爾也想不到吧，眞是個大蠢豬！鬆開他，塞巴斯提亞尼，咱們的朋友呼吸有點困難了。安靜點，多布雷克，別這麼折磨自己了。什麼，親愛的朋友，你在說什麼？」

多布雷克快說完了，接下來是長時間的竊竊私語。達爾布菲克斯全神貫注地聽著。而羅蘋卻什麼也聽不見。最後侯爵站起身，高興地大聲宣布：「好了，謝謝你，多布雷克。感謝你剛才所做的一切，我永遠不會忘記你的。將來如果有困難，儘管來找我，到我家，我會供你吃好喝好的。塞巴斯提亞尼，好好照顧議員先生，就像無微不至照應自己兒子一樣。先把他身上的繩子都解開吧，噢，你們對待他竟有如串在棍子上烤的小雞，實在是太狠了！」

「要不給他一點喝的？」隨從建議。

「說得對，給他一點喝的。」

塞巴斯提亞尼和他的兒子一起幫多布雷克解開皮帶，替他揉了揉浮腫的手腕，再幫他纏上塗滿軟膏的繃帶。而多布雷克則吞下了幾口干邑白蘭地。

「現在好些了吧。」侯爵說：「沒關係，不要緊的，過一陣子就不痛了。這下你可以向人誇耀，說自己受了中世紀的宗教迫害。算你走運！」

語畢，侯爵看了看錶：「話說夠了，塞巴斯提亞尼，讓你的三個兒子在這裡輪流看守他。你送我去火車站，我要趕末班火車。」

「好的，侯爵老爺，要讓他就這麼躺著，還是能夠隨意走動？」

「那也行。難道咱們要把他一直關在這裡，關到死爲止？不會的，多布雷克，這一點你大可放心。明天下午我去你家，如果名單果真放在你交代的那個地方，我會馬上發電報過來，還你自由。

你保證說的是實話，嗯？」侯爵再次湊到多布雷克旁邊，俯身對他說：「你沒跟我耍花招吧，先生？如果是那樣，你可是做了一件最最愚蠢的事。因爲對我來說只不過是損失了一天，而你呢，餘生將就此斷送。我想你不至於這麼傻吧，你說的這個藏東西的地方實在太奇妙了，誰也編造不出來。塞巴斯提亞尼，我想你明天肯定能收到我的電報。」

「要是有人擋住您的路，不讓您進他家的門怎麼辦呢，侯爵老爺？」

「誰會攔我呢？」

「普拉斯威爾的人已經控制了拉馬丹公館。」

「這一點你不必擔心，塞巴斯提亞尼。我一定進得去，門闖不進去，還有窗戶呢！如果從窗戶還是不行，那就跟普拉斯威爾底下的某個傢伙做筆交易，不過是花幾個法郎罷了。」

「謝天謝地，從今以後咱們再也不缺錢了！晚安，多布雷克。」侯爵又補充道。說完，達爾布菲克斯走了出去，塞巴斯提亞尼緊跟在後頭，沉重的大門再次關上。

根據剛才的最新情況，羅蘋立即重新制定方案，開始準備撤退。

新方案很簡單。趕快順著那根繩子爬下懸崖，帶領自己的一班人馬，往火車站方向開車，埋伏在途中的偏僻路上，襲擊達爾布菲克斯和塞巴斯提亞尼。這場較量的最終結果，即將確定無疑。一旦達爾布菲克斯和塞巴斯提亞尼被抓住，總有辦法讓他們其中一人開口說話，然後再採取相應措施。達爾布菲克斯剛才已經說得很明白了，而爲了救出自己的兒子，相信克拉蕾絲・邁爾吉也不會心軟的。

於是，羅蘋拉一拉自己帶來的繩子，雙手摸索著，找到一塊突起的石頭，把繩子的中段搭在上面，就這麼將繩子分成了兩段，等會兒就順著它往下爬。可是現在雖然情況緊急，羅蘋卻並不急著立即行動，反而繼續待著。他的思緒又飛快地轉了起來，因爲在這緊要關頭，他突然質疑起自己的方案。

「不行，」他心裡細想：「這麼做，不大合邏輯。誰能保證抓到達爾布菲克斯和塞巴斯提亞尼之後，他們不會再跑掉呢？誰又能保證把他們抓到手，他們就一定會開口？不行，我還是留下來好了，留下來更容易成功，可能性會大上許多。我千辛萬苦爬上來可不是爲了那兩個傢伙，我要的是多布雷克。他已經被折磨得精疲力盡，完全沒了鬥志。既然他可以把祕密告訴侯爵，那麼只要我對他也如法炮製，不怕他不把祕密告訴我。對，就這麼做——劫走多布雷克！

「況且，這麼做也不至於冒太大風險。即使行動失敗，我還可以和克拉蕾絲・邁爾吉一起儘快趕回巴黎，然後與普拉斯威爾一起嚴密監視拉馬丹公館，讓達爾布菲克斯無從下手。所以，現在最要緊的是，把這個危險告訴普拉斯威爾，要他加強防範。」羅蘋繼續鼓舞著自己。

這時，附近鄉村的教堂鐘聲敲響了十二點，這表示羅蘋還有六、七個小時，可以進行他的新方案。他立刻行動起來。

只見他先爬離山洞，來到懸崖的一個凹陷處，那裡有一叢灌木。他用刀砍下十幾棵小樹，把它們裁成寬度相同的木棍，然後以一步的距離爲單位，將繩子等分成不同的小段，每一段中間繫上一根木棍，就這麼把繩子變成了長約六公尺的繩梯。等他再返回山洞內的天窗時，多布雷克的床邊只剩隨從的其中一個兒子在看守，這傢伙此時正在燈光下抽菸，而多布雷克已經睡著了。

「該死！」羅蘋心裡罵道：「這小子難不成要在這裡守上一夜？若是這樣，我就毫無辦法了，只好撤退……」

可是一想到達爾布菲克斯即將成爲祕密的主人，羅蘋內心立刻翻騰起來。目睹剛才的審訊場面，他知道侯爵是爲了牟取私利。他拿到那張名單，絕不僅是要摧垮多布雷克，他還會和多布雷克一樣，用卑劣手段重整自己的家業。

所以從現在開始，這場較量又多了一個要對付的敵手。而今事態急轉直下，羅蘋根本沒時間對前景作出清楚判斷，現在的他只能不惜一切代價，儘快將情況告訴普拉斯威爾，以阻止達爾布菲克斯得逞——可是羅蘋還是無法說服自己，他的內心強烈希望自己留下來，說不定能有某些意外機會可下手。過沒多久，夜鐘敲響十二點半，接著又敲了一點。等待眞是令人難熬。此時，冰冷的霧氣從山谷慢慢升上來，讓人渾身感到刺骨的寒冷。

忽然，一陣馬蹄聲從遠處傳來。

「是塞巴斯提亞尼從火車站回來了。」羅蘋心想。

而在審訊間負責看守囚犯的那個年輕人，已經抽完最後一支菸，他開門問另外兩個兄弟是否還有菸絲。聽到他們的答覆後，他便離開房間朝自家走去。

但門才剛關好，他就看到熟睡的多布雷克一下子坐了起來，仔細地側耳聽著。只見他先試探性地放下一隻腳，再放下另一隻腳。最後他站到地上，輕輕晃了晃身子。羅蘋不禁一驚。多布雷克確實比別人想像的要結實許多，現在他正檢查自己究竟還有多少體力。

「好傢伙，他還保留著力氣呢。」羅蘋心想：「他一定還有力氣從這裡逃出去，現在有一點讓我不放心，就是不知道他到底會不會相信我？願不願跟我一起走？他不會把這個天賜的搭救行動看成是侯爵替他設下的圈套吧？」

不過，羅蘋立刻想起自己找了多布雷克的表親寫的那封信，可以說那就是一封介紹信，年紀較輕的表親約芙拉茲還在信上簽了名。羅蘋的大衣口袋就裝著那封信。於是他掏出信，豎耳聽了一下。現在，除了多布雷克在石板上走動發出的輕微聲響，再無別的動靜。羅蘋眼看時機終於到了，急忙將手臂伸過天窗的鐵條，把信丟了下去。

多布雷克顯然被嚇了一跳。

信在房間裡悠悠飄蕩著，然後落在距離多布雷克兩、三步遠的地上。「這封信是打哪兒來的呢？」多布雷克抬頭朝天窗望去，努力想查看上面的情況。接著，他又看了看信，不敢輕易去撿。只見他朝大門處瞥了一眼，之後猛然彎下腰，一把抓起信，拆開了信封。「噢，老天！」他看到信上的署名，不禁高興地吐了一口氣，然後開始低聲地唸著信——

帶此信給你的人，你絕對要信任。是他發現了侯爵的祕密並準備協助你脫逃（當然，我們也給了他報酬）。一切都已準備就緒。

約芙拉茲・露絲洛

多布雷克一遍遍地重複著：「約芙拉茲……約芙拉茲……」然後又抬頭向上望。

羅蘋輕聲地說：「鋸開天窗的一根鐵條大約要兩、三個小時，你認為塞巴斯提亞尼和他的兒子們會在這段時間內回來嗎？」

「有可能，」多布雷克也像羅蘋一樣低聲回答：「不過，我想他們現在不會再管我了。」

「他們睡在隔壁房間嗎？」

「是的。」

「那他們會不會聽見動靜？」

「這個不太能，因為門板很厚。」

「那好，這麼我工作起來會更快一些。我準備了一個繩梯，如果我不幫忙的話，你一個人上得來嗎？」

「我想還可以，我先試試，他們把我的手腕弄傷了……該死，這些雜種！我的手簡直動都不能動，而且也沒什麼力氣，當然我還是會試試看，而且也沒別的辦法了……」多布雷克忽然住口，然後仔細聽了聽。只見他以食指掩嘴，小聲說：「噓！」

塞巴斯提亞尼和他的兒子進來時，多布雷克已經把信藏起來，重新躺回床上，並裝出剛睡醒的樣子。隨從替他帶來一瓶酒、一個杯子和一些食物。

「感覺如何，議員先生？」塞巴斯提亞尼大聲說道：「是啊，剛才可能勒得太緊了點，轉棍確實是很厲害的酷刑。據說，在大革命時期和拿破崙當政時期這種刑罰很流行，那時還有人用火燒腳逼人招供哩，眞是些了不起的發明！而且看起來又很乾淨，不會流血。嘿，我們沒花什麼大力氣，只花二十分鐘，你就招供了。」

塞巴斯提亞尼得意地大笑起來，繼續說道：「議員先生，眞要恭喜您找了這麼一個藏東西的絕妙地方。除了您，誰想得到呢？知道嗎，一開始您說出『瑪麗』這個名字時，把我們都給搞糊塗了。您確實沒騙人，只是，喏……這個詞您只說了一半，早把它說完全嘛。可是不管怎麼說，這事實在夠滑稽的。鬧了半天，它就放在您的書房辦公桌上啊！眞的，誰會想得到呢。」

隨從站了起來，在房裡來回踱步，得意地搓著手。「侯爵老爺非常高興，他心情很好，還說明晚要親自回來放你自由。是的，他的確有通盤考慮，而且還要你履行某些手續，要你在幾張支票上簽字。你當然得償還他損失的一切財產和遭受的苦難，這些皮肉痛，小意思嘛，對你來說算得了什麼？而且現在你身上的鐵鏈和手上的皮帶都已經卸下了，這簡直是國王等級的禮遇呢，瞧，這是我奉命帶來的一瓶陳年老酒——一瓶干邑白蘭地。」

之後，塞巴斯提亞尼又開了幾句玩笑，便提起燈將整個房間掃視一番，對他的兒子們說：「讓他睡吧，你們三個也該好好休息了。不過，不要睡得太沉，誰知道還會發生什麼事。」說完，他們都離開了。

「我可以開始了嗎？」羅蘋又耐心地等了一會兒，然後低聲問著。

「可以了，不過要小心，一、兩個小時內，他們恐怕還會過來查看。」

羅蘋立刻開始著手。他帶來一把鋒利的銼刀，再加上天窗上的鐵條因年久月深，鏽蝕嚴重，有的幾乎一碰就斷。有兩次，羅蘋被異常情況打斷，他側耳一聽，原來一次是有隻老鼠在上層的亂石堆裡跑動，另一次是天上飛過一隻貓頭鷹。之後，羅蘋繼續一刻不停地銼著，絲毫不敢懈怠。而下方的多布雷克則將身體貼著門，仔細聆聽門外的動靜，一有情況，便馬上發出警告。

「呼！」鋸完最後一下，羅蘋如釋重負地呼了一口氣：「眞累人，山洞那麼窄，天氣又冷得要命。」他用力拉斷一根鐵條，就這麼鋸出容一人進出的空間。接著，羅蘋回到洞口取來繩梯，將一端固定在鐵環上。一切就緒後，他向下面喊道：「喂，我好了，你準備得怎樣？」

「準備好了，我這就來。請等一等，讓我再聽聽，確認一下。好極了，他們都在睡覺，把梯子放下來吧。」

「需要我下去幫你嗎？」羅蘋慢慢地垂下繩梯，然後問道。

「不，我現在雖然沒什麼力氣，但勉強還能撐住。」

多布雷克果然體能過人，只見他身手麻利地往上爬出天窗，跟著自己的救命恩人往外走。攀爬繩梯之前，多布雷克喝了大半瓶酒替自己增點氣力，但一踏出天窗，冷風襲來，吹得多布雷克頓時頭暈目眩，倒臥在山洞口休息了半個多小時，才稍微感到好些。羅蘋等得心頭直冒火。其間，他將繩子的一端繫在多布雷克的身上，另一端繫在天窗的鐵條上，準備把人像包裹一樣吊下懸崖。半個小時過後，多布雷克已經清醒過來，精神也好多了。

「我現在好多了，」多布雷克虛弱地喘著氣：「我覺得好多了，下去需要很久嗎？」

「得花一點時間，咱們現在的位置離地面可是有五十公尺高。」羅蘋說。

「達爾布菲克斯怎麼就沒想到我可以從這裡逃走呢？」

「因爲這底下是懸崖峭壁。」

「可是您居然上來了！」

「要我怎麼說呢！您的兩位表親懇求我來救您，說實話，我也是爲了掙錢糊口啊，她們倆出手可是很大方。」

「多虧有她們！」多布雷克感嘆道：「這會兒她們在哪兒呢？」

「就在懸崖底下，在船上等著呢。」

「底下就是河嗎？」

「是的。不過，咱們先別聊了，這兒太危險，可不是？」

「再問一句，您在丟信給我之前，已經在天窗上面待了很久？」

「沒有、沒有，我才剛上去，在那兒至多只有十五分鐘。等會兒我再跟您仔細地說，現在得趕快行動。」

羅蘋不耐煩地說完，便率先衝到前面開始往下攀。他叮囑多布雷克抓緊繩子，要他倒退著下降。遇到行動艱難之處，羅蘋還得用手從底下托住他。就這樣，他們足足花了四十多分鐘，才來到懸崖那塊突起的平臺上。這都是由於多布雷克的手腕受了重傷，使不上力，羅蘋才不得不托著他一點一點慢慢往下滑。

一路上，多布雷克仍喋喋不休地罵著：「噢，這幫混蛋，他們竟然這樣折磨我。混蛋，噢，達爾布菲克斯，我要讓你加倍還我！」

「住嘴！」羅蘋說。

「怎麼了？」

「上面……有聲音……」

兩人屏住呼吸，站在平臺上仔細傾聽。羅蘋此刻突然想起坦卡維爾，想起了開火槍打死他的那幫哨兵。四周一片死寂，夜色陰沉，越發讓人不寒而慄，羅蘋不禁抖了一下。

「不，」羅蘋開口：「是我聽錯了。再說，擔心也是多餘的。站在這兒，誰又能打中我們？」

「誰會打我們呢？」

「沒有、沒有，只是我腦子裡突然出現了一個可笑的念頭……」接著，羅蘋伸出手往外摸索一番，找到先前那道長梯：「看好了，這個梯子就立在河床裡。我的一位朋友和您的兩位表親都在下面扶著呢。」

羅蘋吹了一聲口哨。「我們來了，」羅蘋隨即小聲地朝河面呼喊：「扶好梯子。」

「我先下去了。」接著，他轉身對多布雷克說。

「最好我先下。」多布雷克搶先說道。

「爲什麼？」

「我現在一點力氣也沒有了，請您把我繫在您腰間的繩子上，從上面拉著，不然我會摔下去的……」

「對，說得對。」羅蘋回答：「你靠過來一點。」

多布雷克走過來，跪在岩石上。羅蘋幫他繫好繩子，並彎腰握住長梯的頂端，好讓它不晃動。

「你先下去吧。」他說，突然，羅蘋感到肩上一陣劇痛。「該死！」他大罵一聲，便倒下去，原來是多布雷克用匕首在他的頸部右側刺了一刀。「這該死的無賴、無賴……」

昏暗之中，他看到多布雷克解開了繩子，一邊說道：「你眞是個大笨蛋，你帶來露絲洛的信，我一眼認出這是大表姐奧德拉伊德的筆跡。奧德拉伊德可能不太信任你，也爲了要我在緊要關頭提高警覺，所以故意簽了她妹妹的名字——約芙拉茲・露絲洛。我承認，剛開始我確實一頭霧水，好在我腦筋轉得快，您必定是那位亞森・羅蘋先生，對不對？克拉蕾絲的守護神、吉爾貝爾的大救星，可憐的羅蘋，我想你該認輸了。我不太習慣用匕首，不過小試身手，刀法還不差吧。」說完，他彎下腰去看受傷的羅蘋，又去翻他的衣袋。「槍送給我吧。是的，你的朋友很快就會認出我不是他們的老大，然後抓住我。可是，我現在已經一點力氣也沒有了，所以需要那麼一、兩顆子彈。再見了，羅蘋，咱們到那個世界再相見吧，好嗎，也替我在那兒準備一間舒適的套房吧，永別了，羅蘋！請接受我最誠摯的謝意，說眞的，要是沒有你，我還不知道會落得什麼下場。達爾布菲克斯這個心腸狠毒的傢伙，簡直壞透了，看我將來怎麼和他算帳。」

多布雷克一整頓好，就吹了聲口哨，船上有人回了暗號。「我下來了。」他低聲一喊。

羅蘋用力伸出手臂，想抱住多布雷克的腿，卻撲了空。他想喊叫，警告底下的同伴，卻根本喊不出聲音來。他的腦子麻木，耳裡嗡嗡作響。過沒多久，底下突然傳來幾聲叫喊，然後是一聲槍響，緊接著又是一槍，接著又是一陣得意的笑聲和女人的呻吟。而後又是兩聲槍響……

羅蘋猜想克拉蕾絲一定受了傷，也許已經被打死。然後，他又想到得意離去的多布雷克，想到達爾布菲克斯，想到那個水晶瓶塞，想像他們兩人之中將有一人最終會拿到它，而旁人無從阻攔。他還想到，坦卡維爾先生抱著情人墜入山洞的那一瞬間……最後，他用力擠出一點聲音：「克拉蕾絲……克拉蕾絲……吉爾貝爾……」

靜悄悄地，羅蘋只感到一股安靜穿透了他的全身。他感覺自己躺在那兒，動彈不得，任憑軟綿的身軀毫無阻礙地，就這麼朝懸崖邊滑去，向深淵墜落……

chapter 9

黑暗之中

亞眠的一家客棧裡……亞森・羅蘋受傷後首次恢復了知覺。克拉蕾絲守候在他的床頭，勒巴陸也站在一旁。

兩人在談些什麼呢，羅蘋閉著眼睛聽。他聽到他們一直擔憂著他的病情，不過，現在危險期已經過去。從他們接續的談話中，他才拼湊出摩特比爾那夜歷險的經過。多布雷克爬下梯子之後，船上的人認出他不是自己的老大，於是一陣慌亂，接著是激烈的搏鬥。克拉蕾絲撲向多布雷克，結果肩膀挨了一槍，受了傷。多布雷克則趁機向河岸跑去，格羅那追著他開了兩槍。勒巴陸沿梯而上，找到了昏倒在地的羅蘋。

「真險，老大真是命大，他差點滾下懸崖。」勒巴陸說：「他躺的地方的確稍微陷進去沒錯，但畢竟是在陡坡上。當時他已經昏迷不醒，十根手指頭卻還牢牢抓住地面的石頭。幸虧我趕快爬了上去！」

羅蘋努力集中他那尚未完全恢復的意識，仔細傾聽，想抓住幾個片段，弄懂他們的意思。可是忽然間他聽到一句可怕的話，那是克拉蕾絲的哭訴——「又過了十八天，挽救我兒子生命的寶貴時間，又減少了十八天！」

已經過了十八天！羅蘋不禁一驚。他一下子心灰意冷，覺得自己再也來不及康復，再也無法和那些人較量到底，吉爾貝爾和沃什瑞再也無法擺脫死亡的命運了……於是他又失去了知覺，接著是發高燒，胡言亂語……

又過了好幾天。這一陣子恐怕是羅蘋一生中最不堪提起的日子了。他已恢復了知覺，有時思維相當清楚，還能仔細分析當時的形勢。但當他試著串連起種種事物進行思考時，就感到很吃力了，他還無法指揮自己的夥伴接下來該如何行動。

羅蘋從昏迷中醒來時，他發現自己的手被克拉蕾絲緊緊握住。高燒使他陷入半睡半醒的狀態，他開始不停胡言亂語，既有溫存的話語，也有衝動的胡說。有時他哀求她，有時又感謝她，還不時稱頌她在無盡的黑暗中讓他看到了光明……就這麼過了好一陣，他終於平靜了下來，可是剛才說的那些話他全都不記得，只知道自己說了不得體的話，於是勉力開了玩笑：「我又胡言亂語了，是嗎？我一定很可笑！」

克拉蕾絲始終沉默不語，羅蘋終於發現，高燒時想說什麼可以儘管說……因爲，對方根本沒在聽。她無微不至地照顧著病人，時刻留意他的病情，傷勢稍有反覆便令她心驚膽跳。然而，這一切並不是針對他羅蘋本人，只是因爲他是吉爾貝爾的救星。她很希望——羅蘋趕快康復，羅蘋究竟何時才能重新投入戰鬥呢？如今每過一天，都意味著丟失一線希望。到了這個時候，還滿懷希望地守候在他身旁，是不是瘋了呢？

羅蘋自己也不斷在內心默唸：「我要趕快好起來……我要趕快好起來……」他堅信這種祈禱一定會使傷勢好轉。可是他仍舊一連好幾天躺在床上，一動也不能動，以免傷口惡化或情緒過激。可是，他越克制自己不去想多布雷克，這個魔鬼的身影就越縈繞在心，揮之不去。

一天清晨，羅蘋從睡夢中醒來，這是他自受傷以來第一次感到精力充沛。他的傷口基本上已經痊癒，體溫也恢復了正常。有個朋友的私人醫生，每天都會從巴黎趕來幫他看病。這位醫生保證，再過兩天，羅蘋就可以下床活動了。他的同伴和邁爾吉夫人這幾天正好不在，他們三人都出去打探情況了。羅蘋要僕人將自己扶到敞開的窗前，以呼吸新鮮空氣。溫暖的陽光、和煦的春風，讓他重新恢復了活力，他也開始能重新思考了。往事開始按照順序，一件件地在他的腦海排開，他的思路總算清晰了起來。

到了晚上，他收到克拉蕾絲發來的一封電報，說情況日益嚴重，他們三人將暫留巴黎無法回來。這個消息令羅蘋心煩意亂，徹夜難眠。情況又有了什麼新變化呢？第二天，克拉蕾絲回來了。

她臉色死白，兩隻眼睛哭得通紅。她疲憊地坐下，消沉地說：「撤銷原判的上訴被駁回了。」

「您對這種上訴還抱希望？」羅蘋盡量抑制自己的焦急，反問道。

「不，沒有，」她說：「但不管怎麼說，我總覺得還有一線希望，所以就忍不住……」

「是昨天駁回的嗎？」

「不，已經駁回八天了，勒巴陸一直瞞著沒告訴我。我又不敢去看報紙。」

「可能還有赦免的希望……」羅蘋安慰地說。

「赦免？難道他們會赦免亞森・羅蘋的同夥？」邁爾吉夫人滿懷憤怒和痛苦地說出這句話。

羅蘋並不在意，接著說道：「他們可能不會赦免沃什瑞，但人們會替吉爾貝爾感到惋惜，畢竟他還那麼年輕……」

「誰會替他感到惋惜呢。」邁爾吉夫人絕望地說。

「您怎麼知道？」羅蘋問。

「我見到了他的辯護律師。」

「您見到他的律師了，那麼，這是他對您說的……」

「我告訴他，我是吉爾貝爾的母親。我問他，如果法庭知道吉爾貝爾的眞實身分，會不會對判決產生影響，哪怕緩刑也行。」

「您眞的這麼問了？」他輕聲地問：「這麼說來，您坦承了……」

「吉爾貝爾的命比什麼都重要。和他的生命相比，我的姓氏有什麼了不起！我丈夫的姓氏又有什麼了不起！」

「可是您的小雅克怎麼辦？」羅蘋反駁：「難道您忍心讓他成爲一個死囚犯的兄弟？這可能會毀掉小雅克的一生。」邁爾吉夫人低頭不語。

「律師怎麼說呢？」羅蘋又問。

「他說，即使坦承一切，對吉爾貝爾也無濟於事。可是我不同意他的觀點。不過，我看得出來，他對此事也不抱任何希望，赦免委員會最終還是會維持死刑判決。」

「就算赦免委員會這麼裁定，但還得通過總統那一關。」

「總統通常不會反對委員會的決定。」

「這次，他會。」

「您什麼意思？」克拉蕾絲問道。

「這次我要對他施加影響。」

「怎麼施加影響呢？」

「以二十七人名單作爲交換條件。」

「您找到名單了？」

「還沒有。」

「那要怎麼……?」

「我會找到的。」羅蘋一刻也沒動搖過決心,他的鎮靜和自信證明他那堅不可摧的意志。

但克拉蕾絲只是微微聳聳肩,不太相信他的話。「如果達爾布菲克斯沒有把名單拿走,那麼現在只有一個人能對總統施加影響,只有一個人,那就是多布雷克……」她看似漫不經心地慢慢說出這句話,羅蘋卻不禁渾身顫抖。

難道她現在還想去見多布雷克,不惜一切代價也要去求他救吉爾貝爾?先前羅蘋總覺得,她好像一直存有這樣的想法。

「您已經向我發過誓了。」羅蘋趕忙說道:「您不該忘記,我們已經約定好了,與多布雷克之間的這場較量要聽我的指揮。您和他之間的任何協議,我堅決不同意。」

「現在,他人在哪兒我都不知道,就算我知道他在哪兒,能瞞得過您嗎?」克拉蕾絲憤憤不平地說。

這個回答並沒有說服力。不過羅蘋也不再堅持,心裡只想著,必要的時候得盯住她。現在,還有太多情況需要她告訴自己呢!於是羅蘋又問:「這麼說,你們還沒摸清多布雷克的情況?」

「沒有。不過,很明顯地,格羅那開了兩槍,至少有一槍擊中了他。因爲他逃走後第二天,我們在矮樹叢裡找到一條沾血的手帕。另外,還有人在奧馬爾火車站看到一個神色疲倦、步履艱難的男人。這個人買了一張去巴黎的火車票,後來就登上開往巴黎的首班火車……這就是我們所瞭解的全部情況。」

「他大概傷勢很重，躲在什麼地方療養吧！」羅蘋猜測地說：「也或者他認爲最好能待在什麼地方先躲個幾星期，躲一躲警方、達爾布菲克斯、您、我，以及他所有敵人的追蹤。」羅蘋停下來想了一會兒，繼續說道：「多布雷克逃走之後，摩特比爾那邊有什麼消息？當地人有沒有議論這件事？」

「沒有，第二天一早，那條繩子就被取下來了。這說明塞巴斯提亞尼和他的三個兒子當晚就發現多布雷克逃走了。第二天，塞巴斯提亞尼便出門，而且一整天都沒回家。」

「噢，他想必是給侯爵送信去了。侯爵那邊呢，他現在人在哪兒？」

「待在他自己家裡。根據格羅那的偵察，他家裡也沒發生任何可疑情況。」

「你們確定他沒到過多布雷克的公館？」

「肯定沒去。」

「多布雷克也沒回去過？」

「沒有。」

「您後來去見過普拉斯威爾了嗎？」

「普拉斯威爾正在休假，去外省旅行了。不過，他委派布朗松探長暫時負責此案，並特別交代在公館附近看守的警探，一有情況立刻彙報。這些底下人嚴格執行探長的命令，一刻也未放鬆對公館的監視，甚至連夜裡也守得很嚴密，輪流值班，而且多布雷克的書房也安排了人手在裡面值勤。所以，肯定沒人進去過。」

「這麼說，瓶塞應該還放在多布雷克的書房，沒被動過？」羅蘋推論著。

「如果多布雷克失蹤前瓶塞就在那裡，現在應該還在那兒。」

「而且就在他的辦公桌上。」

「在他的辦公桌上？您這麼說有何根據？」

「我早知道它就在那裡。」羅蘋回答。他並沒忘記塞巴斯提亞尼的話。

「這麼說，您知道瓶塞藏在哪兒？」

「不能十分確定。不過，辦公桌就那麼一點大，花不了二十分鐘就可以搜遍。如果有必要，我花十分鐘就能拆爛整張桌子。」

羅蘋和邁爾吉夫人談了一會兒，便感到非常疲倦。他不希望因身體不適而出任何差錯，便對克拉蕾絲說：「聽我說，請您再給我兩、三天休息時間。今天是三月四日星期一，後天，也就是星期三，最遲星期四，我就能下床活動了。請相信我，到時候我們一定會成功的。」

「那這幾天怎麼辦呢？」

「在這之前，您先回巴黎去，和格羅那、勒巴陸一起住進特羅卡得洛附近的弗蘭克林旅館，在那裡監視多布雷克的房子。您是能夠自由進出公館的，請警探務必提高警覺。」

「要是多布雷克回來了怎麼辦？」

「他回來的話就太好了，咱們就可以趁機抓他。」

「他要是不在房子裡逗留呢？」

「他要是不逗留，就讓格羅那、勒巴陸跟著他。」

「可是，他們萬一跟丟了怎麼辦？」

羅蘋沒有回答，就這麼待在旅館而不能動彈，眞令他感到萬分痛苦啊！自己無法親自加入指揮行動，眞令人著急啊！這種心情是別人沒法體會的。也許正是這份焦慮和內疚的心情使然，他的傷口才會遠超乎一般恢復時間，久久無法痊癒。

「我們還是先談到這兒吧，請求您，好嗎？」他只是有氣無力地說。

顯然隨著那可怕的最後日子日益接近，羅蘋與克拉蕾絲之間的關係似乎變得越來越緊張。邁爾吉夫人失去了理性，她似乎忘記，或說她刻意忘記是自己使兒子捲進安吉恩事件的。這會兒她卻一直強調，法庭之所以對吉爾貝爾這麼殘酷，並不僅因爲他是名罪犯，更主要的原因是——他是亞森・羅蘋的同夥。而羅蘋雖然全力以赴，使出渾身解數，但他又得到了什麼？他的努力，到底幫了吉爾貝爾什麼忙呢？

克拉蕾絲沉默了一會兒，站起身走出去，房裡只剩羅蘋一人。

第二天，羅蘋仍覺得身體很虛弱。而第三天就是星期三了。醫生囑咐他要再休息幾天，最好靜養到週末。羅蘋則問：「要是提早活動，會有什麼危險？」

「可能還會發燒。」

「除此之外，不會再有其他情況了？」

「不會，因爲傷口已經結痂了。」

「那就不管它了。如果我搭您的汽車一起離開，中午就可以到達巴黎了。」

羅蘋這麼急於動身趕到巴黎，是因爲他收到克拉蕾絲發來的一封信——「我們發現了多布雷克的行蹤……」同時，也由於他看到亞眠各大報紙紛紛報導，達爾布菲克斯侯爵因涉及運河醜聞而遭逮捕。這無疑說明多布雷克已開始了他的報復計畫。

既然多布雷克已經開始行動，這就說明侯爵並未能從多布雷克的辦公桌拿走名單，以躲開這場報復；也說明，聽從普拉斯威爾命令駐守在公館的布朗松探長及探員們，確實嚴格看守著多布雷克的家，這表示——水晶瓶塞還放在原處。另外，這也說明多布雷克沒有回家，很可能是因爲他的身體狀況還不允許他活動，也可能是他對藏東西之處很放心，所以不急著將它取走。

但不管怎麼說，現在必得趕緊行動了，要趕在多布雷克之前把水晶瓶塞拿到手。汽車穿過布隆尼森林，才剛到拉馬丹廣場附近，羅蘋就要醫生停車，他下車並向醫生道別。而依約前來的格羅那、勒巴陸則走到他的身邊。

「邁爾吉夫人呢？」

「她昨天就沒回來了，但她寄回一封快信，說她發現多布雷克搭乘一部汽車，離開了表親的家，她於是記下車號，並說會不斷把跟蹤的情況告訴我們。」

「後來呢？」

「後來就什麼消息也沒有了。」

「還有別的情況嗎？」

「還有。《巴黎午間報導》說，昨天夜裡，達爾布菲克斯侯爵在牢房用玻璃片割破血管，自殺了。據說他留下一封很長的遺書，這既是一封自白書，也是一封檢舉信。他承認自己的罪行，同時控訴多布雷克將他逼上死路，還揭發多布雷克在運河醜聞中扮演的卑劣角色。」

「還有其他什麼情況嗎？」

「有，這家報紙還報導，根據各種情況來看，赦免委員會在審閱安吉恩案件的全部資料後，很可能將吉爾貝爾和沃什瑞的赦免上訴一次駁回。星期五，總統將會接見兩人的律師。」

羅蘋又著急又吃驚。「事情怎麼進展得這麼快？」他說：「由此可知，多布雷克從逃出城堡的第一天起，便開始對這個腐敗的法庭施加了強大影響力。現在，只剩下短短不到一星期，斷頭臺上就要人頭落地了。噢，可憐的吉爾貝爾，後天，你的律師呈遞辯護狀給總統時，如果沒有附上那張二十七人名單，你就要沒命了。」

「我說，老大，您怎麼也沒了信心？」

「我嗎？別胡說了，一個小時後，我就會拿到水晶瓶塞。兩個小時後，我就會去見吉爾貝爾的律師，這場噩夢就會結束。」

「那太好了，老大，這才像您嘛。要我們在這兒等您嗎？」

「不必了，你們先回旅館，我待會兒去找你們。」

說完，他們就各自離開了。而羅蘋則直奔公館花園的鐵柵欄門，然後按了一下門鈴。出來開門的是一名警探，此人認出了他：「您是尼柯爾先生？」

「對，是我，」他說：「布朗松探長在嗎？」

「在。」

「可以和他談談嗎？」

警探將他領到多布雷克的書房，探長熱情地迎上前來。

「尼柯爾先生，我奉命聽候您的指示。今天能見到您，不勝榮幸。」

「有何榮幸，探長先生？」

「因爲今天情況不尋常。」

「怎麼？有什麼重要的事？」

「相當重要。」

「那就請快說吧。」

「多布雷克回來了。」

「啊，什麼？」羅蘋叫了起來：「他現在還在裡面？」

「不，他又走了。」

「他進了這間書房嗎？」

「進來過。」

「什麼時候？」

「今天早上。」

「您沒有攔住他？」

「您說，我憑哪一條法律這麼做？」

「您讓他單獨留在這裡？」

「他的態度十分強硬，我們毫無辦法，只好讓他單獨待下。」

多布雷克把水晶瓶塞取走了！羅蘋的臉色一慘。他沉默不語，心裡卻不住唸道：「他把水晶瓶塞取走了……上帝啊，他怕別人來拿，所以先下手爲強，眞是該死。」

這本來就是理所當然的。達爾布菲克斯被捕了，達爾布菲克斯既當了被告，又主動控告他多布雷克，他當然不會等閒視之，一定要自保。但這場廝殺對多布雷克來說仍是相當艱難的。這個讓人充滿迷惑的幽靈在外遊蕩了這麼久，現在公眾終於知道，製造二十七人悲劇，將他們搞得身敗名裂、傾家蕩產的魔鬼，原來就是他多布雷克！在這種局面下，如果他的護身符突然消失，無法再當他的守護神，他就會徹底完蛋！此時不取，更待何時？

「他在這裡待了很久嗎？」羅蘋盡力讓自己冷靜下來，問道。

「大約只有二十秒。」

「什麼，只有二十秒，就這麼一點時間？」

「就這麼一點時間。」

「當時是幾點？」

「十點。」

「他當時有可能知道達爾布菲克斯侯爵自殺了嗎？」

「應該知道。我發現他衣服口袋裡有一張《巴黎午間報導》的特刊。」

「果然不出我所料。」羅蘋喃喃自語。接著，他搓手問道：「多布雷克可能還會回來，普拉斯威爾先生有沒有給你們什麼特別指示？」

「沒有。爲了多布雷克突然現身這件事，我還特地打電話請示警察總署，可是普拉斯威爾先生度假去了，我只好繼續等待答覆。多布雷克議員的失蹤事件轟動各界，您想必也很清楚。所以只要他不露面，我們就在這裡看守，這種處理相信輿論會接受；但如今多布雷克回來了，這表明他既沒被人綁架，也沒死，現在我們還有什麼理由繼續留在這裡呢？」

「這些都無關緊要了，」羅蘋心不在焉地說：「如今這房子留不留人看守都無關緊要了！多布雷克已經回來了，這說明瓶塞已經不在了……」羅蘋話還沒說完，便下意識想到一個問題——既然瓶塞已經不在了，能不能從某種跡象看出來呢，瓶塞一定是被藏在一個什麼東西裡，被取走後，會不會留下什麼痕跡，桌上會不會少了什麼東西呢？

這推論理所當然。畢竟，羅蘋從塞巴斯提亞尼的那句玩笑話中，已經知道水晶瓶塞就放在桌上。所以他只要檢查一下那張桌子就行了。藏瓶塞的地方一定不會太複雜，因爲多布雷克只待了二十秒鐘，不就是一進一出的工夫罷了。

羅蘋往桌上掃了一眼，立刻看出蹊蹺之處。桌上的每件東西，他都清楚記得它們的位置，因此無論少了哪一件他都能立刻加以辨識，好似這件東西正是這張桌子與其他桌子的差別所在。

「噢，」他感嘆道：「這下一切都清楚了，一切的一切……在摩特比爾的審訊間被逼供時，多布雷克供出的那個『瑪麗』……啊，我全弄懂了，用不著再絞盡腦汁苦思，我全明白了。」

現在，羅蘋再沒有心思回答探長的提問，他不住地想著——藏瓶塞的地方居然那麼簡單！這使他想起了艾德格·愛倫坡寫的那個動人心魄的故事，說的是一封信被人偷走了，人們到處遍尋不著，結果那封信其實就藏在大家的眼皮底下，因爲人們通常不太注意那些顯露於外的線索①。

「唉，我還眞倒楣。」走出公館時，羅蘋心裡嘆道，剛才的發現使他感觸良多：「一切眞令人失望，自始至終的所有努力如今灰飛煙滅、毫無意義，所有贏來的局面就這麼毀於一旦。」可是羅蘋並未喪失信心，因爲他不僅知道了議員藏瓶塞的方法，而且在克拉蕾絲·邁爾吉的協助下，他會找到多布雷克的。剩下的對他來說，就是小事一樁了。

格羅那、勒巴陸在弗蘭克林旅館的門廳等他，這是一家很小的家庭旅館，就在特羅卡得洛附近。羅蘋回來時，邁爾吉夫人還是沒有來信。「不用著急！」羅蘋安慰地說：「我們不用替她擔心，不弄個一清二楚，她絕不會放鬆對多布雷克的跟蹤。」

但就這麼一直等到傍晚，羅蘋也開始坐立不安，心急如焚。現在，一場新的較量已經拉開。他希望這是最後一役，可是分秒的拖延都會貽誤整個先機。如果多布雷克發現邁爾吉夫人在跟蹤他，然後把她甩掉，他們將如何再尋多布雷克的蹤跡呢？事到如今，如果再有失誤，便再也沒有幾星期時間能耽擱了，現在只剩下幾天、或幾十個小時的最後努力了。

焦急之中，羅蘋看到旅館老闆走了過來，便上前叫住他，問道：「您一直沒收到信嗎？寫給我這兩位朋友的信？」

「還沒有，先生。」

「那麼寫給尼柯爾先生的信呢？」

「沒有。」

「奇怪，」羅蘋小聲地說：「我想，奧德蘭夫人該來信了，那是克拉蕾絲在旅館登記時用的名字。」

「噢，這位夫人剛才回來過。」旅館老闆大聲說道。

「您說什麼？」

「她剛才回來過，因爲這兩位先生不在，她就在房裡留了一封信。侍者沒告訴你們嗎？」

羅蘋和他的兩個同伴急忙跑上樓去。房間的桌上果然擺著一封信。

「瞧，信已經被人拆開了。」羅蘋嚷叫道：「這是怎麼回事？而且好幾個地方都被剪掉了。」

信中寫道——

多布雷克本週都住在中央旅館。今天早上他要人把行李搬到○○車站，並打電話訂了一張去○○的臥舖車票。開車時間不詳，我將整個下午都守在車站。你們三人儘快趕到與我會合，綁架事宜到時再商量。

「這到底是怎麼回事？」勒巴陸感到很納悶：「在哪個車站？臥舖車票是買到哪一站？關鍵字正好被剪掉了。」

「就是啊。」格羅那隨聲附和：「每個地名上面都剪了一刀，把最有用的字剪掉了。她一定是瘋了，邁爾吉夫人難道是急瘋了？」

羅蘋也感到不解，他的太陽穴不住地劇烈跳動，便兩手握拳用力撫住。他又開始發燒了，而且燒得不輕，體溫很高。他這是在用自己的毅力和傷口進行搏鬥，雖然知道體內這個敵人很難對付，他還是得抑制自己的病情，否則迎接他的必定是無法挽回的敗局。

「多布雷克一定來過這裡。」羅蘋冷靜下來，低聲說。

「多布雷克？」

「你能想像邁爾吉夫人會親自剪掉這些字嗎？這太荒謬了，一定是多布雷克來過了。邁爾吉夫人自以為在跟蹤他，但事實恰恰相反，她受到了他的監視。」

「這是怎麼回事？」

「我想，旅館侍者有問題。他沒有把邁爾吉夫人回旅館的事告訴我們，卻向多布雷克告密。於是多布雷克立刻趕到這裡，看到了這封信。為了嘲弄我們，他把關鍵字都剪掉了。」

「是真是假，我們一查便知。只要問問那個侍……」

「沒有意義了！既然我們已經知道他來過了，幹嘛還要去打聽他是怎麼來的？」

羅蘋把信翻來翻去，又看了好幾遍，然後抬起頭來說：「咱們走吧。」

「去哪兒？」

「去里昂車站。」

「您有把握？」

「和多布雷克打交道，很難說有十足把握。不過，根據信的內容，我們只能在巴黎北站和里昂車站之中選一個。我覺得，從多布雷克的聯繫、興趣、健康狀況來分析，他很可能會去馬賽和蔚藍海岸，而不大可能去法國東部。」

羅蘋一行離開弗蘭克林旅館時，已近晚上七點。他們駕車飛馳，穿越巴黎市區，來到里昂車站。可是找了一圈，車站內外、候車室、月臺上，都沒見到克拉蕾絲・邁爾吉的身影。

「怎麼辦……到底該怎麼辦……」羅蘋不住地咕噥：「事情怎麼會這麼不順利……」羅蘋越來越不耐煩，既然多布雷克訂了一張臥鋪票，那就一定是夜車，可是現在才七點多啊！」

這時正好有一列夜間快車就要開車了，他們趕緊跳上車，可是在臥鋪車廂通道來回尋找仍然遍尋不著。既不見邁爾吉夫人，也沒有多布雷克。羅蘋一行下了車，正當他們覺得毫無希望而打算離開時，一名搬運工人在車站餐廳攔下了三人。

「請問，你們幾位先生之中有沒有人叫勒巴陸？」

「有、有，我就是。」羅蘋回答：「快說，您有什麼事？」

「噢，您就是？先生，剛才有位夫人對我說，你們可能是三個人，也可能是兩個人。所以，我也搞不清楚……」

「該死，您快點說吧，是哪位夫人？」

「那位夫人，她在人行道上等了整整一天……」

「還有呢？快說呀，她已經坐上火車走了嗎？」

「是的，她坐的是晚間六點的豪華列車。噢，列車快開時她才決定讓我帶口信給你們，她還要我告訴您，那位先生也在這趟車上，他們去蒙地卡羅了。」

「噢，該死！」羅蘋罵道：「早知如此，咱們應該搭乘剛剛開走的那班快車。現在只好坐晚班車了，可是這車速太慢，得耗費三個多小時。」

候車的這幾個小時眞是難熬。他們訂了車票，然後打電話給弗蘭克林旅館的老闆，請他幫忙把信轉到蒙地卡羅。吃過晚飯，三人坐下來看報打發時間，直到晚間九點半，火車終於開動了。

如今情勢急轉直下，變得相當戲劇化，羅蘋在這緊急關頭不得不離開巴黎，前往陌生之地進行新的冒險。他的前途未卜，不知該如何戰勝這有史以來最可怕狡猾的敵人。而現在距離吉爾貝爾和沃什瑞被處決，只剩下四、五天了。

這一夜羅蘋輾轉反側，他越細細研究，越覺得毫無把握。一切似乎又回到了雜亂無章、吉凶難斷的原點，往前看，前景晦暗，似乎無從下手。他已經弄清了水晶瓶塞的祕密，可是萬一多布雷克改變主意怎麼辦？或是他早已改變主意？要如何得知二十七人名單還放在水晶瓶塞裡呢？而這瓶塞還放在多布雷克原來藏它的那件東西裡面嗎？

還有一件事令羅蘋十分擔憂，那就是克拉蕾絲・邁爾吉自以爲在跟蹤監視多布雷克，實際上卻受到多布雷克的監視。這傢伙用這麼卑劣的手段讓她跟蹤自己，爲的是要引她掉入自己設定好的處境，讓她插翅難飛。

多布雷克的邪惡目的昭然若揭，而羅蘋也知道這可憐女人的心情始終搖擺不定。克拉蕾絲很可能會接受多布雷克提出的可恥條件，格羅那、勒巴陸已明確向他透露這一點。在這種情況下，他羅蘋到底還有沒有取勝的機會呢？在多布雷克的威力脅迫下，克拉蕾絲這麼做是完全符合邏輯的——爲拯救自己的兒子，母親犧牲自己，丟掉一切顧慮，丟掉對多布雷克的厭惡憎恨，甚至丟掉自己身爲女人的名譽。

「啊，這無賴！」羅蘋氣得牙齒咬得咯咯響：「有朝一日讓我抓到你，非讓你嘗嘗我的厲害不可，到了那一天，我絕對不會手軟的！」

下午三點他們到達蒙地卡羅。羅蘋並未在月臺上見到克拉蕾絲，他大感失望。他打算等待一會兒，但也沒人送信過來。他詢問車站的工作人員和驗票員，都說旅客之中沒見過與多布雷克或克拉蕾絲相像的人。他們只好前往這個大公國的各家旅館和膳宿公寓到處尋找。許多寶貴的時間就這麼白白浪費掉了。到了第二天晚上，羅蘋才確認多布雷克和克拉蕾絲必定不在蒙地卡羅，不在阿依角，不在杜爾比，也不在馬丹角，總之，根本就不在摩納哥。

「這究竟是怎麼回事、怎麼回事？」羅蘋氣得渾身發抖。

最後，到了星期六晚上，在郵局留局自取處，羅蘋見到一封弗蘭克林旅館老闆轉來的電報，內容如下——

「他在坎城下車，換車去義大利的聖萊摩，下榻在使節大旅館。　克拉蕾絲」

電報是克拉蕾絲前一天發到巴黎的。「該死！」羅蘋罵道：「原來他們只是取道蒙地卡羅，咱們要是留一個人在車站監視就好了。我本來也想到了這一點，可是車站人多擁擠，我就……」

羅蘋一行立即跳上首班開往義大利的火車。中午十二點他們越過了國境。十二點四十分，他們到達聖萊摩火車站。到站後，羅蘋很快就發現有一名帽子飾帶上寫著「使節大旅館」的侍者，好像在過往的旅客中尋找著什麼人。

「您是在找勒巴陸先生嗎？」羅蘋走近詢問。

「是的，我在找勒巴陸先生，還有另外兩位先生……」

「您是受一位夫人之託而來，是嗎？」

「對，是邁爾吉夫人。」

「她就住在您工作的旅館裡？」

「不，她根本就沒下火車。她要我走近她乘坐的車廂，然後將你們三位先生的相貌特徵告訴我，並對我說：『請告訴他們，我們會去義大利的熱那亞，住在大陸旅館。』」

「當時沒人和她同行，是嗎？」

「是的。」

羅蘋付了侍者一點小費，打發他走了。然後他轉身對自己的同伴說：「今天是星期六，如果處決定在星期一，那我們就無計可施了。不過，星期一不大可能……所以，我必須在今晚抓到多布雷克，並在星期一帶著名單趕回巴黎。這是最後的希望了，咱們無論如何一定要成功。」

格羅那到售票處買了三張開往熱那亞的火車票。火車汽笛響了。可是羅蘋突然猶豫起來。「不對，這麼做實在太愚蠢了，咱們現在究竟在做什麼？我們應該留在巴黎才對。等等、等等，讓我再好好想想……」

想及此，羅蘋準備打開車門往外跳，可是卻一把被同伴們拉了回來，火車已經開動，他不得不坐下來。他們就這樣如同無頭蒼蠅般一路南下，漫無目標地捕風捉影，而現在距離吉爾貝爾和沃什瑞被處決，只有兩天時間了……

譯註：

①艾德格・愛倫坡（Edgar Allan Poe，一八〇九～一八四九），十九世紀美國詩人、小說家和文學評論家，撰寫偵探小說的鼻祖。這一段話是指〈被竊之信〉（The Purloined Letter）這個故事。

chapter 10

勝利香檳

美麗的尼斯城邊群山環繞，芒特卡山谷與聖希爾威斯特山谷交會處的山峰上，矗立著一座富麗堂皇的旅館，從那裡可以眺望尼斯全城，以及迷人的天使海灣。旅館擠滿了來自世界各地、各式各樣階層與民族的遊客。

星期六，羅蘋三人進入義大利境內的當晚，克拉蕾絲就下榻在這家旅館。她要了一間朝南的房間，特意選中了一樓的一三〇號房。這個房間早上才剛空下。一三〇號房與一二九號房之間隔著雙層門。克拉蕾絲待旅館人員離開，隨即拉開幃幔，拉開第一道門的門栓，把門拉開，附耳貼在第二道門上仔細聆聽。

「他就在裡面，」她心想：「正在換衣服，肯定是準備去俱樂部，和昨天一樣。」

她一直等到隔壁房間的旅客出門後，來到走廊，左右張望，見四下無人，趕緊走到一二九號房的門前。門是鎖著的。她一整晚都在等待隔壁鄰居回來，直到凌晨兩點才睡著。星期天一大早，她又側耳傾聽隔壁房間的動靜。這天早上十一點，那位鄰居又出門了，這一次他竟然把鑰匙忘在門上。克拉蕾絲急忙上前轉動鑰匙，門打開了。她毫不猶豫，果斷闖了進去。只見她走到隔著兩個房間的那道門前，撩開幃幔，拉開門栓，然後又回到自己的房間。

過了一會兒，她聽見兩名女僕進入隔壁房間打掃。她耐著性子等她們完工，確認自己不會再受到任何人干擾，便溜了進去。克拉蕾絲十分緊張，心跳得厲害，她趕緊靠在一把椅子旁，平穩情緒。經過多少日夜的苦苦追逐，經歷多少次的希望和失望，今天她終於又進入多布雷克的房間，終於又可以從容不迫地進行搜查了。即便找不到那個水晶瓶塞，她總可以藏在兩道門之間，或躲在幃幔後面窺視多布雷克的一舉一動，以便發現他的祕密。

她開始在房間裡四處尋找。突然，一個旅行袋引起了她的注意，她打開看了看，結果卻令人失望。她又打開一只箱子和一個手提包的夾層，翻了翻，什麼也沒有。接著，又翻遍衣櫃、書櫃、盥洗室、掛鐘，以及所有的家具，結果還是什麼也沒找到。這時，她突然看到陽臺上有一張紙，好像是誰無意間扔在那兒的，可是克拉蕾絲心有遲疑。

「這會不會又是多布雷克的鬼點子？」她心裡暗想：「這張紙裡面會不會……？」

「不會的。」她走上前去，剛要拉開陽臺落地窗的長插銷，身後突然傳來說話聲。

她轉過身，眼前赫然站著多布雷克。多布雷克突然出現，克拉蕾絲卻並不感到驚訝，也不覺得害怕，甚至不感到拘束。數個月來，她歷盡艱辛和折磨，現在自己在搜查時被當場捉住，無論多布雷克怎樣處置，她全都不在乎了。她只覺渾身無力，便坐了下來。

這時，多布雷克用嘲弄的語氣說：「不對，您還是沒找對，我的朋友。用孩子們的話來說便是——您還是沒猜中，還差得遠呢！我的朋友，其實容易得很，要我幫您一下嗎，它就在您的身旁，就在這張小圓桌上，眞的。哎呀，不過這桌上沒什麼東西呢，不過是一些讀的文件、寫的資料，吃的食物、抽的菸絲……您想來片果乾嗎？或是您更樂意品嘗我爲您預訂的美味餐點？」

克拉蕾絲無心回答。她好像根本就沒在聽對方說些什麼，又好像在等他說出更不堪入耳的話。可是他沒有，只是把圓桌的東西統統收到壁爐上，然後按鈴。侍者走了進來。多布雷克對他說：

「我訂的午餐準備好了嗎？」

「準備好了，先生。」

「準備了兩套餐具？」

「是的，先生。」

「有香檳嗎？」

「有，先生。」

「有甘辛口感的香檳嗎？」

「有的，先生。」

這時另一名侍者端著托盤走進來，果然在桌上擺了兩套餐具。外加開胃菜和水果，旁邊一小桶冰塊中還插放著一瓶香檳。兩名侍者忙完後又退了出去。

「請用餐，我親愛的朋友。您看，我早就想著您了，所以把您的餐具都準備好了。」他似乎根本沒注意到克拉蕾絲對他的蔑視，便自己坐下來動起刀叉，一邊自言自語說道：「老實說，我一直都希望您能同意坐下來，和我進行一次像這樣的單獨談話。一個星期以來，您都在殷切地注意著我。於是我心裡叨唸：『嗯，她喜歡喝什麼樣的香檳呢？口感偏甜的，還是不那麼甜的，或者是甘辛口感的？』說實話，我眞的拿不定主意。自從您離開巴黎後，我就沒了您的消息。我眞擔心您失去了我的線索，繼而放棄對我的跟蹤，可是您知道嗎，您一路跟著我，我眞是深感榮幸。每當獨自散步時，我心裡總想著您，想著您那雙在灰髮下閃爍著光芒的黑眼睛，即使從裡面看見的只有恨。今天早晨我終於放心了，隔壁房間的人搬走了，我的朋友克拉蕾絲可以住進來了，就睡在……怎麼說？就睡在我的枕邊不遠。從這時起我的心便踏實了。在回來的路上，我就想，一定能碰上您，您一定正按照自己的心思，按照您獨特的審美觀爲我整頓房間呢。於是我改變了主意，不去餐廳用餐，而是訂了兩份午餐，一份給我，您忠實的奴僕，另一份則給他那位美麗的朋友。」

聽了多布雷克這番話，克拉蕾絲心裡不知有多害怕。原來這傢伙早就知道自己在監視他。不消說，這七、八天來，她一直被他捉弄，他對她的所有舉動竟如此瞭若指掌。

「全都是您一手設計的，是嗎？您離開巴黎就是爲了引我就範，是嗎？」克拉蕾絲惶恐不安地低聲說道。

「是的。」多布雷克毫不掩飾，坦白承認。

「但這是爲什麼？爲什麼？」

「這還用問嗎？我親愛的朋友。」多布雷克嘶啞地笑著說。

克拉蕾絲被這笑聲激怒了，她憤憤地從椅子上前傾，直瞪著多布雷克，眞想再次舉槍殺了這無賴。她絕對有勇氣這麼做，而且她馬上就要這麼做了。只需一槍，這張讓人厭惡的臉孔就會變得四分五裂。只見她慢慢把手伸進襯衫裡，握住藏在懷中的槍。

「等一等，我親愛的朋友……您先別著急，請先看看我剛收到的這封電報吧。」多布雷克卻不慌不忙地說道。

克拉蕾絲猶豫了，她不知道這傢伙又要耍什麼伎倆。只見他眞的從口袋掏出一張藍色紙片。

「這關係到您兒子的生死。」

「吉爾貝爾？」克拉蕾絲一聽，驚恐地問。

「沒錯，吉爾貝爾……您拿去看看吧。」

克拉蕾絲發出一聲絕望的慘叫，原來電報上寫著——「星期二執行處決。」

緊接著，克拉蕾絲向多布雷克撲過去，一邊叫道：「這不是眞的，您在騙我，爲了嚇唬我。

噢，我知道您的心眼有多壞，您是什麼壞事都做得出來的！請快告訴我眞相吧，不是星期二，是嗎？還有兩天呢，不、不，我告訴您，我們還有四天，甚至五天的時間可以救他，您快說實話呀！」由於情緒太過激動，此時克拉蕾絲沒了力氣，她再也說不出話來，喉嚨淨發出些咕嚕聲。

多布雷克看看她，然後自己倒了一杯香檳，一口飲下，接著在房裡來回踱著步，最後停在她身邊說道：「請妳聽我說，克拉蕾絲……」

他居然用「妳」來稱呼她！這種放肆的行爲使克拉蕾絲氣得渾身發抖。她憤怒地站起身，上氣不接下氣地說：「我不允許您……我不允許您用這種語氣和我說話，這是對我的侮辱，我絕不能容忍……你這無賴！」

可是他卻聳聳肩，滿不在乎地說：「好了，我看您現在頭腦還沒完全清醒過來。我想，您對某人的幫助一定還抱有幻想。您是在指望普拉斯威爾，那個自命不凡的普拉斯威爾，那位堅定不移的盟友……您選錯了人吧，我的朋友。難道您不知道，普拉斯威爾是也被牽扯進運河醜聞？也就是說，他的名字雖然不在二十七人名單上，但名單上有他的一個朋友——前議員沃朗格拉德的名字。但是呢，斯坦尼斯拉斯・沃朗格拉德也只不過是普拉斯威爾的傀儡，我還不打算動這個可憐蟲，而這當然是有原因的。其實我本來不知道這些情況，可是今天早晨突然有人寫給我一封信，說有一批文件可以證明普拉斯威爾介入了運河事件。您知道這信是誰寫來的嗎？沒錯，正是沃朗格拉德本人。沃朗格拉德再也混不下去了，想以此勒索普拉斯威爾一筆，所以他甘冒被抓的危險，一心要跟我合作。這一來，普拉斯威爾的好日子就過完了，哈哈，這下子，有他好受的了。我向您保證，他這次算是徹底完了。這壞蛋，該死，從你開始給我搗蛋的那天起，我就發過誓，噢，普拉斯威爾，我的夥計，你也有今天！」

多布雷克終於能再次進行他的報復，他高興得眉飛色舞，搓著雙手繼續說道：「我說，克拉蕾絲，他這麼一條落水狗還能給妳什麼指望？可是除了他，我們還有誰？妳還想抓住哪根救命稻草呢？噢，妳瞧，如果不說，我都忘記了，還有我們的亞森．羅蘋先生呢！還有格羅那先生和勒巴陸先生！沒辦法，我們不得不承認這幾位先生實在不怎麼高明，他們雖然勇氣可嘉，可是對我的計畫絲毫不構成威脅。這可不能怪我，這三個人自命不凡，自以爲天下無敵，但碰上我這個無所畏懼的人，他們就全洩了底。他們做的蠢事一樁接一樁，還自以爲在施行什麼妙計能把我打敗，不過是一群乳臭未乾的娃娃罷了。不過，既然您對這個羅蘋還抱有幻想，還指望這個可憐蟲來打敗我，還想創造某種奇蹟拯救無辜的吉爾貝爾，那麼好吧，您就繼續等吧！噢，羅蘋，我的天，她竟把命運都交給了你，她竟把最後一線希望寄託在羅蘋身上。可憐的羅蘋，等我剝了你的皮，你這不堪一擊的紙老虎。」

說完，多布雷克拿起電話：「小姐，我這裡是一二九號房，請您通知站在辦公室對面的那位先生上來一趟。喂，對，小姐，就是戴著灰色軟帽的那位先生。他立刻就來？好的，謝謝，小姐。」

多布雷克掛斷電話，轉身對克拉蕾絲說：「您不用擔心，這位先生辦事很謹慎，效率好，他的行事原則就是——謹慎超效。他早先是警察總局的探員，後來爲我出力。他幫了我許多忙，其中一個大忙就是，在妳跟蹤我時，監視妳的一舉一動。不過，自從妳來到法國南部之後，他就不再跟著妳，而被我派去做其他的事。請進來吧，雅各賓。」多布雷克親自上前開門，一個身材矮小、蓄著棕色鬍鬚的人走了進來。

「雅各賓，請向這位夫人簡報一下你從星期三晚上以來的活動。從那天晚上說起吧，那天晚上在里昂車站，你把這位夫人送上我乘坐的那一列往南豪華列車之後，你就留在月臺上。當然，我只要你說說與這位夫人有關、與你的任務有關的情況。」

雅各賓一聽，從上衣口袋拿出一本小冊，翻開後以簡報語氣唸道——

「星期三晚間七點十五分，里昂車站。我在等格羅那先生和勒巴陸先生，這兩人後來和另外一位我不認識的先生一起來到車站。此人應該就是尼柯爾先生。我花了十法郎，從一名車站搬運工那兒借來一套工作服和一頂帽子，然後我走上前去對這幾位先生說，有一位夫人要我轉告他們，說她去了蒙地卡羅。之後，我打電話通知弗蘭克林旅館的那名侍者，告訴他凡是寄給旅館老闆、以及由老闆往外轉出的電報都務必過目，必要的話扣留它們。

「星期四，蒙地卡羅。這三位先生走訪了所有旅店。

「星期五，我快速遊覽了杜爾比、阿依角和馬丹角。這天，我接到多布雷克先生打來的電話，說爲了保險起見，最好把那幾位先生送去義大利。於是，我吩咐弗蘭克林旅館的侍者發一份電報給他們，告訴他們去聖萊摩。

「星期六，聖萊摩火車站月臺。我又花了十法郎向使節大旅館的門房借來一套制服。三位先生下車後，我立刻迎上前去，聲稱一位叫邁爾吉夫人的旅客要我轉告，她將前往熱那亞，並下榻大陸旅館。這三人有些猶豫不決，尼柯爾先生還打算下車，可是卻被另外兩人拉住。火車開走了，我祝他們一路順風。一小時之後，我就登上一列開往法國的火車，後來在尼斯下車等候新的命令。」

雅各賓唸完後，將冊子合上說道：「簡報完畢。今天的活動要到晚上才會做記錄。」

「雅各賓，你現在就可以做記錄——『中午，多布雷克先生派我去火車站訂兩張兩點四十八分開往巴黎的臥舖車票。車票以快遞寄給多布雷克先生，然後我搭乘十二點五十八分的火車趕往范蒂米爾邊境火車站，待在那兒持續觀察入境旅客的情況。若發現尼柯爾先生、格羅那先生、勒巴陸先生打算從那裡轉車至尼斯，然後回巴黎，我就立刻打電話通知巴黎的警察總署，說羅蘋一夥乘坐○○車次火車……』」

多布雷克說完，就把雅各賓送出門。接著他關門，上了鎖，又插了門栓，最後來到克拉蕾絲身邊說：「好了，現在請妳聽我說，克拉蕾絲……」

這一次，她再也無力反抗了。面對一個如此強大、狡猾、洞察一切、輕鬆擊敗所有對手的敵人，她一個孤身女人還能做些什麼呢？如果說，她剛才還把希望全部寄託在羅蘋身上，那麼此刻得知他們正在義大利漫無目的地亂轉，她還能指望羅蘋些什麼呢？此時她終於弄清何以自己發到弗蘭克林旅館的三封電報均毫無音信。原來多布雷克早就在暗中監視她，逐漸孤立她，隔離她與同伴們，一步步降服她，讓她成爲他的俘虜，最後把她引到這間屋子來。她感到非常無助，只能聽憑這個惡棍的擺布，她無話可說，聽天由命。

對方則懷著惡毒的滿足感，不斷地說：「聽我說，克拉蕾絲，不要再和我討價還價了。現在是中午，最後一趟火車是下午兩點四十八分，明白嗎？如果要我在星期一趕回巴黎，及時救出吉爾貝爾，這可是最後一班火車了。豪華列車早已客滿，因此我必須乘兩點四十八分的火車出發……走與不走？這全在妳。」

「走。」

「我們倆的臥鋪車票都訂好了。妳跟我一起走？」

「是的。」

「妳明白我的條件吧？」

「再明白不過。」

「那麼妳同意了？」

「是的。」

「這回妳願意做我的妻子？」

「願意。」

噢，這是多麼可怕的回答啊！這個不幸的女人已經徹底絕望了，她回答問題時毫無表情，她已經麻木了。她根本不敢去想自己都答應了些什麼。隨他去吧，讓他先把吉爾貝爾從絞架上救下來，至少這樣自己就能擺脫那日夜折磨她的血淋淋噩夢……至於以後，聽天由命吧。

此時多布雷克狂笑不已：「啊，妳這狡猾的女人，瞧妳答應得多爽快，妳準備接受我所有的條件了？噢，最要緊的是救出吉爾貝爾，是不是？然後，當天真的多布雷克送上訂婚戒指時，她就會一棒把他打死，再嘲弄他一番。算了，我看，還是少空談吧！我不要什麼空洞的諾言，我要的是兌現，我要妳馬上就兌現。」

於是他坐到她身邊，明確地說：「請妳聽聽我的建議吧，我是說這整件事情，現在要做什麼，將來又該做什麼。我要他們做的，或者說我命令他們做的，不是赦免，只是緩刑，死刑延後執行，先緩上三、四個星期。他們要找什麼藉口我都不管，等到邁爾吉夫人變成多布雷克夫人，只有到了那時候，我才會要求徹底特赦，要求改變判決。這點請妳放心，我的任何要求他們都會滿足我的。」

「好吧……我不反對……」她喃喃地說。

可是他又笑了起來：「好吧，妳不反對，是嗎？如果這麼做，就得再多等一個月時間，而在這之前妳還可以想出一些花招，還可以指望得到什麼人的幫助，像是亞森・羅蘋先生……」

「我用我兒子的腦袋擔保……」

「用妳兒子的腦袋！我可憐的朋友，爲了這個腦袋，妳寧願任憑宰割……」

「噢，是的！」她渾身顫抖低聲地說：「爲了吉爾貝爾，我寧願出賣自己的靈魂！」

他靠近她，輕輕地說：「克拉蕾絲，我要的不是妳的靈魂。廿多年來，我對妳的感情絲毫沒變過，我只鍾情於妳一個女人。妳恨我、討厭我，這些我都不在乎，但請妳不要再排斥我了，妳還要我再等到什麼時候？要我再等一個月？噢，不，克拉蕾絲，我已經等太久了……」

說完，他大膽去摸她的手。克拉蕾絲無法掩飾對他的厭惡，他不禁發起火來，大聲叫道：「噢，我敢向上帝發誓，我的美人，那些劊子手去抓妳兒子的腦袋時，是不可能這麼一片柔情的，妳卻根本不打算領情，妳還是再好好想想吧。再不到四十個小時，我剛才所說的就要變成現實了，就四十個小時，多一分鐘也沒有。妳卻還在猶豫，還在瞻前顧後，妳兒子的生命岌岌可危，妳卻還在瞻前顧後。得了，別再流淚了，這個時候如果感情用事，可就太不明智了，正視現實吧，我親愛的克拉蕾絲，照妳剛才許下的諾言，妳將成爲我的妻子，那麼從現在起就做我的未婚妻吧。克拉蕾絲、克拉蕾絲，讓我吻吻妳的嘴唇……」

她想伸出手阻止他，但她的手是那樣軟弱無力。多布雷克則毫不掩飾、厚顏無恥地繼續往下說，他的話語充滿野獸般的殘忍和狂妄：「救救妳兒子吧，想想，後天清晨，他將會被送去進行最後的洗禮，然後襯衫領子被剪開，頭髮要剪掉，最後……克拉蕾絲、克拉蕾絲，我會救他的，妳放心，我的整個生命都屬於妳，克拉蕾絲。」

她停止反抗，一切都結束了。這個惡棍的嘴唇就要貼近她的嘴唇了。事情只能如此，再也無法挽回。現在，她只能認命，命運如此，還有必要反抗嗎？她知道，從一開始她就知道。於是她閉上眼睛，不讓自己去看眼前這張醜陋而無恥的面孔，心裡默唸著：「兒子……我可憐的兒子……」

可是幾秒鐘、十幾秒鐘過去了，也許有二十秒了，多布雷克卻並沒有湊上來，而且他也未發一語。這突然的沉默，這異常的平靜，使克拉蕾絲感到很詫異，難道是這個惡棍在最後一刻突然良心發現？

她睜開眼睛。

眼前的情景立刻嚇住她。她原以爲會看到一張猙獰的面孔，但此刻出現在她面前的這張臉毫無生氣，且由於極度驚恐而徹底扭曲，方才的得意洋洋現在完全不見了。雙層鏡片後面的那雙眼睛似乎望著上方，看著她的背後。

克拉蕾絲轉過身，她看到椅子右上方，兩支槍正對準多布雷克。兩隻大手緊握兩支大口徑手槍，她就看到這些，以及面前多布雷克那張因恐懼而失去血色的臉。與此同時，多布雷克背後突然蹦出一個人，一手圈住他的脖子，一手猛然一拳將他打倒在地，一團棉花塞進了他的口鼻，這團棉花散發出麻醉劑般的氣味。

克拉蕾絲認出了尼柯爾先生。

「幫我一下，格羅那！」他喊道：「幫我一下，勒巴陸！現在用不著手槍了，我已經逮住他了，他現在是一團軟棉花了，把他給我牢牢捆起來！」

多布雷克像個斷線的木偶，腰往下彎，癱了下去。在麻醉劑的效用下，這隻可怕的野獸倏然昏倒在地，再也別想傷人了，他的模樣可笑極了。格羅那、勒巴路先找來一床被子將他裹起，然後牢牢地綁了起來。

「好了、好了。」羅蘋說著，不由自主地跳了起來，他實在是太高興了。

羅蘋在房間裡亂蹦亂跳，又是康康舞和瑪琪希舞①，又是阿拉伯雜耍藝人的飛快旋轉，又是馬戲團小丑的擠眉弄眼，以及醉鬼般的跌跌撞撞。他還像雜耍班演出似的報著幕——「囚犯踢踏舞。俘虜恰恰舞。踩在民意代表屍體上的自由舞。吸了麻醉劑的波爾卡舞。戴著雙層眼鏡的手下敗將波士頓舞。嘿、嘿，還有勒索大師的西班牙舞。接下來是奧地利的蒂羅爾舞。來來來，啦啦啦，前進啊，祖國的兒女們！碰恰恰，碰恰恰……」②

羅蘋原本頑皮的天性，幾個月來一直被焦慮不安和連番挫折壓抑下來，如今卻像火山爆發一樣迸發出來。他放聲大笑，激動萬分，像孩子般吵嚷表達著難以言說的喜悅。他跳了兩下之後，又在房間裡轉來轉去地翻觔斗。然後，他右手插腰，一隻腳踏在多布雷克一動也不動的軀體上。

「眞是一幅美妙的畫面，」他說道：「善良的天使終於戰勝了邪惡的毒蛇！」滑稽的是，羅蘋依然一身尼柯爾先生的打扮，他臉上化著妝，身上穿著窮酸教師的小外套，肩膀還有古板的墊肩……這些拘束的裝扮當然束縛著他的表演，反差大得驚人。

邁爾吉夫人臉上掠過一絲苦笑。幾個月來，她的臉上第一次有了笑容。但她很快又被拉回可怕的現實，她懇求道：「求您……還是先想想吉爾貝爾吧！」

羅蘋跑到她面前，兩隻手臂挽住她，本能地用力吻了她的兩頰，樣子顯得十分天眞。她也忍不住笑了。「噢，夫人，這可是個好人之吻，不是多布雷克在吻妳，是我……妳要是說一句不願意，那我就再吻妳一次。我可是稱呼『妳』，妳要生氣就生氣吧……噢，因爲我太高興了！」說完，他便一條腿跪在她面前，滿懷尊敬地說：「請您原諒，夫人，現在表演結束了。」

羅蘋站了起來，繼續沒頭沒腦地說下去，弄得克拉蕾絲根本搞不清他到底在說什麼。「夫人您想要什麼？大概是希望您的兒子得救？好的，夫人，在此，我很榮幸地通知您，我同意搭救您的兒子。首先從死刑降爲無期徒刑，然後再幫他越獄獲得自由。就這麼定了，同意嗎，格羅那？同意嗎，勒巴陸？咱們要趕在吉爾貝爾之前動身去努美亞，提前做好一切準備。

「噢，尊敬的多布雷克先生，眞得萬分感激你呢，這麼報答你實在有點委屈你了。不過你要承認，你的如意算盤打得太過分了點，不是嗎？把我這大名鼎鼎的羅蘋先生當成了乳臭未乾的娃娃，當成一個可憐蟲，你這番話恰恰讓躲在帷幔裡的我聽見了，竟把羅蘋說成是紙老虎。瞧瞧吧，如今就讓你看看我這紙老虎的能耐，這下有你好看的，議員先生。嘿，你也有今天，什麼？要什麼？來一顆維琪糖錠吧？不要？想抽一口菸？好吧，好吧。」

他從壁爐臺上的一堆菸斗中抽出一支，然後湊向多布雷克，拿掉他嘴裡的棉花，把琥珀菸嘴塞了進去。「來一口，老夥計，來一口。噢，看你的樣子有多滑稽，鼻子裡塞著棉花團，嘴裡叼著菸斗。喂，你倒是抽一口啊。噢，我說，裡面還沒裝菸絲呢！菸絲在哪兒，你最喜歡的馬里蘭菸絲呢？噢，在這兒……」

接著他又從壁爐臺上抓起一包沒打開過的褐色菸絲，撕掉上面的封帶。「這就是您最喜歡的菸絲。請注意，見證奇蹟的時刻就要到了，爲先生您裝菸斗，我眞是感到萬分榮幸。請大家注意我的動作，我手裡什麼也沒有，口袋也是空的……」只見羅蘋小心翼翼地拆開菸絲包，把自己當成魔術師，面帶微笑，面對一群目瞪口呆的觀眾，他袖子挽得高高的，手臂甩來甩去。羅蘋以拇指和食指，慢慢地、極優雅地從褐色菸絲裡夾出一個閃閃發光的東西，遞給他的觀眾。

克拉蕾絲一聲尖叫：「水晶瓶塞！」

她衝向羅蘋，一把奪過瓶塞。「沒錯，就是它。」她大聲叫著，激動得近乎發狂：「這瓶塞頸上沒有刮痕。另外，你們瞧，中間這條線的下面正好是鍍金的部分……就是它，可以擰開。噢，上帝啊，我怎麼擰不動……」

她的手抖得很厲害，羅蘋只好把瓶塞拿過來，輕輕把它擰開。瓶塞的上半截是空的，裡面放著一個小紙卷。

「是半透明的薄紙。」羅蘋聲音雖小，但也激動得直發抖。

大夥緊張得不再作聲，每個人都感覺自己的心臟快要停止跳動，很擔心接下來看到的東西。

「求求您……求求您……」克拉蕾絲喃喃地說。

羅蘋輕輕展開了那個紙卷。上面寫著一串人名，共有二十七個，沒錯，這就是那份眾人關注的二十七人名單——朗熱盧、德雪蒙、沃朗格拉德、達爾布菲克斯、萊巴赫、維克多里恩．邁爾吉……最下面則是法國兩海運河開發公司經理，用血簽的字……

羅蘋看了一眼手錶。「快要一點鐘了。」他說：「咱們還有十五分鐘的準備時間……先吃飯吧。」

「可是，」克拉蕾絲仍然心急如焚：「您別忘了……」

「我眞是快餓死了。」他只說了一句，接著便坐在圓桌前，動手切了一大塊肉餡餅，然後對另外兩個夥伴說：「格羅那、勒巴陸，來吧，難得碰上這麼一頓美食啊！」

「好極了，老大。」

「不過，咱們動作可得快點。孩子們，再來一杯香檳，今天算我慷他人之慨。多布雷克，讓我們爲你的身體健康舉杯。想喝點什麼？香檳嗎，要甜一點的，還是不甜的，或是要甘辛口感的？要喝什麼都有。」

譯註：

①又稱巴西探戈，一八六八年起源於巴西里約熱內盧。

②這些舞蹈表現出羅蘋當時極其興奮的心情。波爾卡舞，是一種兩拍子的快速舞曲，舞者通常站成一個圓圈，舞步很小，半步半步地跳。波士頓舞，則是一種慢節奏的華爾滋。文中的西班牙舞，為方當果舞，這是一種十二節拍的佛朗明哥舞蹈，跳起來相當輕鬆愉快。蒂羅爾舞，奧地利蒂羅爾地區的一種民間舞蹈。

chapter 11

洛林十字

一頓美食過後，羅蘋立刻恢復了自制和威嚴。現在不是笑鬧的時候，他不能再這麼手舞足蹈地逗樂大家。正如預料的那樣，他在確切之處找到了水晶瓶塞，拿到了二十七人名單這張王牌，現在是乘勝追擊展開最後進攻的時刻了。

這最後進攻執行起來簡直就是雕蟲小技，儘管如此，羅蘋還是提醒自己應該果斷迅速、正確無誤地採取重要步驟，因爲只要稍有疏忽，就可能前功盡棄。羅蘋對此再清楚不過。現在的他頭腦清醒，正在反覆斟酌各種可能性，將預備進行的每個動作、該說的每句話，都考慮再三。

「格羅那，咱們僱用的那個人連同他的車，正在岡珀達街等著呢！我們事先買好的那只大箱子就放在車上。你去找那個司機，和他一起把箱子抬上來。如果旅館的人問起，你就說是替一三〇號房的夫人買的，並且送貨過來。」

接著，他轉身吩咐另一名同件：「勒巴陸，你現在回停車場去開那一部六人座轎車，價錢已經談好了，一萬法郎。順便買一頂司機戴的帽子和一件長禮服，然後把車開到旅館門口。」

「錢呢，老大？」

羅蘋從多布雷克的上衣口袋掏出皮夾，取出一疊鈔票，數了十張，說道：「喏，這是一萬法郎。看來咱們的朋友在俱樂部的手氣不錯。去吧，勒巴陸。」

兩人接過吩咐便離開了。羅蘋趁克拉蕾絲不注意，趕緊把皮夾塞進自己的口袋，心裡感到很得意。「這樁買賣還不錯，」他暗想：「他不僅替我們報銷了所有費用，而且還有餘款。況且，我們的收穫還不只這些。」於是，他轉身問克拉蕾絲・邁爾吉：「您還有其他什麼行李嗎？」

「有的。我離開巴黎時很倉促，所以來尼斯之後，在這裡買了一個手提包，外加幾件衣服和梳洗用品。」

「那就請您先去整理一下，然後下樓到經理辦公室，跟他們說您在等人從行李寄存處送來一只大箱子，並務必堅持箱子要搬進房間來，因爲您準備打開重新整理。最後再跟他們說，您要退房。」

邁爾吉夫人回自己的房間收拾去了。此時房裡只剩羅蘋和多布雷克。羅蘋認眞地檢查起多布雷克，翻遍他所有的口袋，把有用的東西全塞進自己口袋。

格羅那帶著一只碩大的黑色仿皮藤箱回來了，他把箱子帶到克拉蕾絲的房間。然後，羅蘋和克拉蕾絲、格羅那一起把多布雷克抬進箱子，讓他低頭坐在裡面，以便把箱子蓋好。

「親愛的議員先生，這裡雖比不上臥鋪包廂舒服，可是總比躺在棺材裡舒服。箱子每一面都挖了三個洞，確保您有足夠的空氣可呼吸。」

「請再用點麻醉劑吧？您一路上可是離不開這玩意兒呢……」羅蘋又打開一個瓶子如此說道。他以藥水沾濕蒙在多布雷克臉上的毛巾，克拉蕾絲和格羅那則幫忙把衣服、被單、椅墊、各種東西統統塞到箱子裡，好填滿它。

「好了！」羅蘋說：「這只箱子甚至可以到世界各地環球旅行了，蓋上吧，注意，要捆緊。」

此時，一身司機打扮的勒巴陸走了進來。「汽車就停在樓下，老大。」

「好。」羅蘋答：「現在你們把箱子抬下去，我不想交給旅館的侍者去辦，怕出問題。」

「要是他們撞見怎麼辦？」

「那有什麼關係！勒巴陸你不是司機嗎？就說你在幫一三〇號房的女士搬行李。夫人，請您也和他們一起下樓，先上車。把車子開到兩百公尺外的地方，然後停下來等我。格羅那，去幫他裝車。瞧，這道連接兩間客房的門差點忘了關上。」

羅蘋接著回到多布雷克的房間，關好連接兩個房間的門，插上插銷，步出房間坐電梯離開了。他來到樓下的櫃檯，對旅館人員說：「多布雷克先生接到一個通知，有急事去了蒙地卡羅。他要我轉告你們，他後天才能回來。房間繼續替他留著，他的東西還放在裡面，這是他的房間鑰匙。」

交代完畢，羅蘋便好整以暇地離開旅館。他一找到汽車，就聽見克拉蕾絲著急地說：「我們這麼大陣仗，明天早晨怎麼可能到得了巴黎！這麼做簡直是瘋了，萬一汽車壞在半路怎麼辦……」

「所以，」羅蘋回答道：「我和您坐火車離開，這麼才不會出差錯……」說著，羅蘋便把克拉蕾絲送上一部出租馬車，再回來叮嚀兩個手下：「記住，你們時速要保持在五十公里以上，兩個人輪流開車，這樣就能替換著休息一下。我估計，你們在明天，也就是星期一晚上六、七點鐘左右就能抵達巴黎。也不必開快車，我留著多布雷克，並不是因爲他還能派上什麼用場，我只是要留他當人質，以防萬一……我要留他兩、三天。所以，你們務必好好照顧咱們這位尊貴的先生，每隔三、四小時就餵他幾滴麻醉劑，他很喜歡這玩意兒呢。好了，開車吧，勒巴陸。至於你，多布雷克，就在裡面乖乖待著吧，不要不耐煩，也不要動歪腦筋，汽車頂篷牢固得很。如果你感到噁心，想吐就吐吧。好了，勒巴陸，上路吧！」

羅蘋看著汽車離開才回到出租馬車，讓馬伕先載自己到郵局去發一封電報，電報內容如下：

巴黎・警察總署　普拉斯威爾先生收

人已找到，明早十一時交給您名單，且有要事相告。

克拉蕾絲

下午兩點三十分，克拉蕾絲和羅蘋一起趕到了尼斯火車站。

「現在恐怕已經沒有空位了！」克拉蕾絲著急地說。

「空位？咱們的臥鋪包廂不是早就訂好了！」

「誰訂的？」

「雅各賓啊……多布雷克！」

「怎麼？」

「噢……在旅館辦公室，人家交給我一封寄給多布雷克的快信，裡面裝著雅各賓寄來的兩張臥鋪車票，而且我還拿到了議員證。我們現在可以多布雷克議員夫婦的身分旅行了，別人會對咱們畢恭畢敬的。我親愛的夫人，您看，這樣安排您還滿意吧？」

羅蘋覺得這次的旅行太過短暫。在他的詳細追問下，克拉蕾絲講述了自己幾天來所經歷的一切。他也說了自己是如何在緊要關頭出現在多布雷克的房間，而這傢伙卻以為他還在義大利呢。

「說來也沒什麼大不了的。」羅蘋說：「當我離開聖萊摩去熱那亞時，我有一股強烈的預感，當下便決定跳火車，可是勒巴陸拉住了我。於是我衝到車門前拉下玻璃，正巧看到那個自稱替您送信的使節大旅館侍者。當時，這傢伙正笑咪咪地搓著手，得意得很。我當下就全明白了——我上當了，我和您一樣被多布雷克耍了。接著，這段時間的各種奇怪細節一下浮現在我眼前，我完全懂了這惡棍的眞正意圖。再耽擱一分鐘，後果就不堪設想。我承認，當我意識到即將犯下無可挽回的錯誤時，內心絕望極了。因爲成敗與否，全取決於火車到站後，我能不能及時趕回聖萊摩火車站，並找到多布雷克的密探。這回我們的運氣總算不錯。火車停在下一站時，剛好有一班開往法國的列車進站。等我們搭上這班火車再次回到聖萊摩時，那傢伙仍在車站。我全猜對了，現在這傢伙頭上沒了搬運工的帽子，身上不再穿旅館制服。當時，他換了一頂便帽和一件短上衣，不久就登上一列火車的二等車廂。從這時起，我們才算是勝券在握。」

「可是您究竟怎麼找……」克拉蕾絲問道。她整個人雖心神不寧，但仍然深深被羅蘋的敍述吸引著。

「怎樣找到您的，對嗎？噢，上帝，那是因爲我們緊咬著那位雅各賓先生不放！我知道他肯定會回去向多布雷克通報，所以我們就沒有驚動他，只是一路跟在後面。結果正如我所料，他昨天在尼斯一家小旅館住了一宿，今天就在英國人步道和多布雷克會面，兩人談了很久。我一直盯著他們，後來多布雷克回到旅館，要雅各賓在樓下電話室對面的走廊等著，自己則搭電梯上樓。十分鐘後我打聽到多布雷克的房號，還知道前一天有位夫人住進了他隔壁的一三〇號房。

「『我想這一次咱們總算成功在望了。』我這麼對格羅那、勒巴陸說。然後，我輕輕敲了您的房門，沒人回應，轉了轉門栓，房門也上了鎖。」

「那你們……」克拉蕾絲問道。

「我們還是把門打開了，難道您以爲這世上只有一把鑰匙能開鎖？我進到您的房間，裡面沒人，可是與隔壁房間相連的門卻留著一道縫，我們從那裡鑽了過去……這個時候，我們與您、多布雷克，以及他放在壁爐臺上的那包菸絲之間，只有一道帷幔之隔了。」

「您早就知道瓶塞藏在裡面？」

「在巴黎搜查多布雷克的辦公室時，我就發現這包菸絲不見了，還有……」

「什麼？」

「還有，多布雷克之前被囚禁逼供時，他吐出了『瑪麗』這個詞，這就是謎底。而『瑪麗』實際上不過是另一個字的兩個音節，我是在發現菸絲不見時才想通這一點。」

「那他要說的是什麼字？」

「馬里蘭……馬里蘭菸絲。多布雷克只抽這種菸絲。」

羅蘋說著，笑了起來：「我們都被愚弄了，您說是不是？多布雷克眞是狡猾，害大夥到處亂找亂翻。我居然還擰開他家所有的燈座，看裡面是不是藏著一個玻璃瓶塞。可是無論我的觀察力再怎麼敏銳，怎麼也沒想到、而且任誰也想不到，東西就藏在這包馬里蘭菸絲裡。沒有人會想去拆開這條在稅務局監督下封口、黏合、蓋章、貼上印花並印上日期的封帶。試想，這不是很諷刺嗎，國家機器竟成了這樁醜聞的幫凶，稅務局竟也間接參與其中。不可能，沒人會想到這一點的。菸草專賣局是做了不少蠢事，它會生產劃不著的火柴，而香菸也可能會混進小柴枝，但誰想得到它竟然是多布雷克的共犯。多布雷克就是在它的掩護下把二十七人名單藏在菸絲裡，以逃避政府的合法搜查和我亞森・羅蘋的耳目。噢，此番猜測實在太大膽了！可是，要想把水晶瓶塞放進去真是再容易也不過了。你只需要先壓一壓封口的膠帶，把它弄鬆然後拆下，展開黃色包裝紙，撥開菸絲，就能從容放入瓶塞，最後再依樣將菸絲盒封好即可。在巴黎時，我本來只需要將這包菸絲拿在手裡看個仔細，就能發現祕密所在，可是這包封得好好的馬里蘭菸絲，一旦經稅務局檢查通過，就成了神聖的菸絲，不容置疑的菸絲，誰會去質疑它扮演的角色，並打開瞧個究竟？」

羅蘋繼續說道：「這便是爲什麼，多布雷克這個魔鬼，會這般毫無顧忌地把這包菸絲混在其他未開封的菸絲中間，再連同一些紙張，混淆視聽地擺在他的辦公桌上，一擺就是好幾個月。況且，這世上有誰會去在意這不起眼的小方盒，哪怕是一個念頭也不可能閃過。還有，您是否注意到……」

有關馬里蘭菸絲和水晶瓶塞的事，羅蘋繼續向克拉蕾絲仔細講述其中的來龍去脈。而今，他羅蘋終於戰勝了多布雷克，他興奮極了，對自己的機敏和果斷頗感驕傲。可是克拉蕾絲卻對這些不感興趣，她一心只想著要救兒子，想著下一步該採取什麼行動。實際上，羅蘋說了些什麼，她根本沒聽進去。

「您有成功的把握嗎？」克拉蕾絲忍不住問道。

「絕對有把握。」

「可是普拉斯威爾現在不在巴黎啊！」

「他不在巴黎就在哈佛港，我昨天從報上得來的消息。所以，無論發生什麼情況，只要我們的一封電報，他就會立刻趕回巴黎。」

「您認爲他能施加什麼影響力嗎？」

「他的確不可能自己直接赦免沃什瑞和吉爾貝爾，這不可能，不然我們早就讓他這麼做了。但他是個聰明人，只要看見我們帶給他的東西，他就會明白這其中的價值，爲此，他也會毫不猶豫地採取行動。」

「但關鍵在於，您會不會高估了瓶塞的價值？」

「難道多布雷克也會高估它的價值嗎？難道他多布雷克不比任何人都更清楚這東西的重要性嗎？況且他不是已經多次表明它是無價的嗎？您想想，這些年來他爲什麼能這樣橫行霸道，犯下這麼多罪惡的勾當，不就是因爲他手裡有這份名單嗎？光是讓世人知道他握有名單的這個事實，就足以令人心驚膽跳了。

「他根本用不著眞的拿出來使用，只要讓大家知道名單在他手上，就能因此撼動整個政界。也就是這樣，他害死了您的丈夫，並讓名單上所有人傾家蕩產、名譽掃地，從而爲自己聚積天大的財富。而就在昨天，二十七人之中最勇敢的達爾布菲克斯也在監獄裡割喉自盡了。所以，您不必有任何顧慮，只要持有這份名單，我們想提什麼要求他們都會同意的。不然，我們還可能要求些什麼呢？我們的這項要求簡直太微不足道了，甚至連微不足道也稱不上……我們只想讓他們赦免一個二十多歲的年輕無辜孩子。別人會說：『你們簡直太傻了，手裡拿著這張王牌，卻只要求這麼一點……』」

羅蘋突然停住不再說話，因爲他看到克拉蕾絲聽完這番話後，似乎漸漸放下心來，這時她已不由自主地睡著了。

第二天早晨八點鐘，火車準時到達巴黎。兩人下了車，先是來到羅蘋位於克裏希廣場的住所，他們發現屋裡放著兩封電報。一封是勒巴陸前一天從亞維儂發來的，報告一路順利，可於當晚準時抵達巴黎；另一封是普拉斯威爾從哈佛港發給克拉蕾絲的，電文這麼寫著——

星期一早晨無法返回巴黎，務請於傍晚五時到我辦公室。

您忠實的朋友

「五點鐘，會不會太晚了？」克拉蕾絲說。

「這個時間剛好。」羅蘋答。

「可是萬……」

「萬一明天清晨行刑怎麼辦？您是這個意思嗎？……您不用害怕說出這個字眼，因爲明天不可能會行刑。」

「可是報紙上說……」

「這兩天的報紙，您還是不要讀吧，我也不會讓您看的。記住，報上說的一切都是在瞎扯。現在只有一件事是最重要的，那就是我們和普拉斯威爾的會面。另外……」羅蘋一邊說一邊從壁櫥取出一個小瓶，他輕輕拍了拍克拉蕾絲的肩膀說：「您先在沙發床上躺一會兒，喝幾滴這瓶子裡的藥水。」

「這是什麼？」

「這藥水可以讓您暫時忘掉一切，好好地睡上幾個小時……現在您最需要的就是休息。」

「不，不行，」克拉蕾絲抗議地說：「我不願意！我兒子吉爾貝爾現在可是沒得睡呢，他可是坐立難安。」

「喝吧！」羅蘋溫和地堅持著。

克拉蕾絲沒辦法，只好讓步，因爲她也不願再去想這些事。幾個月來，她承受了太多的痛苦。現在，她再也無力反抗，只想躺在沙發床上，闔眼睡去，幾分鐘後就進入了夢鄉。

「快，報紙……買來了嗎？」羅蘋見狀，按鈴把僕人叫來。

「買來了，老大。」

羅蘋立刻打開報紙，報上寫著斗大的標題——

亞森・羅蘋的幫凶

根據可靠消息，亞森・羅蘋的幫凶吉爾貝爾和沃什瑞將於明日，週二清晨被處決。斷頭臺已由戴伯樂先生①仔細檢查過。一切都已準備妥當。

羅蘋不屑地抬起頭。

「亞森・羅蘋的幫凶！處決亞森・羅蘋的幫凶！這將會是一場多麼精彩的表演啊，到時候大家一定會爭相觀賞的。不過很遺憾，先生們，布幕並不會為你們拉開，因為接到當局命令——演出就此停止。這當局，不是別人，正是我！」羅蘋信心十足地拍了拍胸膛，狠狠地說：「我就是當局！」

中午時分，羅蘋又接到勒巴陸從里昂發來的電報——一路順利，包裹將安全送達。

下午三點，克拉蕾絲醒了過來。醒來後，她第一句話便問：「明天到了嗎？」

他沒有回答，只是神情堅定地微笑著。克拉蕾絲看到羅蘋的表情，一下子平靜了下來，似乎所有難題都已解決，事情有了轉機，一切都將按照她身邊這位幕僚的意思發展。

四點鐘，兩人出發了。

普拉斯威爾的祕書接到上司的電話通知，把他們領進祕書長的辦公室，讓他們在那兒稍候。克拉蕾絲和羅蘋到達警察總署時，是四點四十五分。五點整，普拉斯威爾衝進辦公室，立即朝他們喊道：「名單在您的手裡？」

「在我手裡。」

「快給我吧！」他一邊說，一邊伸出手。可是克拉蕾絲只是站起來，並不作聲。

普拉斯威爾看了看克拉蕾絲，遲疑了一下又坐回去。當然，這個克拉蕾絲・邁爾吉，她不顧一切地跟蹤多布雷克，肯定不僅僅爲了自己的仇恨，她一定還有其他什麼打算，要她交出名單當然是有條件的。

「我們坐下來談吧。」普拉斯威爾懂了，表示他同意談條件。

這位形容消瘦、顴骨突出的警察總署祕書長，此時不住地眨眼，說話時嘴角也有點歪，清楚讓人感到他的虛僞和不實。事實上，署裡沒人受得了他，他這個人總是辦事不牢，每次都要別人替他收拾殘局。這樣的人沒什麼眞本事，只配被人呼來喚去，承擔一些無關緊要的小事，等到該甩掉時，就會被人毫不留情地一腳踢開。

克拉蕾絲坐回原處，但仍沒有進一步表示，於是普拉斯威爾先開口：「我親愛的老朋友，您要是有話就直說吧。坦白說，我的確很想得到這份名單。」

「如果您只是想得到名單，」克拉蕾絲不慌不忙地說。她該如何言行舉止，羅蘋事先已充分交代。「如果您只是單純地想得到這名單，那麼恐怕我們之間是無法達成協議了。」

「當然，任何願望的實現都不單純，都得伴隨應付出的代價。」普拉斯威爾當然聽得懂這其中的含義，他笑道。

「是很大的代價。」邁爾吉夫人糾正。

「好吧，很大的代價，但必須在雙方都能接受的範圍內。」

「恐怕會超出這個範圍。」克拉蕾絲繼續斬釘截鐵地說。

「請您解釋一下，您究竟有什麼條件！」普拉斯威爾已經有點不耐。

「請您原諒，我親愛的朋友。我必須先弄清楚您對這份名單的重視程度。當然，爲了能談出個結果，我還要強調一下……怎麼說呢？……強調一下我帶來的這件東西的價值。您知道它是一件無價之寶。因此，我再說一遍，交換的條件也應當是對等的。」

「好了，就這樣吧。」普拉斯威爾更著急了。

「那我想就不必再去詳細回顧整件事情的來龍去脈，也沒有必要再列舉一旦您掌握了這份名單將會免除哪些災難，以及可從中得到多少難以估計的好處了吧？」

「我接受您的條件便是，怎麼樣？」普拉斯威爾努力克制自己，盡量禮貌地回答。

「請允許我再次請您原諒，如果不這麼談，我們不可能把問題談個徹底。有一點我們必須澄清，那就是，您本人是否夠格跟我談判？」

「什麼？」

「當然，我並不是要您立刻解決隨名單而來的問題，我的意思是，您是否可全權代表那些瞭解事情原委、並有資格處理的人。」

「我當然可以代表。」普拉斯威爾不假思索地回答。

「也就是說，只要我說出我的條件，您在一個小時之內就能給我答覆，對嗎？」

「是的。」

「您的答覆能代表最高當局，是最具權威的嗎？」

「是的。」

克拉蕾絲的身體略向前傾，表情越發嚴肅地說：「您也能代表總統？」

普拉斯威爾聽到這個問題時有些驚訝，稍稍遲疑片刻，然後回答：「可以。」

「那好，您能向我擔保一件事嗎？那就是，無論我提出的條件是多麼不可思議，請別要求我做任何解釋。條件由我來提，您只要回答『行』或『不行』。」克拉蕾絲最後強勢地說道。

「我保證。」普拉斯威爾仍然斬釘截鐵地說。

克拉蕾絲一聽，不由得激動起來，她的臉色變得更加蒼白，她無法抑制自己的情緒。她直盯著普拉斯威爾的雙眼說道：「二十七人名單的交換條件是，特赦吉爾貝爾和沃什瑞。」

「啊，什麼？」普拉斯威爾被嚇了一跳，嚇得目瞪口呆。

「特赦吉爾貝爾和沃什瑞，赦免亞森·羅蘋的幫凶！」

「是的。」克拉蕾絲答道。

「特赦瑪麗—特雷薩別墅一案的凶犯，赦免明天清晨就要上斷頭臺的人！」

「對，正是他們二人。」她大聲回答：「我懇求……嗯，我要求您特赦他們。」

「荒謬，這實在太荒謬了，可是這究竟是爲什麼，爲了什麼呢？」

「請允許我提醒您，普拉斯威爾，您剛才已經向我保證了……」

「是、是，我知道，可是這也太讓我爲難了……」

「爲什麼？」

「爲什麼？這還用說嗎？」

「怎麼……」

「總之……您想想看，吉爾貝爾和沃什瑞已經被判處死刑了啊！」

「我只要求能免除他們的死刑，只要不讓他們死，待在監獄裡也是可以的。」

「不可能！這件事太嚴重了，他們可是亞森・羅蘋的幫凶，全世界都知道這個判決。」

「怎麼……」

「不，不行，法庭的判決，我們沒權力改變。」

「我並不要求您改變法庭的判決，我只要求能赦免死刑，特赦是符合法律規定的。」

「可是赦免委員會已經否決了啊。」

「沒關係，還有總統這一關不是嗎？」

「他也早就否決了。」

「他還可以改口。」

「這怎麼可能！」

「爲什麼不可能？」

「他找不到藉口。」

「他不需要藉口，他有絕對的赦免權。他可以任意行使這個權力而無須受任何人掣制。用不著講理由，用不著找藉口，更不用向任何人解釋。這是他獨一無二的特權，總統有權行使。或者就說，爲了國家利益吧。」

「可是現在已經來不及了！一切都已準備就緒，幾個小時後就要行刑了。」

「可是您剛才不是說過，一個小時之內就可以給我答覆？」

「您簡直瘋了，眞的，您的要求我沒辦法滿足。我再說一遍，不可能，絕對不可能。」

「您是說不行？」

「不行，不行，絕對不行！」

「這麼的話，我們只好告辭了。」一說完，克拉蕾絲轉身就朝門口走，尼柯爾先生跟在後面。

普拉斯威爾嚇壞了，他立刻跳了出去，攔住兩人的去路。

「你們要去哪兒？」

「上帝，我們的談話不是已經結束了嗎？我親愛的朋友。既然您認為，而且也已明確表示立場，說明總統也認為這份名單不足以讓他改變主意……」

「請您留步。」普拉斯威爾一邊說，一邊掏出鑰匙鎖門，然後雙手叉在背後，低著頭，在房間裡來回踱步思考著。

直到現在，謹慎的羅蘋始終一言未發，只是扮演著那個不起眼的角色，不過他的心裡無時不在盤算：「何需這麼吞吞吐吐、囉囉嗦嗦，事情早晚非得這麼辦不可。你普拉斯威爾固然算不上是一隻雄鷹，但你也不傻吧，怎麼會這麼輕易錯過向宿敵復仇的大好機會？看吧，看我說對了吧，把多布雷克打個落花流水，這個念頭讓他禁不住露出笑意了呢！好了，這下我們贏了。」

這時，普拉斯威爾再度打開通向他私人祕書辦公室的門，然後大聲吩咐：「拉爾第格先生，請幫我接愛麗榭宮，就說我有很重要的事要求總統接見。」說完，他把房門關上，又回到克拉蕾絲身邊：「說到底，我能做的也只不過是向總統轉達您的要求。」

「轉達，就等於要他接受。」

接下來是一陣長時的沉默。克拉蕾絲的臉上不禁流露出興奮和喜悅，普拉斯威爾則感到不可理解，好奇地注視著她。克拉蕾絲想救吉爾貝爾和沃什瑞，到底出於何種神祕的原因？他們之間究竟有何不可思議的關係？又是什麼因素把這三人的命運與多布雷克連在一起呢？

「得了，夥計！」羅蘋暗想著：「別再爲這件事苦思了，你不會找到答案的。噢，要是我們按照克拉蕾絲的想法，僅要求赦免吉爾貝爾一人，那裡面的奧妙就不難猜了；可是現在又加上了一個沃什瑞，這個無賴沃什瑞，是的，邁爾吉夫人和他能有什麼關係呢？噢，噢，該死，輪到我出場了，他現在正端詳我呢——尼柯爾先生，一個從外省來的老學究，他何以會對克拉蕾絲・邁爾吉夫人如此盡心盡力呢？這傢伙到底是什麼人物？沒事先調查他的來歷眞是一大疏忽。現在我必須釐清這件事情，一定得揭穿他的眞面目，畢竟一個與案件無直接利害關係的人，絕不可能這麼賣力，這事有蹊蹺。他爲什麼也想要救吉爾貝爾和沃什瑞？爲什麼？……」

羅蘋輕轉了一下頭，心裡不住地叨唸：「不好，不好，這傢伙腦子裡正閃過一個念頭，一個模模糊糊的念頭……該死，再怎麼樣也不能讓他猜出我就是亞森・羅蘋，否則事情就麻煩了……」

剛好這時發生了一件事，轉移了普拉斯威爾的注意力。他的祕書走進來，向他報告總統一小時後會見他。

「很好，謝謝。」普拉斯威爾對祕書說：「請出去吧。」

普拉斯威爾又接續剛才的話題，不打算再拐彎抹角，看來他希望把一切搞清楚：「沒錯，我們可以達成協議。但是，爲了更完善地不辱使命，我需要掌握確切的情況。請問那份名單究竟藏在什麼地方？」

「與我們最初猜的一樣，就藏在水晶瓶塞裡。」邁爾吉夫人回答。

「這水晶瓶塞放在什麼地方？」

「就在多布雷克的拉馬丹公館裡，在他辦公桌上的一件東西裡，幾天前他取走了它。昨天，也就是星期天，這東西才到了我手上。」

「是件什麼東西？」

「算不上是一件東西，不過是隨意擺在桌上的一包馬里蘭菸絲。」

普拉斯威爾呆住了，竭力說笑，以掩飾自己的意外：「噢！要是早讓我知道就好了，這包馬里蘭菸絲我拿在手裡不下十次！看我有多笨？」

「這不要緊，」克拉蕾絲說：「重要的是現在這個祕密已經被識破了。」

普拉斯威爾這麼說顯然是想說明，如果這祕密是他先發現的，他會更得意。接著，他又問：

「這麼說，名單已經到您手裡了？」

「是的。」

「就帶在您身上？」

「是的。」

「能讓我看一看嗎？」見克拉蕾絲有些猶豫，普拉斯威爾補充道：「噢，請您不要擔心。您現在是這份名單的主人，我看完後會還給您。您該明白，我得有了十足把握，才能採取行動。」

只見克拉蕾絲試探性地朝尼柯爾先生看了一眼，這個動作讓普拉斯威爾注意到了，接著她才說：「您請看吧。」

普拉斯威爾一看到名單，再也掩不住激動的心情。只見他一把接過來，眼睛湊上去，仔細地上上下下端詳著，然後急促地說：「對，沒錯，是會計的筆跡，我認得出來。還有公司經理的簽名，用血寫成的簽名。另外，我這裡也知道一些證據，這張紙左上方的小缺角就在我手裡。」

說完，他打開自己的保險箱，從裡面一個小盒取出一片小紙頭，嵌合著這份名單的缺口。「沒錯，就是它。兩片紙完全對上了。這個證據看來是眞的，再讓我檢查這張薄紙的眞僞就行了。」

克拉蕾絲喜出望外，如今局勢的變化眞令人難以相信。多少個日日夜夜，她一直被痛苦折磨著，直到今天她的心還在滴血，還在顫抖。

當普拉斯威爾把那張紙覆到玻璃窗上仔細端詳之際，克拉蕾絲輕聲地對羅蘋說：「今晚，我們就要讓吉爾貝爾知道這個令人振奮的結果，眞不知道他正遭受著怎樣的痛苦！」

「是的，」羅蘋回答：「而且您可以去見一下他的律師，把這個好消息告訴他。」

「我明天就去看吉爾貝爾，普拉斯威爾愛怎麼想就隨他去吧。」克拉蕾絲繼續兀自說道。

「好的，但他必得通過愛麗榭宮這一關，事情才算成功。」

「他通得過的，您說是不是？」

「我想沒問題，您看他不是馬上就對我們讓步了嗎？」

普拉斯威爾沒有理會這兩個人，繼續用放大鏡仔細查看那張紙，又再次與撕下來的那一角比對著，然後再將紙覆到窗子上。然後，他又從那個小盒取出一些信紙，抽出一張，朝著射進來的陽光認眞檢驗。

「果眞如我所料，我證實了自己的疑慮。對不起，我親愛的朋友，現在看來事情有些棘手，我一項項的檢查，就是因爲不放心，看來我的擔心是有道理的……」

「您這是什麼意思？」克拉蕾絲膽怯地問。

「請您稍等一下，我先吩咐一下底下的人。」說完，他叫來祕書：「請馬上致電總統府，說我很抱歉，暫時不過去見總統了，具體原因是什麼，我以後再向他解釋。」交代完畢，普拉斯威爾關好門，回到辦公桌前。

克拉蕾絲和羅蘋站在一旁，幾乎停止了呼吸。兩人吃驚地看著他，對這傢伙突然改變主意毫無頭緒。這人是不是瘋了？還是他想耍什麼花招？是不是想說話不算話？難道名單到手他就不打算認帳了？

可是，事情並非如此，普拉斯威爾把名單交還給克拉蕾絲。

「您把它拿回去吧。」

「拿回去……」

「把它還給多布雷克。」

「還給多布雷克？」

「如果您不想燒掉它的話。」

「您這是什麼意思？」

「我是說，如果我是您，我會把它燒掉。」

「您怎能這麼說？這太荒謬了。」

「恰恰相反，這非常合乎邏輯。」

「爲什麼、爲什麼？」

「爲什麼？我馬上解釋給您聽。有關那張二十七人名單，我握有它確鑿的證據。名單寫在一張運河開發公司的信紙上，我的小盒子裡存有幾張同樣的信紙。而所有的信紙都印著一個小得幾乎看不出來的商標，那是個洛林十字②，只有拿紙對著陽光一照才能看見。可是您拿來的這張紙上，卻並沒有這個標誌。」

羅蘋一聽，頓覺全身一陣緊繃。他不敢正眼看克拉蕾絲，知道她一定絕望到了極點。只聽她無力地說：「難道多布雷克……也被人騙了？」

「這不可能，」普拉斯威爾說：「是您被他騙了，我可憐的朋友。多布雷克的確從他老上司的保險箱偷走了那張眞名單，這點毋庸置疑。」

「那麼這一張是……？」

「這張是假的。」

「假的？」

「是假的。這是多布雷克耍弄您的一個把戲。他用這個水晶瓶塞來誤導您，弄得您眼花撩亂，於是您便一心只想找到這個瓶塞，而絲毫不懷疑裡面所藏東西的眞僞，也就是說他在這裡面放了一份贗品，而眞正的名單一定還在他身上……」

普拉斯威爾停頓下來，克拉蕾絲則有如行屍走肉，僵硬地向前移動幾步，口中喃喃地說：「這麼說……」

「說什麼，我親愛的朋友？」

「您拒絕了？」

「是的，我也只能如此……」

「您不打算去愛麗榭宮了？您不去了？眞的不去了？那明天清晨……再過幾個小時，吉爾貝爾就……」

這時的克拉蕾絲臉色慘白，雙頰深陷，面如死屍，雙眼瞪得大大的，牙齒咬得咯咯作響……

羅蘋很擔心，害怕她情急之下會說漏嘴，馬上湊過去抓住她的雙肩，想把她拉走。可是她用力一甩，掙脫開來，自己又向前邁了兩步，身體搖搖晃晃地，眼看就要倒下了。可是絕望過後的一股莫名力量挺住了她，她用力抓住普拉斯威爾，大吼道：「您一定要去！您必得去！您馬上就去！必須救吉爾貝爾……」

「請您先冷靜點，我親愛的朋友……」

克拉蕾絲不聽，只是厲聲笑了起來：「冷靜！吉爾貝爾可是明天清晨就要……啊，不，我害怕，這太可怕了。您快點去，該死，您倒是快去求總統赦免他啊！難道您還不明白嗎？吉爾貝爾……吉爾貝爾……他是我兒子啊！我的兒子！我的兒子！」

下一秒，普拉斯威爾不禁叫出聲來——克拉蕾絲毫無預警地掏出一把亮晃晃的匕首，舉起來就往自己胸口刺。幸好沒等她傷到自己，尼柯爾先生已上前搶先抓住她的手臂，奪下她手裡的刀，把她按住。

這時，羅蘋激動地說：「您這是瘋了！我不是已經向您發誓說會救他的嗎？就算為了他吧，您也得活下去，吉爾貝爾是不會死的，我已經發過誓了，他怎麼可能會死呢！」

「吉爾貝爾……我的兒子……」克拉蕾絲不斷呻吟著。

羅蘋用力抱緊她，托住她的臉說：「好了，快住口，我求您不要再說了，吉爾貝爾一定會沒事的。」

他以一種無可抗拒的威嚴，準備將邁爾吉夫人扶出辦公室，此時克拉蕾絲也突然像個乖順的孩子不再掙扎了。踏出房門前，尼柯爾轉過身來，嚴肅地說：「先生，如果您一定要拿到那張二十七人名單，請務必等我。那張眞正的名單……就請在這裡等我吧，給我一小時，最多兩小時，等我回來，到那時我們再談。」說完，他突然對克拉蕾絲說：「您，夫人，請再拿出一點勇氣來，我以吉爾貝爾的名義要求您這麼做。」

羅蘋穿過走廊，走下樓梯。他扶著克拉蕾絲，就像扶著一個假人。一路上，他雙手架住克拉蕾絲，或說是抱著她，步履艱難地向前邁著，穿過一個又一個院子，最後終於來到街上……

普拉斯威爾像是被剛才那突如其來的一幕嚇壞了。他目瞪口呆，摸不著腦。直到兩人離開後，他才慢慢恢復了平靜。

他回想尼柯爾先生的一舉一動，這傢伙先是扮演了一個配角，也就是克拉蕾絲的顧問，而人們生活中遇到困難時通常會找這種人幫忙。但是接下來，他的能耐便表露無遺，再也不做旁觀者，而是從後臺來到舞臺上。他的態度果斷，神色威嚴有力，既有激情，又充滿勇氣，似已做好充分準備推翻擋在命運面前的一切阻礙。

誰有能力辦到呢？

普拉斯威爾不禁渾身一陣發冷。他還沒想透這個問題，答案已呼之欲出，先前發生的那一連串事件不就是很好的證明嗎？它們一件比一件更具說服力，一件比一件更確鑿無疑。

但只有一件事使普拉斯威爾百思不得其解，那就是尼柯爾先生的形象、外表，與自己見過的亞森・羅蘋照片毫無相似之處，甚至可以說相去甚遠，完全是另一個人。

無論是身高、體型、輪廓、嘴型、眼神、皮膚或髮色，都與人們掌握的那位冒險家相貌特徵截然不同。當然，普拉斯威爾也很快想起，羅蘋最大的特色不就是他那改頭換面的神奇本領嗎，所以這一點疑問也很快釐清了。

想及此，普拉斯威爾立刻匆匆走出辦公室。路上，他碰到警察總局的一名探員，於是趕緊上前問道：

「您剛從外面進來嗎？」

「是的，祕書長先生。」

「是否看見一位先生和一位夫人從這裡出去？」

「看見了，幾分鐘前在院子裡碰見的。」

「您還認得出那個男人的容貌嗎？」

「我想我認得出來。」

「那麼我們就沒時間耽擱了，我再派給你六個探員，你們馬上趕到克裏希廣場，調查那個叫尼柯爾的人，監視他的住所。他一定會回去那兒的。」

「如果他沒回去呢，祕書長先生？」

「那就設法逮捕他。」

隨後，普拉斯威爾要探員跟他回辦公室，等他簽署逮捕令。

「您剛才跟我說的是一個叫尼柯爾的人吧！」探員看了逮捕令吃驚不已。

「是的。」

「可是上頭寫的是亞森・羅蘋啊。」

「因爲亞森・羅蘋就是尼柯爾！」

譯註：

①阿納托爾・戴伯樂（Anatole Deibler，一八六三～一九三九），法國二十世紀初著名的劊子手。

②洛林十字最大的特色，是它比一般十字架多了一個小橫桿。洛林十字架被喻為真正的十字架，於一〇九九年開始為法國洛林公爵所採用，成了洛林家族的紋章。在第二次世界大戰期間，戴高樂將軍更採用此十字架作為法國堅決抵抗的徽號，它象徵著「自由法國」。

chapter 12 斷頭臺前

「我一定能救他，一定可以！」羅蘋在車裡不停地對克拉蕾絲叨唸：「我發誓，我一定要把吉爾貝爾救出來！」

克拉蕾絲根本就沒在聽他說話，她已經麻木了，身心就像陷入一場死亡夢魘，對周圍發生的一切全都無動於衷。羅蘋絮絮不休地對她述說計畫，既是爲了安慰克拉蕾絲，也爲了盡量讓自己鎮定下來。

「不，不，這場鬥爭還不到窮途末路的田地。咱們手裡還有一張王牌，一張最厲害的王牌，那就是昨天早上多布雷克在尼斯對您說的事——前議員沃朗格拉德要交給他的那些信件。我可以從斯塔尼斯拉斯・沃朗格拉德手裡買來這些信件，隨他開價，我都照付。然後，咱們再去警察總署找普拉斯威爾，對他說：『快去愛麗榭宮，把那張假名單當做真的運用，先救出吉爾貝爾再說，即使明天有人發現這份名單是假的也沒關係，只要吉爾貝爾得救就行……快去！不然，你聽好……不然，明天星期二，沃朗格拉德的信就會被登在報紙上。沃朗格拉德早上被捕，晚上就輪到你！』」

羅蘋一邊說，一邊摩拳擦掌。

「我想他會去的，一定會去！我第一次看見他就知道他會去，我對這件事很有把握，可以說必定成功。我在多布雷克的皮夾裡，找到沃朗格拉德的地址。請開車，司機，去拉斯巴伊大道！」

車子一停靠，羅蘋立刻從車上跳下來，三步併兩步奔上一幢建築物的三樓。可是女僕卻告訴他，沃朗格拉德不在家，要到明天晚餐時分才能回來。

「您知道他去哪兒嗎？」

「他去倫敦了。」

羅蘋喪氣地回到車裡，再也說不出話來。克拉蕾絲甚至連問都沒問，她已經對一切都沒了興趣，兒子的死對她來說已是既成事實了。

於是他們又吩咐司機，要他開車回克裏希廣場。羅蘋剛到家時，正好有兩個人從門房走出來。他只顧著心裡盤算，根本就沒注意到這個細節。而這兩個人正是普拉斯威爾派來包圍羅蘋住所的探員。

「有電報嗎？」羅蘋問僕人。

「沒有，老大。」阿奇耶回答。

「有勒巴陸、格羅那的消息嗎？」

「什麼消息也沒有，老大。」

「這也正常，」他強作鎮定地對克拉蕾絲說：「現在才剛七點鐘，要到八點，或是九點鐘時，他們才能到。就讓普拉斯威爾多等一會兒吧，我這就打電話告訴他。」

羅蘋打完電話，剛放下話筒，就聽見身後傳來一聲喊叫，原來克拉蕾絲正站在桌旁讀晚報。只見她一隻手按住胸口，身體搖搖晃晃地，一下子倒了下去。

「阿奇耶，阿奇耶！」羅蘋叫來僕人：「快幫我把她抬到床上……好了，你快把壁櫥裡那個小玻璃瓶拿來，標籤上寫著四號瓶，裝鎮靜劑的那瓶。」

羅蘋趕緊用刀尖撬開克拉蕾絲的牙齒，灌進半瓶藥劑。

「好了，」他說：「這麼一來，這可憐人兒就可以一直睡到天明才醒來。」

羅蘋拽出克拉蕾絲手中緊握的那張報紙，讀了一遍。他看到下面幾行文字——

……為求順利對吉爾貝爾和沃什瑞執行死刑，警方採取了極為嚴密的防範措施，因為亞森·羅蘋很可能於當天現身斷頭臺，搭救他的同夥。自午夜時分開始，桑德監獄周圍的所有街道都將設置武裝警力，刑場就選在監獄牆外阿拉戈大道上的土臺進行。

本報記者採訪了兩名死刑犯，試圖瞭解他們的精神狀態。沃什瑞始終厚顏無恥，大膽面對命運的安排。「該死！這當然不是什麼愉快的事。」他頗有氣概地說，「不過，既然不得不上斷頭臺，就該挺直腰桿……」他還表示：「死，我不在乎，但讓我覺得不舒服的是，腦袋要被你們切下來。哎，要是老大能想個辦法，讓我連『哎呀』一聲都來不及叫，就把我送往另一個世界，那該多好！老大，求求您，不如餵我吃點馬錢子鹼①吧。」

吉爾貝爾則態度之鎮定令人感到吃驚，畢竟他在開庭審判時表現得那麼怯懦頹喪，與現在相比簡直判若兩人。他堅信亞森・羅蘋一定會仗義挺身而出：「老大當眾對我說：『不要怕，他就在這裡，有他在呢！』所以我不害怕。我相信他，直到最後一天、最後一分鐘，就算我站在斷頭臺上，我都會相信他！只要有他在，我就什麼都不怕了。他承諾過我，就一定會實現。相信，就算我的腦袋被砍下，他也會紮紮實實地再幫我重新安上。亞森・羅蘋怎可能眼睜睜看著他的小吉爾貝爾面臨送死命運，而袖手旁觀呢？噢，別取笑我了！」

這孩子的情操高貴，他是那麼誠摯、單純、純樸。亞森・羅蘋是否值得這孩子對他寄予如此厚望，我們且拭目以待……

羅蘋強忍住淚水把文章讀完，這時他的心裡交織著感動、憐憫和絕望的情緒。

不，他不值得他的小吉爾貝爾這般信任。儘管爲了救出吉爾貝爾，他已經盡了最大努力，但有些時候他得付出更艱鉅的努力，他得比命運更強大才行。可是這一次，命運戰勝了他。從這個不幸事件的一開始，局面的發展就和他事與願違，甚至朝著毫無邏輯可言的方向而去。儘管他與克拉蕾絲為了同樣的目標已使出渾身解數，可是錯就錯在他們的同盟關係跌跌撞撞的，中途浪費了太多時間。

先是小雅克遭綁架；然後是多布雷克突然失蹤，並且被關進情侶塔；接著是羅蘋受傷，而不得不中止行動；後來是克拉蕾絲被騙至法國南部，接著羅蘋被誘騙至義大利；最後則是致命的一擊，這個他們費盡心機、歷盡千辛萬苦才創造出的驚人奇蹟，也就是正當他們以為寶物唾手可得之際，突然間一切都崩解了，那張二十七人名單一下子形同廢紙，變得分文不值……

「承認失敗吧！」羅蘋自言自語：「失敗已不可挽回，現在再找多布雷克報仇，消滅他、揭發他都已無濟於事……最後的戰敗者依然是我，因為我沒能救出吉爾貝爾，讓他逃離死亡命運……」

這時羅蘋再次流下了眼淚，不是出於難過或憤怒，而是他已徹底絕望了。吉爾貝爾就要死了！這個他視為親生兒子、最得力助手的人，再過幾個小時就會從這世上殞命，而他卻無能為力，一切的努力全都徒勞，他甚至不再思考緊急方案，這又有何用呢？

難道他不清楚公眾社會遲早會對他復仇，沒有哪個罪犯敢說自己能永遠免於刑罰。可是，今天被送去贖罪的卻是可憐的吉爾貝爾，他卻要為自己未曾犯下的罪行受到懲罰！

羅蘋已然無計可施，以至於當接到勒巴陸發來的電報，他連一絲失望的感覺也沒有。電報是這麼寫的——

馬達發生故障，損壞了一個零件，需花較長時間修理，明早才能抵達。

這個情況再次證明命運已作出決斷，他也不想違背命運的安排了。只是，他注視著眼前的克拉蕾絲，她正安詳地睡著，那忘卻一切痛苦的神態著實讓人羨慕。忽然，羅蘋感到一陣強烈的困乏朝他襲來，他抓起剩下的半瓶鎮靜劑，一口灌下。

回到自己的臥室，他倒在床上，搖鈴叫來僕人，對他說：「你也去睡吧，阿奇耶，無論發生什麼事都別叫醒我。」

「眞的嗎，老大，搭救吉爾貝爾和沃什瑞的事毫無希望了？」阿奇耶問。

「沒有希望了。」

「他們眞的要上斷頭臺了？」

「眞的要上斷頭臺了。」

二十分鐘之後，羅蘋就沉沉睡去了……當時是晚間十點鐘。

*　*　*

這一夜，監獄四周人聲嘈雜。從凌晨一點起，桑德路、阿拉戈大道以及監獄四周所有街道都嚴加戒備，到處是警察，行人路經必須接受嚴格盤查才能放行。

不久，天空下起了大雨。這種惡劣天氣不可能招來太多看熱鬧的民眾。監獄周圍的小酒館也紛紛接到緊急命令，要求它們一律在清晨三點以前結束營業。

目前已調派兩百名警員把守人行道，如發生緊急情況，還可機動增派三百名警員鎮守阿拉戈大道；除警力充足不提，也到處都是維安警察和警察總署眾官員。總之，這次的行刑非比尋常，戒備十分森嚴。

在一片凝重氣氛中，斷頭臺被安置在阿拉戈大道與桑德路交口的一塊空地上。人們甚至能清楚聽見陰森恐怖的拭刀聲。

到了凌晨四點，許多民眾仍冒著大雨紛紛前來觀刑，一些人還唱起了歌。大家嚷著要求點燈照明，要求拉開遮住斷頭臺的簾子。由於斷頭臺前設置了很多屏障，距離相隔遙遠，許多人根本看不清行刑臺的情況，於是紛紛提出抗議。

這時開來了幾部汽車，車裡坐著身穿黑色制服的政府官員。人群中，鼓掌聲和抗議聲同時並起。而就在這片喧鬧之中，一隊衛戍警力騎馬進入隊伍，將人群向後驅趕，爲斷頭臺前留出一塊寬達三百公尺的空地。接著，又來了兩百名警力加強戒備。

一會兒後，嘈雜聲漸漸散去，漆黑的夜幕也開始轉亮了起來。這時，雨也停了。監獄裡，死刑犯所處監區的盡頭，幾名身穿黑色制服的官員正在低聲交談。普拉斯威爾也在其中，他正與檢察官說話，安撫放不下心的檢察官先生。

「請您放心，絕對用不著擔心。」普拉斯威爾說：「我可以打包票，絕不會出任何意外。」

「沒有人通報發現可疑跡象吧，祕書長先生？」

「沒有任何可疑跡象。而且我們已經控制住亞森・羅蘋，所以不可能發生什麼可疑的事。」

「是嗎？」

「是的，我們發現了羅蘋的祕密藏身之處，也就是在克裏希廣場。他的住所已經被我們包圍了。他是昨晚七點鐘回去的。此外，我們還知道他想營救兩名同夥，但是他的企圖在最後一刻失敗了。所以，我們現在沒什麼好擔憂的了，處決一定會順利進行的。」

「也許有一天，人們會爲這件事感到遺憾。」吉爾貝爾的律師聽到兩人的談話，在一旁插話說道。

「您仍然認爲您的委託人是無辜的，我親愛的律師先生？」

「我對此深信不疑，檢察官先生。這個將要被處死的人確實是無辜的。」

檢察官不再說話，停頓一會兒，接著又彷彿自問自答地說：「這個案子的審理過程，恐怕是太過倉促了。」

律師一聽，激動地說：「一個無辜的人就要死去了！」

可是行刑時刻已到。

第一個先登刑臺的是沃什瑞。典獄長緩緩打開他的牢門，沃什瑞立刻從床上跳起來，兩隻驚恐的眼睛瞪得圓圓的，看著來人。

「沃什瑞，我們奉命向你宣布……」

「住口吧，別說了，」沃什瑞喃喃地說：「別說了，我知道你們要幹什麼，走吧。」

當時他的樣子就像巴不得儘快結束這場噩夢，所以相當順從地接受了刑前準備。他不希望別人再對他多說一句話。

「什麼都不用說了，」他重複道：「……什麼？要我懺悔？沒有必要。殺人償命，這是理所當然，這筆帳就此清楚了。」過了一會兒，他突然問道：「請告訴我，我的同伴是不是也要……」

當他得知吉爾貝爾也將跟他一起上斷頭臺時，他稍稍遲疑了一下，看看在場的人，似乎還想說點什麼。但最後他只是聳聳肩，小聲說道：「這樣也好，我們是同夥，生在一起，死也在一起。」

當獄卒來到吉爾貝爾的牢房時，他一直是醒著的。吉爾貝爾就這麼坐在床上，等待這最後宣判的到來。他想站起身，卻渾身顫抖，就像一具搖搖擺擺的骷髏，然後又悲痛地倒了下去。

「噢！我可憐的母親……可憐的母親！」他悲痛欲絕地哭喊著。

當人們想問問這個他過去從未提起的母親時，他卻突然停止哭泣，大聲抗議道：「我沒有殺人！我不要死！我沒有殺人！」

「吉爾貝爾，」周圍的人勸他：「拿出勇氣來吧。」

「的確、的確該如此，可是我沒殺人，爲什麼要上斷頭臺呢？我沒有殺人，我發誓，我眞的沒有殺人。我不想死，我沒有殺人，你們不可以……」

他的牙齒因顫抖碰撞得太厲害，以至於旁人根本聽不清他在說些什麼。他聽憑擺布，做了懺悔。禱告完畢，他稍稍平靜了下來，甚至乖順得像個聽話的孩子，但仍不停地呻吟：「應當告訴媽媽，請求她的原諒。」

「你的媽媽？」

「是的，請你們把我的話登在報紙上，她就會明白。她知道我沒有殺人，她知道。但是，我想請求她原諒我所犯的一切過錯，我過去做的錯事，還有……」

「還有什麼，吉爾貝爾？」

「還有，我希望我的老大知道，我還是相信他……」

吉爾貝爾仔細觀察在場的獄卒，心中仍懷有一絲瘋狂的希望，希望老大化了妝，悄無聲息地藏在人群中，伺機幫他逃走。

「是的，」他低聲地說，神情近似信教般虔誠：「是的，即使是現在，我也仍然非常信賴他……請把這些話也告訴他，好嗎？我堅信他不會就這麼看我赴死的，我毫不懷疑。」

從吉爾貝爾怔怔的目光中，人們感覺他彷彿看見了羅蘋那在外晃盪的身影，正伺機找一道縫隙鑽進來，來到他的身旁。眾人看著這個可憐的孩子，沒有什麼神情能比這更動人心魄的了。這孩子身穿死囚服，戴著鐐銬，兩旁跟著多名警員。他即將被無情的劊子手按在刀下，但卻依然懷抱活下去的強烈願望。所有在場負責押解的人，心都揪了起來，眼眶浸滿淚水。

「不幸的孩子！」許多人發出了最後嘆息。

普拉斯威爾也和所有人一樣，深深為之感動。他想到了克拉蕾絲，不禁感嘆道：「可憐的孩子……」

吉爾貝爾的律師也在痛哭，他不停對周圍的人說：「一個無辜的人就要死去了……」

最後時刻終於到了，一切都已準備就緒，行刑隊開始行動。就這樣，兩隊人馬在走廊上會合。

沃什瑞看了看吉爾貝爾，用嘲諷的語氣說：「嘿，小傢伙，老大真的丟下咱們不管了。」說完，他又補上一句除了普拉斯威爾以外，誰也聽不懂的話：「這水晶瓶塞的好處，他一定是想獨佔吧。」

一行人走下樓梯，在監獄的書記室填寫了例行表格，然後穿過院子。這段可怕的路顯得無休無止……然後獄門倏地敞開，鉛色的天、淅瀝的雨，以及遠方的街道、屋影全都映現在門框圈出的這塊長方空間之中，一陣陣低沉的嘈雜聲從遠處徐徐傳來。

一行人沿著圍牆走到兩條街交口處。又向前走了幾公尺，沃什瑞突然向後倒退一步，他看到了！吉爾貝爾則低著頭，在神父和一名助手的攙扶下慢慢向前移動，神父拿著十字架讓他親吻。

斷頭臺已經矗立眼前……

「不，不，」吉爾貝爾拚命反抗：「我不想死，我沒有殺人，我沒有殺人……救命啊！救命啊！」最後的呼救聲在廣場上傳了開來。

劊子手手一揮，便有人上前抓住沃什瑞，拖著他，幾乎是小跑步地衝上臺去。可是就在此時發生了一件令人震驚的事——刑場對面的房子突然傳來一聲槍響。

沃什瑞兩旁的人隨即停下腳步，而他們手上拖著的死刑犯，則一頭倒了下去。

「出了什麼事？這怎麼搞的？」人們紛紛問道。

「他受傷了……」

只見沃什瑞的頭上冒出鮮血，流了一整臉。

他的嘴裡卻仍咕噥地說道：「好哇，射得眞準！謝謝您，我的老大，謝謝您，這下我的頭不會被砍下來了。謝謝您，老大，您眞是個大好人……」

「處死他！快把他抬上去！」混亂的人群中有人嚷道。

「他已經死了！」

「快把他抬上去，快把他處死！」

法官、政府官員們、警方早已亂作一團，每個人都兀自下著命令。

「快處死他，不要中斷處決，我們沒有權力退縮，不然我們就太怯懦了。快把他處死！」

「可是他已經死了！」

「那也沒關係，判決應當照舊執行，快處決吧！」

神父提出抗議，只留幾名警員守著吉爾貝爾。就這麼在眾人的協助下，幾名獄卒將沃什瑞的屍體拖到斷頭臺上。

「快！」行刑者喊道，他嚇得聲音都啞了：「快！先斬這個，然後帶下一個，快……」他的話音剛落，緊接著傳來第二聲槍響。只見劊子手一個重心不穩，咚一聲倒在斷頭臺上，嘴裡還不停地呻吟著：「別擔心我，我只是傷到肩膀，下一個……」

此刻，那些行刑的助手們早已嚇得四散跑開了，斷頭臺四周也已經空無一人。現在只剩警察總署署長臨危不亂，只見他高聲下令，招呼手下，然後像趕羊一般，把亂成一團的法官、政府官員、死刑犯、神父，以及幾分鐘前從監獄出來的那些獄卒，又統統趕回他們的原位。

一整隊警力也冒著危險衝進對面那座樓房。那是一幢四層樓的老式建築，樓下有兩間店鋪，此時還沒有開門營業。方才第一聲槍響過後，人們隱約看到二樓的一個窗戶有個人影閃過，這人手裡握著槍，四周彌漫著火藥煙霧。有人立刻回擊，但未打中。那人卻不慌不忙地跳上一張桌子，舉槍瞄準，又開了第二槍。之後，他就消失在房子裡。

警方一行人按了門鈴無人回應，他們只得撞開樓門衝進去。他們急匆匆地衝上樓梯，可是卻在前方遇到了阻礙。只見一樓樓梯橫七豎八堆滿了扶手椅、床，還有各式家具。警員們花了三、五分鐘才從這些雜亂無章的路障清出一條路。

殊不知耽擱了三、五分鐘，就可能讓槍手趁機逃走。不過，當眾人匆忙趕到二樓時，卻聽見有人從樓上大喊：「我在這兒，朋友們，還有十八階樓梯。剛才你們辛苦了，我深表歉意！」

眾人立刻飛速跑上十八級臺階，可是三樓是閣樓，需要爬一道梯子，鑽過一扇天窗才能上達樓頂。然而，梯子早已被人撤走，天窗也是緊緊地關著。

這傳奇式的俠義之舉引起了軒然大波。報端連連發出報導和評論，報販們則在大街小巷奔來跑去地高聲叫賣。全巴黎都被震怒了，群情淹沒在一片惶惶不安和好奇之中。

警察總署受到的壓力著實不小，上上下下一片混亂，信件、電報、電話響個不停。沒辦法，署長於是定在上午十一點鐘，就在自己的辦公室舉行祕密會議。普拉斯威爾也出席了。警察總局局長報告了調查結果。

情況報告如下——昨天午夜前，有人來按阿拉戈大道那幢老房子的門鈴。看門女僕睡在樓下店舖後面的小屋，是她拉開了門繩。敲門的是一個男人，他自稱是警方派來執行緊急任務的，因爲第二天要處決囚犯。可是，女僕才剛把門打開，就被來人按倒在地，然後被他堵上嘴，捆綁手腳。

十分鐘後，住在一樓的一對老夫婦才剛邁進家門，也同樣被人捆住，且分別被關進樓下的兩家商舖裡。而住在三樓的房客也遭到同樣對待，只不過這些人是被關在自家的臥室裡。之後，那人偷偷溜進這幢老房子，其他房客對此毫無所覺。他發現二樓沒人住，於是在那裡部署準備，成了佔領整座樓房的主人。

「事情的經過就是這樣？」警察總署署長苦笑道：「就這麼簡單，一點也不複雜！但讓我驚訝的是，他怎能輕而易舉地逃脫呢！」

「請允許我提醒您，署長先生，他從凌晨一點起就獨自佔據了整幢房子。從那時直到清晨五點，他有足夠時間做好撤退的充分準備。」

「他是從哪裡逃走的？」

「從屋頂。那房子與對街，也就是與拉格拉謝爾街離得很近。兩側房子屋頂之間只相隔三公尺遠，高低差也只有一公尺。」

「所以……」

「所以，這傢伙就拖走了閣樓的梯子，把它當吊橋使用。等到一登上屋頂，他只需查看一下對街屋頂的天窗，隨便找個空閣樓，就能輕易跳進拉格拉謝爾街的任何一幢房子，然後輕輕鬆鬆地雙手插進口袋，大搖大擺逃走。所以，他的確做了充分的準備，然後極其順利地逃脫，沒有遇到任何阻礙。」

「您不是事先準備得萬無一失嗎？」

「一切的確遵照您的指示部署，署長先生。我底下的人昨晚花了整整三個小時，把所有房子都搜查了一遍，確實沒有任何陌生人藏在裡面。搜查一結束，我就下令封鎖了路口。可是就在這短短幾分鐘內，那人就趁隙而入。」

「好了。依您看，此人肯定是亞森・羅蘋？」

「毫無疑問。首先，這次行刑是要處決他的同夥；此外，除了亞森・羅蘋，沒有人能想出這樣的計謀，也沒有人有膽量做出這種事。」

「難道……」警察總署署長躊躇地說，然後轉身詢問普拉斯威爾：「普拉斯威爾先生，難道您和警察總局局長從昨晚起就派人前往看守的那位，就是住在克裏希廣場的那個人，難道他不是亞森・羅蘋？」

「是他，署長先生，這點毫無疑問。」

「那他夜裡出來時，爲什麼沒抓住他？」

「他並沒有出來。」

「噢！這就奇怪了。」

「其實很簡單，署長先生。這棟房子和亞森・羅蘋住過的所有房子一樣，都有兩個出口。」

「您事先不知道？」

「我不知道。直到剛剛進去搜查才發現。」

「屋裡有人嗎？」

「沒有，今天早晨，一個叫阿奇耶的僕人離開了那棟房子，還帶走一個臨時住在羅蘋家中的女人。」

「女人叫什麼名字?」

「不知道。」普拉斯威爾猶豫了一下，不敢說出實情。

「那您總該知道亞森·羅蘋用了什麼化名住在那裡吧?」

「知道，他叫尼柯爾先生，是一名自由教師，文學學士，這是他的名片。」

普拉斯威爾才剛講完，一名法警就進來找署長，說愛麗榭宮要召開緊急會議，而且內閣總理已經到了。

「我這就去。」署長回答，然後低聲自語：「一定是要討論吉爾貝爾的事情。」

普拉斯威爾試探地問：「您認爲會特赦他嗎，署長先生?」

「當然不可能!特別是發生了昨天夜裡的事之後，要是再特赦他，政府的威信何在?明天早上就得處決吉爾貝爾。」

就在此時，法警遞上一張名片給普拉斯威爾。他的目光很快掠過，立刻嚇了一跳，嘴裡低聲罵道：「該死，這傢伙眞是好大的膽子!」

「您在說什麼?」署長問。

「沒什麼、沒說什麼，署長先生。」普拉斯威爾回答，他盤算著自己獨立辦案，這樣就能一人邀功。「沒什麼鐘，只是個意外的訪客，我很快就會向您報告。」

下一秒，普拉斯威爾口中不住嘀咕，滿臉頹喪地走開了。「這傢伙簡直膽大包天，眞有你的！」

他手上的名片寫著——尼柯爾先生，自由教師，文學學士。

譯註：

①馬錢子鹼（strychnine），一種毒藥，只要一點點劑量就能使人在短時間內斃命。

chapter 13

最後一擊

普拉斯威爾一回到辦公室就發現在等候室坐著的尼柯爾先生，只見他一臉愁苦地坐在長椅上，後背馱得很明顯，還是一貫的打扮，手裡捏著他那把混紡雨傘，以及已經塌下來的禮帽和他那單隻手套。

「是他本人，」普拉斯威爾心裡暗想，剛才他擔心了好一陣，害怕羅蘋會派來另一個什麼尼柯爾先生。「既然他親自上陣，就說明他根本不怕被人認出來。」

「總之，這傢伙眞是膽大包天！」普拉斯威爾第三次發出如此感慨。

他立刻重新關好辦公室的門，叫來自己的祕書。「拉爾第格先生，一會兒我要在這裡接見一個相當凶險的人物，他很可能要被帶上手銬才能從這裡離開。等我叫他進來，你們就要做好一切準備。現在去召集十二名警探，讓他們埋伏在門廳和您的辦公室。等我的信號，我一按鈴，你們就立刻帶槍衝進來，將這傢伙包圍。聽懂了嗎？」

「我明白，祕書長先生。」

「一定不要猶豫。要一起進來，手槍都給我拿穩了，要來個出其不意。好了，現在去請尼柯爾先生進來吧。」

祕書出去了，辦公室裡只剩普拉斯威爾一個人。他立刻準備著，將辦公桌上的電鈴按鈕用幾張文件蓋好，然後再將自己那兩把射程精準的左輪手槍藏在幾本書底下。

「現在，關鍵時刻到了。」普拉斯威爾自言自語道：「如果名單在他手裡就奪過來，如果不在，就抓住他羅蘋。如果可能的話，兩樣我都要。羅蘋和二十七人名單在同一天落網，特別是今天早晨又發生了那麼大一樁醜事，這下我不出名才怪呢。」

這時，辦公室的房門被敲響了，普拉斯威爾喊道：「請進！」

然後他一邊站起來一邊說：「請進來吧，尼柯爾先生。」

只見尼柯爾先生小心翼翼地邁著步伐，走進辦公室，看見普拉斯威爾指了指眼前的一把椅子，就輕輕坐在這椅子的前緣上，開口說話：「我今天來……是繼續昨天的談話的……請您原諒我的遲到，先生。」

「稍等一下，可以嗎？」普拉斯威爾說。

說完，普拉斯威爾張張皇皇地走出辦公室來到門廳，找到自己的祕書，對他說：「我忘了，一定要注意走廊和樓梯，萬一他帶了同夥怎麼辦？」

吩咐完畢，普拉斯威爾再次回到辦公室，這下才安安穩穩地坐下，表現出對接下來的談話十分感興趣的樣子，說道：「尼柯爾先生，您剛才說到……」

「我說我很抱歉，昨晚讓您白等了，中途發生了很多小意外，我沒能過來，一開始邁爾吉夫人她……」

「是的，您得先把邁爾吉夫人護送回家。」

「而且她還需要我照顧。您應該明白她昨晚有多麼絕望，痛苦。他的兒子吉爾貝爾，距離死亡那麼近……是呀，多麼可怕的死法！當時只能坐等奇蹟發生了……我們根本無計可施……我自己也覺得事情已經注定……您說不是嗎？您和我們說完了那番話，我們已經徹底失去了信心。」

「可是我以為您從我這裡離開是要去找多布雷克，拿到他手裡的東西，就算付出任何代價也在所不惜。」普拉斯威爾發表他的看法。

「我本來是這麼想的，可是多布雷克不在巴黎。」

「啊！」

「是的，他是坐我的汽車來巴黎。」

「您有汽車，尼柯爾先生？」

「是的，一部二手老爺車。他是坐我的汽車，確切地說，是我把他關在一只大箱子裡，然後捆在這輛老爺車的車頂把他運來巴黎。可是該死，我這車要在行刑之後才能趕到，所以……」

普拉斯威爾聽得目瞪口呆，兩眼直盯著對方不知說什麼好。要是剛才他還懷疑這尼柯爾先生的眞實身分，現在他則是深信不疑。把多布雷克裝進箱子裡捆在汽車頂上運到巴黎，該死！這主意只有亞森・羅蘋一個人能想得出來，而且也只有他才能如此冷靜地承認他的作法。

「那麼，您是怎麼打算的？」普拉斯威爾問。

「我想了另外一個辦法。」

「什麼辦法？」

「我想這個，祕書長先生，您應該比我還清楚吧。」

「什麼？」

「難道您今天早晨不在場？」

「我在場。」

「那麼，您肯定看見沃什瑞和那個劊子手，一個死了，一個肩膀受了輕傷，所以您應該明白……」

「啊！」普拉斯威爾一聲驚呼：「您這是承認了……今天早上那兩槍是您開的？」

「您瞧，祕書長先生，我們好好想想，我還有其他的選擇嗎？二十七人名單已經被您證實是假的，握著眞名單的多布雷克得在行刑之後的幾個小時才能趕到。所以要救吉爾貝爾，讓他獲得大赦，那我只能將這場行刑再拖延幾個小時。」

「是的……」

「難道不是嗎？除掉了沃什瑞這野蠻的凶犯，打傷劊子手，人群立刻一片混亂。劊子手受了傷，要怎麼對吉爾貝爾行刑。就這樣，我多爭取了幾個小時的寶貴時間。」

「是的……是的……」普拉斯威爾重複道。

羅蘋繼續說：「不是嗎？這樣，所有人、政府、總統、還有我，都贏得了一些思考時間，進而能將這個問題再考慮得清楚些。砍掉一個無辜者的腦袋！我怎能允許這樣的事情發生？不，絕不！我必須得採取行動，於是我就做了。您覺得我的作法如何，祕書長先生？」

普拉斯威爾想了很多，特別是這個尼柯爾先生竟然如此大膽，以至於我們不得不自問是否應該把尼柯爾和羅蘋混爲一人看待。

「我想，尼柯爾先生，從一百五十步遠的地方，說打死一個就打死一個，說打傷一個就打傷一個，您的槍法要相當準才行。」

「我以前練過。」尼柯爾先生一臉謙虛地回答。

「另外，我想您一定是進行了充分的計畫和準備。」

「根本沒有，您完全想錯了！我的這次行動完全出於偶然。要不是我的手下，或說要不是讓我借住在克裏希廣場公寓的男僕朋友，他硬是搖醒我，跟我說他之前在阿拉戈大道的那幢老建築工作過，說那裡幾乎沒有人家，可以冒險一試，否則吉爾貝爾現在早就腦袋搬家……也許邁爾吉夫人現在也已經不在了。」

「啊？您認為？……」

「我確定，所以我就決定聽從我這位忠實的僕人，冒險一試。啊！只是，您給我帶來了不少的麻煩呢，祕書長先生！」

「我？」

「是呀。在我家附近安插了十二個警探，這怪主意難道不是您想出來的？弄得我不得不從後門爬上四樓，從傭人樓梯下去，再從鄰居的房子溜出去，讓我耗費了許多力氣！」

「抱歉，尼柯爾先生，這次又……」

「今天早晨也是。八點時，我本可以在自己家裡等我的手下把多布雷克運來，可是為了不讓你的人出來搗亂，我不得不早早在克裏希廣場徘徊，通知汽車不要停在我家門前，否則吉爾貝爾和克拉蕾絲・邁爾吉都活不成了。」

「可是……」普拉斯威爾說：「依我看，要這樣拖，頂多能拖一天，兩天或者三天，悲劇還是避免不了。要想徹底避免，就得……」

「就得拿到眞名單？」

「是的，但也許現在您手裡沒有……」

「我有。」

「眞的名單？」

「眞名單。」

「印著洛林十字的？」

「印著洛林十字的。」

普拉斯威爾沉默了。他心裡湧起一股衝動，因爲他即將跟一個遠比自己強大的對手展開最後一搏，他對此心知肚明。一想到亞森．羅蘋這個可怕的傢伙，如今堂而皇之地坐在自己面前，他是那樣泰然自若、面無懼色，彷彿他無所不能，而自己卻手無寸鐵。普拉斯威爾一想到這兒，心就不禁怦怦跳。

「這麼說多布雷克把它給你了？」他還是不敢與羅蘋正面交鋒，只是怯生生地問。

「他沒有給我，是我從他那裡拿來的。」

「搶過來的？」

「我的上帝，當然不是。」尼柯爾先生笑著說。

「啊，當然，我是決心不惜一切代價。正當多布雷克在我的精心安排下住進箱子，每天以幾滴麻醉劑爲食，被我的汽車載著，火速趕回巴黎之際，我早已有了主意，等他一來，我們兩人的交談就正式開始。噢！沒必要濫用酷刑……沒必要讓他受無謂的痛苦……不，只要簡單的一個字眼——死，就可以了。只需一根長長的銀針，對準心臟的位置刺進去，然後慢慢地，輕輕地……用不著其他殘酷手段……不過，這根針，要邁爾吉夫人親自刺進去……您明白嗎……做爲一個母親，一個要面對自己兒子死刑的母親，這是多麼的殘忍事啊……『說，多布雷克，否則，我會刺得更深……你還是不說？好吧，我再多刺一公釐……再來一公釐……』銀針快要接近時，他的心臟幾乎停止跳動……然後又再兩公釐……我發誓，這無賴那一刻眞是快要去見上帝了。然後，我們彎下身去，等著他醒來。大家焦急萬分，要知道我們眞的是急得很……您能明白吧，祕書長先生？這無賴當時被五花大綁躺在一張躺椅上，袒著胸，竭力想吐出使他昏迷不醒的麻醉藥，後來漸漸地，他的呼吸急促起來……又過了一會兒，他開始喘息……終於他的嘴唇動了……他恢復了知覺。

「克拉蕾絲・邁爾吉趕忙小聲地說：『是我……是我克拉蕾絲……你願意說了嗎？混蛋？』克拉蕾絲把一隻手放在多布雷克的胸膛上，他的心臟像隻野兔砰砰亂跳。『他的眼睛……眼睛……他戴著眼鏡，我看不見……我要看到他的眼睛……

「我也想看到他的眼睛，一直以來，我都不得見……在他開口說話之前，我想讀懂他的眼神，看看他到底在想什麼。這個想法讓我興奮不已。我有預感，只要一看到他的眼神，謎底就會揭開，眞相即將大白。他的夾鼻鏡那時已被取下，但他還戴著那副厚厚的近視眼鏡，我們仍然什麼也看不到。於是，我把它摘了下來，突然，一個閃光刺得我的眼睛好畏光，可是噗嗤一聲，我禁不住笑了，笑得雙頰都僵住，我一邊笑，一邊上前一摳，這傢伙的左眼珠就被我摳了下來。」

尼柯爾先生說到這兒又哈哈大笑起來，就像他說的那樣，真的笑到兩頰快僵了。現在的他再也不是那個靦腆、熱心而又狡黠的外省小學究了，他成了一個大膽放肆的樂天派。他一邊說一邊狂熱地表演起當時的場面，還時不時發出陣陣怪笑，弄得普拉斯威爾感到很不安。

「一摳，就自己跳出來了！離開你的老眼窩吧，要兩隻眼睛做什麼？一隻就夠了。天哪！克拉蕾絲，您快瞧，瞧瞧這滾到地毯上的東西，注意，這就是多布雷克的眼珠子！我的老天！」

此時，尼柯爾先生站起身來，在房間裡竄來竄去，表演著當時追逐眼珠的動作，然後重又坐回椅子上，從口袋裡掏出一個玻璃珠般的東西，放在手心裡，拽得它溜溜地轉。接著，他又將這玩意兒拋向空中又接回來，最後冷冷地說：「這就是多布雷克的左眼珠。」

普拉斯威爾愣住了，這名古怪的來客究竟想要幹什麼？他講這一長串故事是什麼意思？祕書長面色慘白地問道：「您能解釋一下嗎？」

「我好像已經解釋得很清楚了。完全符合事實，和我的猜測完全吻合。要不是這可惡的多布雷克跟我要把戲，讓我兜了個大圈子，我早就根據猜測採取行動，然後找到這真正的玩意兒。是的！請您好好想想，現在我跟您說說我之前的猜測吧。我對自己說，既然我們找遍所有地方，還是沒有名單的蹤影，說明這東西不在別處，一定是在多布雷克身上。我們搜遍了這傢伙的衣服，依然沒有收穫，我斷定東西肯定藏在他身上更深的地方，說明白一點吧，很有可能藏在他的皮膚裡。」

「也許在他的眼睛裡？」普拉斯威爾用開玩笑的語氣說。

「在他的眼睛裡，是的，祕書長先生，您說對了。」

「什麼？」

「我再重複一遍，就在他的眼睛裡。我本應通過推理想到這一點，而不是偶然的發現。我這就告訴您爲什麼。多布雷克其實早就知道克拉蕾絲・邁爾吉發現他寫給英國工匠的那封信，也就是他要人設計一個水晶瓶塞、把祕密藏在挖空內裡的那封信。多布雷克知道這情況以後，他打算將計就計，混淆我們的視線。於是，他眞的要人做了這麼一個中間掏空的水晶瓶塞。您和我，爲了這玩意兒，浪費了好幾個月的時間，最後我在他的菸草盒裡發現了它，但其實……」

「其實……？」一臉困惑的普拉斯威爾問著。

尼柯爾先生噗嗤一聲笑了。

「其實很簡單，只要摳出多布雷克的眼珠子，摳出這個內部中空的眼珠，就是我身上這個。」

說完，尼柯爾先生再次從口袋拿出那玩意兒，在桌上敲了幾下，噠噠的聲音表示這東西是堅硬的。

「是玻璃眼珠！」普拉斯威爾喃喃地說。

「上帝呀，是的。」尼柯爾先生又不禁哈哈大笑起來：「玻璃眼珠！一只普通水晶瓶塞做成的玻璃眼珠，放進這個無賴的眼窩裡，代替那只瞎掉的眼珠。說得更確切一些，一只水晶玻璃瓶塞被他僞造成眼珠，再用一副普通眼鏡和一副夾鼻鏡雙層屏障掩護起來，裡面就裝著，而且現在仍然裝著那件寶物，也就是多布雷克用來肆無忌憚到處勒索的寶物。」

普拉斯威爾低下頭去，把手搭在前額，以掩飾自己因激動而變化的臉色——他就要得到二十七人名單了！它近在眼前，就在眼前的桌上！他竭力抑制住自己的激動，故意裝得漫不在乎，說道：

「名單還在那裡面？」

「至少我是這麼認爲。」尼柯爾先生肯定地說。

「您猜……」

「我還沒打開這東西，我希望留給您來開，祕書長先生。」

普拉斯威爾伸手過去，接過東西，看了看。這是一個水晶小球，爲了掩人耳目，上面的瞳孔、眼珠、角膜一應俱全。忽然，他發現小球的背面有個可活動的構造。於是他用力一擰，眼珠裡果然是空的，一個小紙卷立刻露了出來。普拉斯威爾趕忙展開，且慢檢查人名、筆記和簽名，便舉起紙對著窗戶射進來的陽光照了照。

「有沒有洛林十字？」尼柯爾先生問道。

「有，這就是眞正的名單。」普拉斯威爾回答。

可是，他仍然舉著那張紙一動也不動，他在盤算接下來到底該怎麼做。接著，他重新將名單捲好，放回水晶球裡，然後把水晶眼珠裝進自己的口袋。

「您現在相信了？」尼柯爾先生將這一切看在眼裡，開口說道。

「百分之百相信。」

「這麼說，我們之間說好了？」

「說好了。」

接下來是一陣沉默。實際上，這兩人都在暗中觀察對方。尼柯爾期望接下來的繼續談話。而普拉斯威爾卻一隻手握住藏在書本底下的手槍，另一隻手觸到了電鈴。現在這位祕書長感到心滿意足，開始享受掌握名單後獲得的巨大威力。他成了名單的主人，也成了羅蘋的主人！

「他一動，我就掏出手槍，然後按下電鈴。他要是攻擊我，我就開槍。」普拉斯威爾心想。

「既然我們已經說好了，那麼我想，祕書長先生，您應該立刻採取行動，是明天執行死刑嗎？」接著，尼柯爾開口說道。

「是明天。」

「這麼的話，我就在這裡等您吧。」

「您在這裡等什麼？」

「等愛麗榭宮的答覆。」

「啊，您要人帶回答覆？」

「是的，我需要您帶回答覆。」

普拉斯威爾搖了搖頭。

「您不應該指望我，尼柯爾先生。」

「什麼？」尼柯爾先生一臉吃驚：「這是爲什麼？」

「因爲我改變主意了。」

「這麼輕率？」

「就是這麼輕率，我認爲事情既然發展至此，我是說在發生了今天早上的事件之後，再想挽救吉爾貝爾，那是不可能的了。再說，拿這種方式與總統府交涉，似乎有點勒索意味。這種事，我絕不做。」

「做不做是您的自由，先生。您有這些顧慮，就說明您還有些君子風範——儘管來得有點晚，畢竟您之前可是不曾有這些顧慮。祕書長先生，既然我們的謝忱已被您單方面抹滅了，就請把二十七人名單還給我吧。」

「爲什麼？」

「您還給我，我好去找其他的中間人。」

「還能怎麼樣呢？吉爾貝爾是必死無疑了。」

「不，不。今天早上發生了這樣的事，他的同夥也已經死了。這樣對於吉爾貝爾的特赦反倒更有利，因爲公眾會認爲這符合人道和正義，您把名單還給我吧。」

「不。」

「我說，先生，您是不是貴人多忘事，還是想背信棄義？難道您忘了昨天對我們的承諾嗎？」

「昨天，我是對尼柯爾先生承諾。」

「所以呢？」

「您又不是尼柯爾先生。」

「是嗎？那我是誰？」

「還需要我來告訴你嗎？」

尼柯爾先生沒有回答，卻突然冷笑起來，似乎對這番奇特的談話很滿意。面對尼柯爾這突如其來的得意之笑，普拉斯威爾隱約感到不安。他握緊槍托，心裡猶豫是否該呼救。

只見，尼柯爾先生把椅子向桌邊挪了挪，以手肘壓住攤在辦公桌上的那堆文件，然後盯住對方，用奚落的語氣說道：「看來，普拉斯威爾先生，您已經知道我是何方神聖，您有膽量與我周旋到底？」

「我有這個膽量。」普拉斯威爾乾脆地接受了挑戰。

「這就是說您以爲我亞森・羅蘋……是的，我們就開誠布公吧，您以爲我亞森・羅蘋會蠢到就這麼束手就擒？」

「我的天哪，」普拉斯威爾拍一拍裝著水晶眼珠的口袋，用戲謔的口吻說道：「既然多布雷克的眼珠已經進了我的口袋，而這只眼珠裡藏著二十七人名單，我實在想不出您還能施展什麼大計畫，尼柯爾先生。」

「您說，我還能施展什麼？」尼柯爾先生譏諷地反問。

「當然！這道護身符再也無法保護您了，您現在不過是個單槍匹馬的亡命之徒，試圖闖入警察總署的心臟地帶冒冒險罷了！我這裡可是有十二個身強力壯的大漢把守著所有出口，只要我一聲令下，還可以調來成百上千的人。」

尼柯爾先生聳了聳肩，無比憐憫地望著普拉斯威爾，嘆道：「您設想過這麼做的後果嗎，祕書長先生？我看您不要被勝利沖昏頭了！您拿到這份名單後，靈魂也立刻變得跟多布雷克、達爾布菲克斯一樣卑鄙無恥，不再想把它交給您的上司，以便消滅這恥辱與禍害的根源。這份名單是個巨大誘惑，使您忘乎所以。您心裡只剩下這些卑鄙的想法——現在它到了我的手裡，進了我的口袋。有了它，我就等於獲得通天法寶；有了它，就有了至高無上的權力和滾滾而來的財富。為什麼不好好利用它呢？吉爾貝爾和克拉蕾絲是死是活與我何干？幹嘛不把傻瓜羅蘋送進監獄去呢？幹嘛不抓住這個發財致富、飛黃騰達的千載難逢好機會呢？」

語畢，羅蘋湊到普拉斯威爾身旁，以既溫和又友好、甚至還頗有推心置腹意味的語氣，繼續說：「您別這麼做，我親愛的先生。我勸您不要這麼做。」

「為什麼？」

「因為這對您一點好處也沒有，請您相信我。」

「您說眞的？」

「我說眞的，這的確對您毫無好處，但如果您想領教也沒問題。您不妨先看看二十七人名單中的第三個名字。」

「噢！第三個名字，是誰？」

「是您的一位朋友。」

「哪個朋友？」

「前議員斯坦尼斯拉斯・沃朗格拉德。」

「那又怎樣？」普拉斯威爾反問著，顯然他已感到有些不安。

「怎樣？您難道沒想過，只要稍加追查，就能查出這個沃朗格拉德背後還有誰？這個人也從運河事件中拿到了好處。」

「這個人是誰？」

「路易・普拉斯威爾。」

「您……這是在……瞎扯什麼？」普拉斯威爾結結巴巴地質問。

「我沒有瞎扯，我說的都是事實。我的意思是如果您揭發了我，那麼您的眞實身分也會曝光，這樣對您可不好，非常不好。」

普拉斯威爾站了起來，尼柯爾先生見狀朝桌子狠命一擊，然後大喊：「夠了，別再幹傻事了，先生！我們剛才繞來繞去，已經兜了二十分鐘圈子。現在該是時候做出結論了。首先，請您放下手中的槍。如果您以爲這玩意兒會讓我害怕，那您就錯了！好了，我們趕快做個了斷吧，我沒時間在這兒耗。」

說完，他一隻手搭在普拉斯威爾的肩上，斬釘截鐵地說：「如果一小時後您沒帶著簽了字的特赦令從總統府回來，如果一小時十分鐘後，我亞森・羅蘋沒有帶著這份文件從這裡安然無恙地走出去，那麼今天晚上，巴黎的四家報社就將分別刊登您與斯坦尼斯拉斯・沃朗格拉德往來的四封信件。今天早上，斯坦尼斯拉斯・沃朗格拉德把所有與您往來的信件賣給了我，當然也包括這四封信在內。喏，這是您的帽子、手杖，還有大衣，快去吧，我在這裡等。」

接下來的事情很不尋常，卻又完全符合邏輯。普拉斯威爾居然絲毫未表示抗議，也不打算反抗。事到如今，他已徹底領教這個名叫亞森・羅蘋傢伙的本領。他甚至不想再狡賴，因爲在這之前，他一直相信沃朗格拉德早已把那些信件銷毀，或說他認爲這傢伙沒有膽量公開這些信件，畢竟這麼做等於自取毀滅。可是，不，他什麼也沒說。他覺得自己好像被一條無形的絞繩牢牢套住頸子，任何力量也無法解開它，最後只有投降。

他投降了。

「一小時後，這裡見。」尼柯爾先生重複道。

「一小時後，這裡見。」普拉斯威爾順從地叨唸道。

「我帶回吉爾貝爾的特赦令，您會把信還我？」接著，他又問。

「不行。」

「什麼不行？那我豈不做白工……」

「在我和我的朋友們協助吉爾貝爾成功越獄後兩個月，我才能把全部信件還給您。也就是說，您還需要下達命令，要警方放鬆對吉爾貝爾的監視。」

「就這些？」

「不，還有兩個條件。」

「什麼條件？」

「首先，您必須馬上交給我一張四萬法郎的支票。」

「四萬法郎！」

「這是沃朗格拉德把信賣給我的開價，我想這筆錢應當由您來支付……」

「還有呢？」

「您必須在半年內辭去現職。」

「辭去職務？爲什麼？」

「因爲讓一個道德良心有缺陷的人佔據警察總署裡如此重要的職務，這是極不恰當的。您可以找其他差事如議員、部長，甚至是門房來做，總之憑眞本事混飯吃！當警察總署祕書長，你不行！」尼柯爾先生嚴肅地說。

該死！要是能立刻消滅這個對手該有多好！他挖空心思、絞盡腦汁想辦到，可是他實在無能爲力。——普拉斯威爾痛恨地想著。

他走到門口叫道：「拉爾第格先生！」接著，普拉斯威爾壓低聲音，但刻意讓尼柯爾先生能清楚聽見交代：「拉爾第格先生，叫探員們都離開吧。情況有變，我離開之後，不要讓任何人進我的辦公室。這位先生會在裡面等我。」說完，普拉斯威爾拿起尼柯爾先生遞給他的帽子、手杖和大衣，準備出門。

「我欣賞您，先生。」門關上時，羅蘋補上一句：「您是個識時務的人，我也不遑多讓……當然，我對您有點不大恭敬，嗯，過於粗暴了點。」

羅蘋心裡暗想：「可是做這種事不虛張聲勢，怎能把敵人唬住？再說，我行得正，跟這種人打交道還講什麼禮貌！鼓起勇氣來，羅蘋，你雖是眾犯之首，但你做的可是正義的事業，堅持到底吧！此時此刻，還是先躺下來睡上一覺，好好享受一下吧。」

*　　　*　　　*

普拉斯威爾回來時，發現羅蘋睡得正酣，他不得不搖搖對方的肩膀，把他弄醒。

「都辦好了？」羅蘋問。

「辦好了。特赦令很快就會簽下來，喏，這是總統給您的書面保證。」

「四萬法郎呢？」

「這是支票。」

「很好，看來現在該我好好謝您了。」

「信呢……」

「直到您做到我剛才提出的條件之後，我才能交還您與斯坦尼斯拉斯・沃朗格拉德之間的所有通信。不過現在，爲了表示我的感謝，我可以先把預備寄到報社的那四封信還給您。」

「啊！這麼說，您就帶在身上？」普拉斯威爾感慨地問。

「祕書長先生，我相信，我們之間一定會合作愉快的。」說完，他從帽子裡取出一個又厚又重的信封，上面端端正正蓋著五個紅蠟封印。信是用別針別在帽子裡的。羅蘋恭敬地把信遞給普拉斯威爾，祕書長先生一把搶了過來裝進口袋。

「祕書長先生，我不知道自己什麼時候還有幸再見到您。如果您有事要和我聯繫，那麼在報紙上發一則啓事，落款寫上——『尼柯爾先生，向您致敬』即可。」羅蘋接著說道。

語畢，羅蘋便告退。亞森・羅蘋才剛離開辦公室，普拉斯威爾立刻感覺自己從一場噩夢中醒過來，夢中的經歷斷斷續續，對自己的所作所爲完全無法支配。他眞想按鈴，讓人去追羅蘋，可是下一秒卻有人敲門，法警慌張地走了進來。

「出了什麼事。」普拉斯威爾問。

「祕書長先生，多布雷克議員說他有要事要見您。」

「多布雷克！」普拉斯威爾一聲驚呼：「多布雷克來這兒了！快讓他進來！」

多布雷克沒等得到允許，就已衝進普拉斯威爾的辦公室。他氣喘吁吁，衣冠不整，左眼戴著一只眼罩，沒繫領帶，領口垂綴，活像個剛剛脫逃的瘋子。辦公室的門還沒關緊，他的一雙大手便抓住普拉斯威爾質問：「你拿到名單了？」

「是的。」

「你把它買下了？」

「是的。」

「用它換吉爾貝爾的特赦令？」

「是的。」

「已經簽字了？」

「對。」

多布雷克頓時像瘋了一般。「傻瓜！白癡！你對我就這麼恨之入骨，聽憑別人的擺布，是不是？現在換你要報仇了？」

「樂意之至，多布雷克。還記得我在尼斯的女朋友嗎，那個無辜死去的劇院女演員……現在輪到你了。」

「你要送我進監獄？」

「這倒沒必要，沒了那張名單，你將一文不值，我要親眼看到你垮臺，這樣我就算報仇了。」

「你眞這麼認爲？」多布雷克憤怒地說：「你以爲我會任人宰割，絲毫不反抗？你以爲我沒了利爪和獠牙，就不會再反咬你一口。噢，聽好了，我的夥計，如果我垮了，一定還會再拉一個下水……這個人就是你普拉斯威爾先生，斯坦尼斯拉斯・沃朗格拉德的合夥人。我會從他那兒弄來所有對你不利的證據，這些證據一定會讓你坐牢一輩子。噢，你是逃不出我手掌心的，有了這些信，你非老老實實不可，我多布雷克的好日子還在後頭呢！怎麼，你在笑？你笑什麼？你以爲這些信是我杜撰出來的？」

普拉斯威爾聳聳肩。「不，它們的確存在，但已經不在沃朗格拉德手上了。」

「這是什麼時候的事？」

「今天早上。兩個小時前，沃朗格拉德以四萬法郎的價格把信給賣了。後來我又用同樣的價格把它們買回來。」

多布雷克一聽，頓時笑得前仰後翻。「我的上帝呀，眞是太好笑了。四萬法郎！你付了四萬法郎給尼柯爾先生，是不是？那個把二十七人名單賣給你的人？聽著！你想不想知道這個尼柯爾先生的眞實身分，他就是亞森・羅蘋。」

「我知道。」

「是的，也許你知道。但你肯定不知道，大傻瓜，我今天早上去了斯坦尼斯拉斯‧沃朗格拉德的家，他四天前就不在巴黎了。啊，啊，眞是太妙了，用四萬法郎買來這些所謂的信，眞是蠢到家了。」

多布雷克狂笑著甩門離去，留下徹底崩潰的普拉斯威爾。這麼說，亞森‧羅蘋手上根本就沒有那些證據。剛才他又是威脅又是嚇唬，那麼理直氣壯、從容不迫，原來都是演出來的，都是假的！

「噢，不，不，絕不可能……」祕書長一遍遍地重複著：「我手上這封信不是蓋了斗大的封印嗎……只要打開看看，一切就清楚了。」

可是他不敢面對，他將信封翻來翻去，掂量一番，然後又反覆觀察……很快地，他開始懷疑，只要一打開信封，裡面肯定裝著四張疊得整整齊齊的白紙。

「我不是他的對手，但一切都還沒結束。」確實是的，還沒有結束。

羅蘋既然敢耍弄普拉斯威爾，就說明那些信件確實存在，而且他正打算從斯坦尼斯拉斯‧沃朗格拉德那兒買下它們。現在既然沃朗格拉德不在巴黎，要想扭轉局勢，普拉斯威爾就必須趕在羅蘋之前找到沃朗格拉德，然後不惜一切代價，將他手中的危險信件全部買下。

誰先到誰就勝利。

於是，普拉斯威爾再次取下他的禮帽、大衣和手杖，下樓上車，吩咐司機開到沃朗格拉德家。

到了那裡，他得到的消息是，前議員去了倫敦，今晚六點才能到家。當時是下午兩點，用來讓普拉斯威爾構思計畫，時間綽綽有餘。

下午五點，普拉斯威爾來到巴黎北站，三、四十名警探在他的吩咐下埋伏在車站各角落，候車室、甚至車站辦公室都有人把守。

一切布置妥當，普拉斯威爾總算鬆了口氣。如果尼柯爾先生現身，要找沃朗格拉德，那就當場逮捕羅蘋。爲了安全起見，探員們將逮捕一切可疑之人。就算這人不是羅蘋本人，是他派來的手下，他們也不會手下留情。

普拉斯威爾親自將整個車站巡查了一遍，可是他沒發現任何可疑人員。直到五點五十分，與他同行的布朗松探長來報：「您瞧，是多布雷克。」

是的，是多布雷克，祕書長一看到宿敵出現立刻大爲光火，眞想衝上去逮捕這惡棍。可是他有什麼理由這麼做呢？憑什麼？憑哪條法律？

況且，多布雷克的出現，恰好證明成敗全繫於沃朗格拉德，因爲信件在他手裡。誰有本事從他那裡取得信件？是多布雷克？是羅蘋？還是他普拉斯威爾？

羅蘋到現在還沒到，估計他也不可能會來了。多布雷克傷勢不輕，根本沒有力氣反抗。所以結果毋庸置疑——他普拉斯威爾將取得這些信件，進而徹底擺脫多布雷克和羅蘋的威脅，重新掌控戰鬥局面。

火車進站了。

根據普拉斯威爾的指示，車站維安警察下令任何人不得靠近月臺。普拉斯威爾很快超前布朗松所帶領的探員，一個人率先朝月臺衝去。火車終於停靠站了。

不一會兒，普拉斯威爾就在頭等車廂中段的一個車廂門口，發現了沃朗格拉德。前議員先步下火車，然後伸手去幫他後面的一位老先生，看來這人是和他一起回來的。

普拉斯威爾立刻湊上前去，劈頭就說：「沃朗格拉德，我有話對你說。」

這時，多布雷克也穿越封鎖，朝兩人跑來，只聽他大喊著：「沃朗格拉德先生，我收到您寫來的信，我可以幫助您。」

沃朗格拉德看了看眼前這兩個人，認出是普拉斯威爾和多布雷克，笑著說：「啊，啊，看來我讓大家久等了。你們這是為了什麼？為了一些往來信件，是不是？」

「當然，當然。」兩人爭先恐後地說，趕忙湊到沃朗格拉德身旁。

「太晚了。」沃朗格拉德大聲說道。

「嗯，什麼？您說什麼？」

「我已經賣出去了。」

「賣了！賣給誰了？」

「賣給……」沃朗格拉德一邊說，一邊指著與他同行的先生：「賣給了這位先生，這位先生認為這些東西值得他勞動勞動筋骨，於是趕到亞眠去接我。」

這位老先生暖和地裹在他的皮大衣裡，一手拄著拐杖，向三人打招呼。

「是羅蘋，沒錯，肯定是羅蘋。」普拉斯威爾心想。

正當普拉斯威爾準備朝探員們使眼色，下令逮捕此人時，老先生開口了：「是的，我想為了這些信，買兩張來回票，坐上幾個小時的火車也是值得的。」

「兩張來回票？」

「一張給我，一張給我的朋友。」

「您的朋友？」

「是的，他剛剛離開，就在幾分鐘前，他看起來很著急，還等不及火車停靠，就穿過車廂通道，走到火車最前端，從那裡離開了。」

普拉斯威爾這下全明白了。羅蘋為了保險起見，帶了一個同夥。現在信已經被這同夥帶出了火車站。他失敗了，獵物被牢牢掌控在羅蘋手裡。現在能做的只有接受勝利者提出的條件了。

「好吧，先生。」普拉斯威爾說道：「時機一到，我們還會見面的。再見了，多布雷克，咱們後會有期。」說完，他抓住沃朗格拉德：「至於你，沃朗格拉德，你這是在冒險呢。」

「噢，我的上帝，這是為什麼？」前議員反駁。

等兩人都離開月臺後，月臺上只剩下多布雷克一人，他一動也不動地站在那兒，一言不發，活像一尊豎立在月臺的雕像。

老先生湊到他的跟前輕聲說：「瞧啊，多布雷克，醒醒吧，我的老夥計，我看麻醉劑還沒失效呢！」

多布雷克握緊拳頭，發出一聲怒吼。

「啊！」老先生說道：「我知道你認出我來了……還記得幾個月前，在你的拉馬丹廣場公館，我請你幫助吉爾貝爾的事嗎？那時我就跟你說過，只要你放下武器，去救吉爾貝爾，我就不和你作對。否則，要是讓我找到二十七人名單，你就完蛋了。所以我想現在你是徹底完蛋了。這就是不與好人羅蘋和平共處的下場。和他作對，遲早有一天你會輸得一窮二白。這對你有什麼好處呢？啊，對了，你的皮夾忘了還你。也許你會覺得它變薄許多，裡面原本除了幾張鈔票，還有一張收據，你從我手裡取走安吉恩那些寶物後，不是把它們放到一間倉庫裡了嗎？這就是那張收據。我想不該再讓你費力去取，此刻一定已經有人幫你搬空了。不、不，不必謝我，這是小意思。那麼，再見了，多布雷克。如果您爲了再買一個新瓶塞而少那幾塊錢銅板，儘管開口，不必客氣。再見，多布雷克。」

說完，他揚長而去。羅蘋走不到五十步，背後便傳來一聲巨響。他轉身一看。多布雷克朝自己的太陽穴開了槍。

「可憐的人。」羅蘋摘下帽子喃喃地說……

＊　　＊　　＊

一個月後，吉爾貝爾被特赦，免除死刑，改為終身苦役。但就在他被轉監至圭亞那的前一天，他從雷島逃了出來。

這是一次十分奇特的越獄行動，過程始終是個不解之謎。繼阿拉戈大道行刑日那兩聲槍響之後，這次的行動又讓亞森・羅蘋更加聲名大噪……

「總之，」在對我說完整個故事後，羅蘋感慨地說：「總之，再也沒有比這次冒險更讓我費盡心力的了，就叫它《水晶瓶塞》或是《永不言棄》吧。短短十二個小時內，從早上六點到晚上六點，我扭轉了先前六個月的厄運和頹勢，修正了其間犯下的所有錯誤。在我看來，這十二小時是我一生中最精彩的時刻。」

「吉爾貝爾後來怎麼樣了？」

「他去了阿爾及利亞，在那裡開墾耕種。他恢復了安東尼・邁爾吉的本名，娶了個英國姑娘，生了個兒子，取名為雅申。我還經常收到他寄來的問候信呢，瞧，今天就有一封，唸給你聽聽——『老大，您知道嗎？做一個實在的人，每天清晨早早起床，在自己的土地勞動一整天，夜晚就疲倦地上床，這是件多麼幸福的事啊。不過，您也明白，可不是嗎？亞森・羅蘋的生活方式是有些特別，不太正統。可是，哎，等到世人眞正認識您的那一天，他們會為您歌功頌德的，您這個人只是不受拘束，但究竟瑕不掩瑜呢！我永遠愛您，老大。』」羅蘋感慨地補充了一句：「他眞是個勇敢的好孩子！」

「邁爾吉夫人呢？」

「她帶著小雅克，也和吉爾貝爾住在一起。」

「您後來沒再見過她嗎？」

「沒有。」

「當眞！」

羅蘋遲疑了幾秒鐘，然後微笑著對我說：「我親愛的朋友，我要向您坦白一件事，您肯定會認爲我很愚蠢。您知道，我一直像個中學生那樣多情，有時單純得像隻笨笨的大白鵝。那天晚上，我回去找克拉蕾絲．邁爾吉，把白天的進展全盤告訴她。其實，其中一部分內容，她也早已知道。可是就在這時我突然深刻意識到，我對這個女人的感情遠比自己以爲的還要深。可是她對待我的情感，卻夾雜著些許蔑視、怨恨，甚至是厭惡。」

「但這是爲什麼？」

「爲什麼？因爲克拉蕾絲．邁爾吉是個本本分分的女人，而我只不過是——亞森．羅蘋。」

「啊？」

「上帝呀，是的，我的確是個好心腸的大盜，一個浪漫、不乏翩翩風度的俠盜，反正您願意怎麼評價都行。但在一個正派、誠實、穩重的女人眼裡，我只不過是……是個無賴。」

我能夠理解，羅蘋雖然說得輕鬆，但他的內心很痛苦，於是我問：「這麼說，您愛過她？」

「我好像還向她求過婚呢。」羅蘋開玩笑似地說：「可不是，我才剛救了他兒子，所以我以爲……可是，沒想到這件事使我們的關係一下子降了溫，在那之後……」

「在那之後，您就忘了她？」

「噢！是的。可是這並不容易，爲了在我和她之間畫出一條不可逾越的道德線，我結了婚。」

「什麼，您結婚了，您，羅蘋？」

「而且是世上最合法最輝煌的一段婚姻，新娘是法國一支名門望族的獨生女……怎麼，您沒聽說？這可得好好替我宣傳、宣傳。」

一向嚴謹的羅蘋，這回卻毫不猶豫地說起，他與波旁—孔代家族公主昂日麗克・德・薩爾左—旺多姆的婚姻，但如今這位小姐進了修道院當修女，取名爲瑪麗—奧古斯特……

羅蘋才說了幾句便立刻停頓下來，好像這故事再也提不起他的興趣，緊接著，他陷入了沉思。

「怎麼了，羅蘋？」

「我嗎？沒什麼。」

「可是不……瞧，您又笑了。是多布雷克藏東西的那個水晶眼珠，讓您覺得好笑嗎？」

「不。」

「那是什麼？」

「沒什麼。只是，我又想起一件事……」

「一件令人愉快的事？」

「是的、是的，它是那麼的美好。那天夜裡，我們去雷島接吉爾貝爾，當時船上只有我們兩個……我還記得我們坐在船尾，我對她說了好多話，我把所有藏在心底的話全都傾洩出來。然後……然後是一陣沉默，讓人放下戒備、讓人內心悸動的沉默……」

「然後呢？」

「然後？我向您保證，這個被我抱在懷裡的女人，雖然時間不久，但至少有那麼幾秒鐘……我敢肯定她對我不僅抱著一顆做母親的感恩之心，或是朋友之間的感懷心情，她對我是有短暫悸動的……」緊接著，羅蘋冷笑一聲道：「可是這女人卻決定第二天就逃開，不再與我相見。」

羅蘋再次陷入沉默，之後喃喃地說：「克拉蕾絲……克拉蕾絲……等我厭倦了這一切，終於省悟的那一天，我就會去找妳的。妳會在那座阿拉伯小屋裡，在那座聖潔的白色小屋裡等著我，是不是？克拉蕾絲，我相信妳會等我的……」

珍・奧斯汀　小說選

Jane　Austen

創造雋永而機智的對白，串聯起古典與現代的愛情元素，
最能改變女性對自己評價的作家，在傲慢與偏見、
理性與感性之間，細細品味珍・奧斯汀。

01

傲慢與偏見
Pride and Prejudice

珍・奧斯汀／著　劉珮芳、鄧盛銘／譯
定價:250元

最愛小說票選中永遠高居榜首的愛情經典

BBC票選對女性影響最大的文學作品榜首／英國圖書館員最愛的百大小說榜首／超級暢銷書《BJ的單身日記》寫作範本

一個富有而驕傲的英俊先生，一位任性而懷有偏見的聰穎小姐，當傲慢碰到偏見，激出的火花豈是精采可形容！！

02

理性與感性
Sense and Sensibility

珍・奧斯汀／著　劉珮芳／譯
定價:250元

珍・奧斯汀最峰迴路轉的作品

珍・奧斯汀的小說處女作／英國票選最不可錯過的百大經典小說之一／李安導演金熊獎電影名作《理性與感性》原著

穩重而不善表達感情，她的名字叫「理性」；天真而滿懷熱情，她的名字叫「感性」。當「理性」被感性衝破，「感性」讓理性喚回時，擺盪的情節絕對不容錯過！

03

勸服
Persuasion

珍・奧斯汀／著　簡伊婕／譯
定價:250元

珍・奧斯汀最真摯感人的告別佳作

評價更勝《理性與感性》的愛情小說／BBC 2007年新影片《勸服》原著

一段因被勸服而放棄的舊情，一段因忠於自我而獲得的真愛，迂迴的女性心路肯定值得再三回味！！

國家圖書館出版品預行編目資料

水晶瓶塞／莫里斯・盧布朗（Maurice Leblanc）
著；高杰譯.
—— 初版. ——臺中市　：好讀, 2011.01
面：　公分，——（典藏經典；32）

譯自：Le bouchon de cristal

ISBN 978-986-178-174-7（平裝）

876.57　　99021735

好讀出版

典藏經典32

水晶瓶塞

填寫線上讀者回函
請 掃 描 QRCODE

原　　著／莫里斯・盧布朗
翻　　譯／高　杰
總 編 輯／鄧茵茵
文字編輯／簡伊婕
美術編輯／許志忠
行銷企畫／劉恩綺
發行所／好讀出版有限公司
台中市407西屯區工業30路1號
台中市407西屯區大有街13號（編輯部）
TEL:04-23157795 FAX:04-23144188 http://howdo.morningstar.com.tw
（如對本書編輯或內容有意見，請來電或上網告訴我們）
法律顧問　陳思成律師

讀者服務專線／TEL：02-23672044／04-23595819#230
讀者傳眞專線／FAX：02-23635741／04-23595493
讀者專用信箱／E-mail：service@morningstar.com.tw
網路書店／http：//www.morningstar.com.tw
郵政劃撥／15060393（知己圖書股份有限公司）
印刷／上好印刷股份有限公司
如有破損或裝訂錯誤，請寄回知己圖書更換

初版／西元2011年01月15日
初版九刷／西元2021年09月01日
定價：270元
如有破損或裝訂錯誤，請寄回台中市407工業區30路1號更換（好讀倉儲部收）

Published by How-Do Publishing Co., Ltd.
2021 Printed in Taiwan.

ISBN 978-986-178-174-7